Diogenes Taschenbuch 22626

Brian Moore

Ginger Coffey sucht sein Glück

Roman
Aus dem Englischen von
Gur Bland

Diogenes

Titel der 1960 bei Andre Deutsch Ltd., London,
erschienenen Originalausgabe:
›The Luck of Ginger Coffey‹
Copyright © 1960 Brian Moore
Die deutsche Erstausgabe erschien 1963 im
Rütten & Loening Verlag, Hamburg
Die Übersetzung wurde für
die vorliegende Ausgabe überarbeitet
Umschlagillustration:
Wilquin, Plakat ›Normandie‹

Für Jacqueline

Veröffentlicht als Diogenes Taschenbuch, 1994
Alle deutschen Rechte vorbehalten
Copyright © 1994
Diogenes Verlag AG Zürich
100/94/8/1
ISBN 3 257 22626 8

I

Fünfzehn Dollar, drei Cent. Abgezählt, und dann in die Hosentasche. Er nahm seinen Tirolerhut aus dem Schrank und überlegte dabei, ob die zwei Hirschhornknöpfe und der kleine Gamsbart im Hutband nicht doch etwas zu flott für diese Gelegenheit wären. Immerhin, sie konnten ihm auch Glück bringen. Und es war ein so schöner Morgen, klar, frisch und sauber. Vielleicht lag auch hierin ein gutes Vorzeichen. Vielleicht gewann er heute das Große Los.

James Francis (Ginger) Coffey wagte sich in die Küche. Seine Frau stand am Herd. Seine Tochter Paulie löffelte träge ihre Corn Flakes. Er wünschte guten Morgen, doch die einzige Antwort, die er erhielt, kam von Michel, dem kleinen Jungen der Hauswirtin. Der stand am Fenster und guckte hinaus.

»Was gibt's denn da, Junge?« fragte Coffey und trat zu Michel. Gemeinsam beobachteten Mann und Junge einen Traktor der Montrealer Straßenreinigung, wie er sich über das Pflaster schleppte und den Schnee der letzten Nacht beiseite schob.

»Setz dich hin, Ginger, du bist genauso 'n Nichtsnutz wie der da«, sagte seine Frau, während sie sein Frühstück auf den Tisch stellte.

Er versuchte es noch einmal. »Guten Morgen, Veronica.«

»Seine Mutter war gerade da«, erklärte sie und deutete auf Michel. »Sie wollte wissen, wie lange wir die Wohnung noch behalten. Ich sagte, du würdest mit ihr reden. Vergiß also nicht, bei ihr hereinzuschauen und zu kündigen, sowie du die Fahrkarten hast.«

»Jawohl, Schatz.« Verdammt! Konnte man nicht einen Bissen von seinem Frühstück herunterbringen, ehe sie mit ihrer Quengelei loslegte? Er wußte doch, daß mit Madame Beaulieu gesprochen werden mußte. *Na schön!*

Ein gekochtes Ei, eine Scheibe Toast und Tee. Es reichte nicht. Das Frühstück war seine Lieblingsmahlzeit; sie wußte das. Doch in der tränenseligen Armutsstimmung, die sie seit einigen Wochen mit sich herumtrug, würde sie ihm den Kopf abreißen, wenn er um ein zweites Ei bäte. Er versuchte es trotzdem.

»Würdest du mir noch ein Ei machen?« fragte er.

»Mach's dir doch selber.«

Er wandte sich zu Paulie um. »Pet, setz mir doch bitte ein Ei auf.«

»Keine Zeit mehr, Daddy.«

Gut, gut. Wenn man die Wahl hatte, zu verhungern oder die Damen um die geringste Kleinigkeit zu bitten, konnte man gleich den Gürtel enger schnallen. Er aß Ei und Toast, trank eine zweite Tasse Tee und ging in den Flur, um seinen Mantel anzuziehen. Der war sein ganzer Stolz: Er war mit Schaffell gefüttert, dreißig Guineas hatte er bei Aquascutum gekostet.

Aber sie holte ihn ein, ehe er sich aus dem Staub machen konnte. »Vergiß ja nicht, mich anzurufen, sowie du die Karten hast«, sagte sie. »Und erkundige dich nach der Verbindung mit der Eisenbahnfähre von Southampton nach Dublin. Ich will Mutter nämlich die Zeiten mitteilen, ich schreibe ihr heute nachmittag.«

»Geht klar, Schatz.«

»Was ich noch sagen wollte, Gerry Grosvenor kommt um fünf. Sieh zu, daß du nicht erst um sechs hereinschneist, hörst du?«

Was mußte sie auch Gerry Grosvenor ausdrücklich ins Haus bitten? Hätte man ihm nicht irgendwo in der Stadt auf Wiedersehen sagen können? Sie wußte doch ganz genau, daß er es nicht liebte, den Leuten Einblick in seine Wohnverhältnisse zu geben. Verdammt! Seine Augen glitten abschätzend über ihr derzeitiges Heim, wie es Gerry Grosvenors Augen tun würden. Der untere Teil eines Zweifamilienhauses an einer schäbigen Straße in Montreal, finster wie die Hölle, eine Bruchbude, vor fünfzig Jahren zusammengeklitscht und seitdem nach und nach aus allen Fugen gegangen. Die Türen schlossen nicht richtig, der Fußboden hatte sich verzogen und gewellt, die Wände wirkten geradezu aufgedunsen, so oft waren sie neu gestrichen und tapeziert worden. Und sie würden weiterhin anschwellen, denn es war eine Wohnung, die Leute auf dem Weg nach oben zu verschönern und Leute auf dem absteigenden Ast zu verkleiden versuchten. Und alles war vergebens. Die Hedschra der Mieter würde sich endlos fortsetzen.

Doch wozu sich ereifern, wozu reden? Sie hatte Gerry eingeladen: der Schaden ließ sich nicht mehr reparieren.

»In Ordnung«, sagte er. »Und gib mir noch 'n Kuß. Ich muß los.«

Sie küßte ihn, wie sie ein Kind geküßt hätte. »Ich habe natürlich keine Ahnung, was ich Gerry anbieten soll«, erklärte sie. »Es ist nur Bier da, sonst nichts.«

»Sicher, sicher, macht nichts«, sagte er und küßte sie rasch, um ihr den Mund zu verschließen. »Also bis dann. Ich bin bestimmt vor fünf zurück.«

Und weg war er.

Draußen in der eiskalten Luft stäubte Schnee, fein wie Salz, von den Kuppen der Schneewälle links und rechts neben der Fahrbahn, schwebte spiralenförmig höher und hinüber zu der Verkehrsinsel, wo ein Polizist seine weißbehandschuhte Pranke erhob und die Wagen stoppte, um Coffey über die Straße zu lassen. Coffey winkte ihm den gewohnten Gruß zu. Herrgott noch mal, die sahen in ihren schwarzen Pelzmützen wie Rußkis aus. Er konnte jetzt nur darüber lächeln. War es nicht komisch, daß er sich damals, ehe er hierherkam, Montreal als eine Art französische Stadt vorgestellt hatte? Französisch, von wegen! Es war eine Kreuzung zwischen Amerika und Rußland. Die Autos, der Supermarkt, der Reklamerummel, das war alles genauso, wie man es in den Hollywood-Filmen sah. Aber die Leute und der Schnee und die Kälte – diese Frau da zum Beispiel, mit ihrem Kopf, der in einer Babuschka fast verschwand, mit ihren Füßen, die in riesigen Kähnen einherstiefelten, und mit ihrem Kind, das sie auf einem Schlitten hinter sich herzog: war das nicht das reinste Sibirien?

»M'sieur.«

Den anderen Leuten an der Bushaltestelle fiel auf, daß der kleine Junge nicht warm genug angezogen war. Coffey merkte es nicht. »Na, Michel«, sagte er, »bringst du mich zum Bus?«

»Ich möcht' 'n Bonbon.«

»Du bist wenigstens ehrlich«, sagte Coffey, legte dem Kind einen Arm um die Schultern und stapfte mit ihm zum Süßwarenladen an der Ecke. »Was für einen willst du denn haben?«

Der Kleine griff nach einem großen Plastikbeutel mit Drops. »Den hier, M'sieur?«

»Du gehst aber ran«, sagte Coffey. »Genau das gleiche hab ich mir auch immer geholt, als ich so alt war wie du. Ist nicht mehr als recht und billig.« Er steckte ihm den Beutel in die Hand und fragte den Verkäufer nach dem Preis.

»Fünfzig Cent.«

Teufel auch, billig war das nun nicht gerade. Doch er konnte ja schließlich den Knirps nicht enttäuschen. So zahlte er, führte seinen Freund hinaus, wartete, bis der Polizist den Verkehr stoppte, dann schickte er Michel los.

»Denk dran!« schärfte er ihm ein. »Das ist unser Geheimnis. Erzähl keinem Menschen, daß ich dir die Drops gekauft habe.«

»Okay. Merci, M'sieur.«

Coffey sah ihm nach, wie er davonrannte, dann begab er sich wieder zur Bushaltestelle, ans Ende der Schlange. Hoffentlich kam Veronica nicht hinter die Sache mit den Bonbons, sonst wäre wieder ein Vortrag darüber fällig, was es hieß, sein Geld an fremde Leute zu verschwenden. Aber, ach Gott, Coffey erinnerte sich sehr gut an seine eigene Kindheit, an die Seligkeiten eines Lutschbonbons oder eines Abziehbildes. Er lächelte bei dem Gedanken daran und stellte fest, daß ein Mädchen gleich neben ihm in der Schlange dieses Lächeln auf sich bezog. Sie lächelte zurück, und er warf ihr einen einladenden Blick zu. Denn noch war Leben in den alten Knochen. O ja, als der Herrgott das gute Aussehen verteilte, hatte Coffey bestimmt nicht am Ende der Schlange gestanden. Jetzt, in der Vollkraft seiner besten Jahre, sah er sich so: ein prächtiger, großer Bursche, von soldatischer Haltung, das rote Haar so dicht wie eh und je, und zu allem übrigen ein hübscher Schnurrbart. Und noch etwas kam hinzu: Coffey teilte die Ansicht, daß Kleider Leute machen, und er hatte aus sich einen Dubliner Aristokraten gemacht. Seine sportliche Kleidung ließ ihn um Jahre jünger erscheinen, davon war er überzeugt, und er trug nur Anzüge aus bestem Stoff. Als er an jenem Morgen im Bus zur City fuhr, hätte kein Mensch in ganz Montreal gesagt: da geht ein Mann, der keine Arbeit hat. Nie im Leben! Nicht einmal, als er durch das Tor des Arbeitsamtes schritt und geradenwegs zur Berufsberatung für höhere Angestellte emporstieg.

»Füllen Sie's dort drüben am Tisch aus, Mr. Coffey«, sagte der Angestellte. Netter junger Mann, keine Spur von Herablassung in seinem Ton, hilfsbereit und natürlich, als könnte dergleichen jedem passieren und alle Tage. Immerhin, als Coffey mit dem Stift in der Hand – *Schreiben Sie in Blockbuchstaben oder Maschinenschrift* – über der Liste saß, sah er sich wieder einmal den unheilvollen Tatsachen seines Lebenslaufs gegenüber. In Druckbuchstaben begann er:

Geboren: 14. Mai 1917, Dublin, Irland.

Schulbildung: Plunkett School, Dublin. National University of Ireland, University College, Dublin.

Bestandene Examen, erworbene Titel und sonstige Qualifikationen: (Den B. A. hatte er nie geschafft; na wennschon:) Bachelor of Arts, 1940. (Nichts wie weiter!)

Frühere Anstellungen, mit genauen Daten, Namen und Anschriften der Arbeitgeber: (Verflucht! Da haben wir's!) Wehrdienst 1940–45. Befördert zum Unteroffizier 1940. Zum Leutnant 1942. Dem Pressebüro zugeteilt, Hauptquartier des Stabes. Kylemore Distilleries, Dublin, 1946–48, zur besonderen Verfügung des Direktors. 1949–53, Assistent der Werbeabteilung, Coomb-Na-Baun-Strickwaren, Cork, 1953–55, Sonderbeauftragter.

– Cootehill Distilleries, Dublin

– Coomb-Na-Braun Strickwaren, Dublin
– Dromore Tweeds, Carrick-on-Shannon
jeweils August 1955 bis Dezember 1955, Sondervertretung für Kanada.

Augenblickliche Beschäftigung: Seine Beschäftigung war seit diesem Morgen, dem 2. Januar, null und nichtig, im Eimer, oder nicht? Also zog er einen Strich. Er überlas das Ganze, und strich sich dabei geistesabwesend mit dem Stift über den Schnurrbart. Dann unterzeichnete er mit einer großen, oft erprobten Unterschrift.

Das Holztäfelchen vor dem jungen Mann, der sich jetzt über Coffeys Bewerbung beugte, trug den Namen J. Donnelly. Und selbstverständlich bemerkte J. Donnelly, wie alle irischen Kanadier, Coffeys heimatlichen Akzent und förderte sofort eine Reihe von scherzhaften Anspielungen auf die alte Heimat zutage. Doch diese Witze taten nicht halb so weh, wie das, was folgte.

»Wie ich sehe, haben Sie Ihren B. A., Mr. Coffey. Kommt unter Umständen der Lehrberuf für Sie in Betracht? Es herrscht starker Lehrermangel hier in Kanada.«

»Heiliger Strohsack«, sagte Coffey und schenkte J. Donnelly ein ehrliches Grinsen. »Das ist doch schon so lange her, ich habe bestimmt schon alles vergessen, keinen Schimmer mehr.«

»Aha«, meinte J. Donnelly. »Ich verstehe noch nicht ganz, warum Sie sich um einen Posten bewerben, der mit Public Relations zusammenhängt. Abgesehen von Ihrem, hm, Heeresdienst, haben Sie doch nie so etwas gemacht.«

»Sehen Sie«, erklärte Coffey, »meine Arbeit hier als Vertreter dieser drei Firmen, die ich da aufgeführt habe, das war doch alles Werbung. Das kann man schon Public Relations nennen.«

»Ja, ja. – Aber, ganz ehrlich, Mr. Coffey, ich fürchte, diese Praxis genügt kaum, um Sie für einen solchen Posten zu qualifizieren – einen gehobenen Posten.«

Stille. Coffey fummelte an dem Gamsbart seines Hutes herum. »Na gut, Mr. Donnelly, ich will Ihnen reinen Wein einschenken. Diese drei Firmen, die mich hierher geschickt haben, wollten mich gern zurückhaben, als sie den nordamerikanischen Markt fallenließen. Aber ich habe nein gesagt. Und der Grund, warum ich nein gesagt habe, ist der, daß ich Kanada für das Land der unbegrenzten Möglichkeiten halte. Na ja, und deswegen, weil ich hierbleiben möchte, um jeden Preis, verstehen Sie, muß ich mich eben vielleicht damit abfinden, einen weniger guten Posten anzunehmen, als ich ihn zu Hause gewohnt war! Wie wär's, wenn Sie mir ein Angebot machten, wie das Mädchen zum Seemann sagte?«

Doch J. Donnelly hatte dafür nur ein höfliches Lächeln.

»Oder – oder vielleicht, wenn in Public Relations nichts zu machen ist, haben Sie eine einfache Bürotätigkeit für mich?«

»Schreibarbeiten und dergleichen, Mr. Coffey?«

»Hm.«

»Dafür sind wir hier nicht zuständig, Sir. Hier vermitteln wir nur gehobene Angestellte. Einfache Angestellte einen Stock tiefer.«

»Oh!«

»Und zur Zeit dürfte es schwer sein, jemanden im untergeordneten Bürodienst unterzubringen. Aber wie Sie wollen. Soll ich Sie überweisen?«

»Ach nein, lassen Sie nur«, sagte Coffey. »In Public Relations haben Sie also nichts?«

J. Donnelly stand auf. »Wenn Sie einen Augenblick

warten wollen, ich sehe eben in unserer Kartei nach. Entschuldigen Sie mich.«

Er ging hinaus. Kurz darauf fing im Vorzimmer eine Schreibmaschine zu klappern an. Coffey zupfte an seinem grünen Hütchen und den Wildlederhandschuhen, bis J. Donnelly zurückkam. »Ich glaube, Sie haben Glück, Mr. Coffey«, sagte er. »Heute früh ist etwas hereingekommen, Hilfsredakteur der Firmenzeitung einer großen Nikkelgesellschaft. Nicht genau das, was Sie suchen, aber Sie könnten's ja mal probieren.«

Was sollte Coffey entgegnen? Er hatte kein besonderes Schreibtalent. Aber Not bricht Eisen, und seinerzeit hatte er im Heeresdienst hin und wieder eine Verlautbarung aufgesetzt. Er nahm den Zettel und bedankte sich.

»Ich werd' noch dort anrufen und den Leuten sagen, daß Sie um elf Uhr an Deck sind«, erklärte J. Donnelly. »Schmieden Sie das Eisen, solange es heiß ist, ja? Und hier ist noch etwas anderes, falls es mit dem Job als Hilfsredakteur nichts wird.« Er überreichte ein zweites Stück Papier. »Na, und wenn beides schiefgeht«, meinte er, »kommen Sie wieder zu mir, und ich gebe Sie an die Abteilung für untere Angestellte weiter. Okay?«

Coffey steckte auch diesen Zettel in seine rohlederne Brieftasche und dankte dem Angestellten noch einmal.

»Viel Glück!« sagte Donnelly. »Das Glück der Iren, was, Mr. Coffey?«

»Haha«, machte Coffey, während er sich den kleinen Tiroler aufstülpte. Das Glück der Kanadier könnte er jetzt besser brauchen, dachte er. Immerhin, es war ein Anfang. Kopf hoch! Er zog ab, in den kühlen Morgen hinein, und holte den ersten Zettel hervor, um sich die Adresse einzuprägen. Es war auf dem Beaver Hall Hill.

Schon hob er den Arm, um einem Taxi zu winken, ließ ihn aber gleich wieder sinken, als er sich an die vierzehn Dollar in seiner Tasche erinnerte. Wenn er sich beeilte, konnte er es zu Fuß schaffen.

Auf Schusters Rappen, wie seine Mutter zu sagen pflegte. Ach, was hat's für einen Sinn, Ginger Geld für die Tram zu geben, sagte sie immer, er benutzt es doch nicht dafür. Gibt er nicht jeden Penny für irgendeinen Unsinn aus, kaum hast du ihn in seine Tasche gesteckt? Und das stimmte, leider, damals genauso wie heute. An ihm blieb kein Geld kleben. Er dachte daran, wie er als kleiner Junge zur Schule gerast war, weil er sein Fahrgeld in irgendeinem Laden auf der Theke gelassen hatte, und dann rannte er und wirbelte seine Schulmappe um seinen Kopf herum durch die Luft, oder er blieb beim Stephen's Green Park stehen, zog sein Lineal heraus und ließ es – ticketi, tack, tack – am Gitter entlangklappern. Und dabei träumte er vom Erwachsensein, malte sich ein Leben ohne Schule und Katechismus aus, ohne Examen und Befehle und Anordnungen, ein freies Dasein, in dem man in die Welt hinaus auf Abenteuer ausziehen konnte. Daran erinnerte er sich jetzt, während er auf Schusters Rappen, im beginnenden Schneefall (einem schmelzenden Frost, der die grauen Backsteinfronten der Bürohäuser mit Leichenfarbe überzog) die Notre Dame Street entlangeilte, wie er damals zur Schule gehastet war. Und hier gab's nun keine Schule. Die lag dreißig Jahre zurück und dreitausend Meilen entfernt, jenseits eines halben eisigen Kontinents und des ganzen Atlantischen Ozeans. Sogar die Tageszeit war eine ganz andere als zu Hause. Hier herrschte noch früher Vormittag, und dort, in Dublin, machten die Pubs nach dem Lunch gerade wieder zu. Er bekam Heimweh, wenn er nur an diese Pubs dachte, also durfte er nicht daran denken. Nein! War dies nicht die Chance, auf die er immer gewartet hatte? War er nicht endlich, zu guter Letzt, ein richtiger Abenteurer, ein Mann, der alles auf eine Karte gesetzt hatte, die Landkarte Kanadas, die nun, richtig ausgespielt, Ruhm und Glück bringen mußte? Also denn, vorwärts!

Auf Schusters Rappen überquerte er den Place d'Armes, kam am Denkmal von Maisonneuve vorbei, der ebenfalls ein Abenteurer und Spieler gewesen war, ein Glücksritter: 1641 aufgebrochen, um dieses gelobte Land hier zu entdecken... und weiter auf Schusters Rappen, vorbei an den Säulen einer Bank, und denk bloß nicht daran, was dort drin ist, nein, sondern weiter die Craig Street hinauf, in Gedanken daran, wie weit entfernt du jetzt bist von dem unsichtbaren Geflecht von Freundschaften und Beziehungen, in dem du, sag, was du willst, nicht hättest hungern müssen und darben, als du noch dazugehörtest; aber du bist ja freiwillig weg von zu Hause, auf eigene Faust, hast den Ozean überquert, und damit existierst du nicht mehr für deine Freunde.

Hinauf den Beaver Hall Hill, letzte Runde, linker Fuß, rechter Fuß, und er prägte sich ein, daß, wer immer es zu etwas gebracht hat, seine Chance zu packen wußte, im rechten Augenblick zuschlug und so weiter und so weiter. Aber er war ziemlich fertig heute. Nur er selbst wußte, wie fertig.

Schließlich landete er in einem großen Bürogebäude, fuhr im Expreßlift bis zum fünfzehnten Stock hinauf, wurde in eine riesige Empfangshalle ausgespien. Und er steuerte auf einen supermodernen Schreibtisch zu, der nichts als Glas und dünne Holzbeine war, so daß man die Beine der überwältigenden Blondine sehen konnte, die hinter diesem Tisch als Empfangsdame thronte. Sie lächelte ihm zu, ließ dieses Lächeln aber sofort wieder erlöschen, als er seinen Namen sagte und Ginger Coffeys Anliegen vortrug. Es tat ihr leid, aber Mr. Beauchemin war gerade in einer Besprechung, und: »Würden Sie dort bitte einen Augenblick Platz nehmen, Sir?« Und würde er des weiteren dieses kleine Formular ausfüllen, während er wartete? Bitte in Druckbuchstaben! In Druckbuchstaben hielt er noch einmal die irreführenden Tatsachen seines Lebenslaufs fest.

Als er damit zu Rande gekommen war, gab er dem Mädchen das Formular zurück, und sie las es vor seinen Augen durch. Das war kränkend. Es gab so wenige Dinge, die man hinschreiben konnte, wenn man den Tatsachen eines Lebenslaufes gegenüberstand. »Gut, Sir«, sagte sie im Ton einer Lehrerin, die eine Note erteilt. »Und jetzt möchten Sie sich vielleicht, während Sie warten, mit unserem Hausorgan vertraut machen. Hier haben Sie die neueste Nummer.«

Vielen Dank, sagte er, das sei sehr freundlich von ihr. Er nahm die glänzende kleine Illustrierte entgegen und begab sich damit zur Bank zurück, um sie zu studieren. Sie hieß *Nickelodeon*. Er überlegte, ob das komisch gemeint war, entschied dann aber, daß nicht. Kanadier waren nun einmal so. Sie fanden auch nichts Komisches an der Bezeichnung *Hausorgan*. Er blätterte in den Seiten aus Hochglanzpapier. Bilder von merkwürdigen alten Käuzen, die eine goldene Uhr erhielten »für fünfundzwanzig Jahre treuer Mitarbeit«. War er nicht ausgewandert, um gerade so etwas zu vermeiden? Auf die Klatschspalte der Angestellten, »Nickelbrocken« genannt, warf er nur einen flüchtigen Blick, dafür betrachtete er sich um so eingehen-

16

der die Fotos auf der Seite der »weiblichen Mitarbeiter«.
Einige dieser Mitarbeiterinnen waren wirklich ganz passabel. Na schön, genug davon. Er blätterte zurück zum
Leitartikel, der den Titel trug: »J. C. Furniss, Vize-Präsident (Vertrieb). Profil einer Persönlichkeit!« Wie es
schien, hatte sogar J. C. höchstselbst bescheiden angefangen, als Markscheidergehilfe. Die typische Vom-Tellerwäscher-zum-Millionär-Geschichte, für die die Neue
Welt so berühmt war. Hier konnte man herzerfrischenden
Trost gewinnen, denn zu Hause sah es ja ganz anders aus.
Zu Hause war es das ewige chinesische Kästchenspiel, ein
Kästchen steckte im anderen, und wie man sich drehte und
wendete und wie viele Kästchen man auseinandernahm,
man endete immer nur wieder da, wo man begonnen hatte.
Deshalb war er ja heute hier. Deshalb war er an diesem
Morgen so fertig gewesen, als er mit den Tatsachen seines
Lebenslaufs zu tun bekam.

Denn die wahren, eigentlichen Tatsachen konnte man
nicht in einen Fragebogen schreiben, oder? Als Ginger
zum Beispiel aus der Armee entlassen wurde, hatten Veronicas Verwandte einen gewissen Einfluß auf die Kylemore
Distilleries, und die Stelle, die man ihm anbot, war das
Große Los, so meinten sie. Zur besonderen Verfügung des
Direktors. Großes Los! Zwei Jahre als ruhmreicher Bürojunge. »Besorgen Sie mir doch zwei Karten für das Springturnier, Ginger.« »Buchen Sie einen Platz für mich in der
Maschine, die um sechs nach London startet.« »Gehen Sie
mal mit dem Dings da zum Zoll, Ginger, und sehen Sie zu,
daß Sie's in Ordnung bringen.« Aufträge, Aufträge. Und
schließlich, nach zwei Jahren, als Ginger um eine Gehaltserhöhung und mehr eigene Verantwortung bat, schielte
der Direktor ihn sauer an und beförderte ihn die Treppe

hinunter zur Werbeabteilung. Als er dann dort ein paar neue Ideen ausprobierte, ließ ihn der Chef der Werbung holen, ein Neandertaler von einem Kerl, Cleery hieß er, und sagte: »Was glauben Sie eigentlich, wo Sie sind, Coffey? In New York? Denken Sie immer daran: worauf es beim Whiskyverkaufen ankommt in diesem Land, das sind gute Beziehungen zu den Gastwirten. So, und jetzt machen Sie, daß Sie wieder an Ihren Schreibtisch kommen.«

Aufträge. Dummes Gequatsche anhören und nichts sagen dürfen. So kündigte er, als sich ihm die erste Gelegenheit bot, bei einer Firma namens Coomb-Na-Baun Knitwear in Cork einen anderen Posten zu übernehmen, und trotz aller Proteste Veronicas zog er mit seiner Familie dorthin. Aber auch Cork war nicht New York. Dummes Gequatsche anhören. Keinen Augenblick Freiheit.

Tatsächlich wäre er wohl nie losgekommen, hätte nicht am Ende sein Vater das Zeitliche gesegnet und ihm zweitausend Pfund hinterlassen, genug für die Abzahlung der Schulden und einen neuen Start. Wieder geschah es gegen Veronicas Wunsch und Willen, aber er tat es dennoch! Teufel auch, diesmal war er entschlossen, dem ganzen Land den Rücken zu kehren. Viel zu spät zwar, um die Dinge zu tun, von denen er einst geträumt hatte: den Amazonas hinaufpaddeln, nur von vier Indianern begleitet, einen Berg in Tibet besteigen oder auf einem Floß von Galway nach Westindien segeln. Nicht zu spät jedoch war es, in die Neue Welt aufzubrechen, Ruhm und Glück zu erjagen. So fuhr er nach Dublin und lud seinen ehemaligen Boss zum Essen ein. Er stopfte den Direktor von Kylemore Distilleries in Jammets Restaurant mit der besten Ente *à l'orange* voll und fragte ihn dann geradeheraus, ob

Kylemore daran interessiert sei, den nordamerikanischen Markt zu erschließen. Das sei Kylemore nicht, erklärte der Direktor. »Na gut«, sagte Coffey. »Ihr werdet schon sehen, was ihr davon habt.« Und er begab sich geradewegs zu Kylemores größtem Konkurrenten, den Coote-hill Distilleries, unmittelbar gegenüber. Von wegen! Bei Cootehill erzählte man ihm, sie hätten bereits einen Mann in New York. »Schön«, sagte Coffey. »Na schön. Und wie wär's mit Kanada?« Ja, sie hätten nichts dagegen, daß er ihren Whisky in Kanada an den Mann brächte. Da er doch selbst für die Überfahrt aufkam, warum nicht? Ein kleines Fixum? Ja, das würde sich machen lassen.

Na also! Bevor er abreiste, organisierte er noch zwei Nebenbeschäftigungen. Die eine bestand in einer nordamerikanischen Vertretung für Coomb-Na-Baun Strickwaren, die ihm die Dubliner Zentrale gegen die Einwände der Corker Filiale anvertraute. Dazu kam dann noch eine bescheidene Tätigkeit als amerikanischer Vertreter für Dromore Tweeds in Carrick-on-Shannon, wo ein alter Schulkamerad von Ginger Teilhaber war. Und so waren denn er, Veronica und Paulie vor sechs Monaten, nach vielen Abschiedsbesuchen, nach Montreal aufgebrochen, dem großen Abenteuer entgegen. Endlich sein eigener Herr!

Nur mußte man leider davon absehen, daß er jetzt, sechs Monate später, nicht länger sein eigener Herr war. Um Viertel vor zwölf, nachdem er das *Nickelodeon* von vorn bis hinten durchgelesen hatte, saß er noch immer erwartungsvoll da und lächelte die Empfangsdame an. Da kam sie zu ihm herüber. »Ich fürchte, Herr Beauchemin wird über die Mittagszeit aufgehalten werden. Könnten Sie vielleicht um halb drei noch einmal vorsprechen?«

Coffey stellte sich Mr. Beauchemin als verschnürtes Bündel auf dem Teppich in seinem Büro vor. Ja, sagte er, das könne er wohl tun.

Hinunter ging's im Expreßlift, durch die Vorhalle und auf die Straße hinaus. Die mittägliche Menge hastete über die vereisten Bürgersteige, um von einer Zentralheizung zur anderen zu gelangen. In einer schwingenden Linie, wie eine Revue, mit untergehakten Armen und hohen Stimmen, die der Wind fast sofort davontrug, überholten ihn sechs Büromädchen. So eingemummelt, wie sie waren, ließ sich nicht erkennen, wie sie aussahen. Er ging eine Weile hinter ihnen her, ein altes Spiel von ihm: In diesem Augenblick hatte ihm ein überirdischer Geist zugeflüstert, es wären alles Huris aus dem Paradies, die seiner Wünsche harrten, aber nur eine einzige dürfe er auswählen und dabei keines der Mädchengesichter ansehen. Die Wahl mußte nach der Rückenansicht getroffen werden. Also gut denn, er entschied sich für die Große in der Mitte. Daraufhin folgte er ihnen bis zur Kreuzung der Peel und der Sainte Catherine Street und begutachtete ihre Gesichter, als sie am Rand des Fahrdamms hielten, um eine Lücke im Verkehrsstrom abzuwarten. Das erwählte Mädchen hatte ein Pferdegesicht. Er hätte lieber die Kleine rechts außen nehmen sollen. Wie auch immer, keine von ihnen war auch nur halb so hübsch wie seine eigene Frau. Er wandte sich ab.

Geschäftsleute, die sich die Hutkrempen festhielten, stießen beim Vorbeidrängen an seine ziellos dahinschlendernde Gestalt. Ein Taxi hielt neben ihm, die Ketten um die Reifen knirschten im braunen Zucker des bestreuten Fahrdamms; dem Wagen entstiegen sechs Rotarier, die mit ihren schneebedeckten Gummischuhen die Stufen zu einem Hotel hinaufliefen und große Spuren auf dem weinroten Läufer zurückließen. Ein Packen Zeitungen, von einem Gnom in Lederjacke über die Ladeklappe eines Lastwagens geworfen, fiel ihm vor die Füße. Er blieb stehen und las die oberste Schlagzeile, als schon ein Zeitungshändler aus dem nahen Kiosk geschossen kam, um die Ware in Sicherheit zu bringen.

EHEFRAU UND LIEBHABER
ERSCHLAGEN VERKRÜPPELTEN GATTEN

Dabei fiel ihm ein, er hatte Veronica noch nicht angerufen.

Langsamer Bummel über den Dominion Square, wo jeder außer ihm Eile hatte, jedes Gesicht im stechenden Wind zu einer Grimasse erstarrt war, Augen zugekniffen, Lippen zusammengepreßt, wo jeder von der grausamen Witterung in ein anomales, gebeugtes Dahinhasten hineingetrieben wurde. Er kam an einem Denkmal von Robert Burns vorüber und dachte bei sich, daß dieser schneeverwehte Platz nicht gerade der geeignetste Ort war, den Schotten auf ein Postament zu stellen. Und auch das erinnerte ihn an seine Fehlschläge: Burns' Gebräu wurde hierzulande, auf diesem Kontinent, sehr viel häufiger verlangt als Usquebaugh. »Usquebaugh ist der Name des Getränks, Mr. Montrose, jawohl, eine Erfindung von uns Iren, etwas ganz anderes als Rye oder Scotch. Ich habe auch eine kleine Broschüre hier, irische Kaffeerezepte...« *Promotion* nannte man das hier, Werbung, Reklame. Erst mußte man werben, dann konnte man verkaufen. Aber für die Dummköpfe in Irland zählte Werbung nicht zur Arbeit.

Lieber Coffey,

Ihr Schreiben vom Sechsten liegt uns vor. Ehe wir diese Auslagen, die uns recht hoch erscheinen, übernehmen können, möchten unsere leitenden Herren gern wissen, wie viele feste Kunden Sie garantieren. Wir sind nämlich der Ansicht, daß Sie bislang nicht...

Das war Anfang Oktober. Er hätte das Menetekel bemerken müssen. Statt dessen griff er seine eigenen Mittel an, um das Schiff flott zu erhalten. Es blieb ihm nichts anderes übrig. Die Dummköpfe weigerten sich, auch nur die Hälfte seiner Spesen zu bezahlen. Und dann, einen Monat später, erhielt er in ein und derselben Woche gleich drei Briefe mit irischen Marken, als habe sich hinter seinem Rücken ganz Irland gegen ihn verschworen.

Lieber Coffey,

es tut mir leid, Ihnen mitteilen zu müssen, daß bei unserer letzten Aufsichtsratssitzung folgender Beschluß gefaßt worden ist: Infolge der gegenwärtigen Dollar-Einschränkungen und in Anbetracht der hohen »Werbekosten«, die Sie ansetzen, sehen wir uns zur Zeit außerstande, unser Arrangement mit Ihnen aufrechtzuerhalten. Wir können daher in Zukunft weder die Miete für Ihr Büro übernehmen noch Ihnen ein monatliches Fixum zahlen...

Lieber Coffey,

vier Bestellungen von Großhändlern und Einzelbestellungen von sechs Geschäften, die nicht wiederholt wurden, rechtfertigen die Summe nicht, mit der Sie uns belasten. Und eine Werbung zu den Kosten, die Sie angeben, kommt nicht in Betracht. Coomb-Na-Baun Knitwear hat stets mit

*einem bescheidenen Absatz auf Ihrer Seite des Ozeans
rechnen können, ohne jede besondere Werbung, und so
halten wir es im allseitigen Interesse für das beste, unsere
Zusammenarbeit mit Ihnen aufzugeben ...*

Lieber Ginger,
    *Hartigan meint, wir täten besser daran, je nach Anfall,
einen Reisenden in Städte wie Boston, New York und
Toronto zu schicken, der Modelle vorführen und Bestellungen entgegennehmen kann, wie es die britischen Be-
kleidungsfirmen tun. Die anspruchsvollen amerikanischen
Methoden sind zu kostspielig für Carrick-on-Shannon,
deshalb sei doch bitte so gut und schick uns die Mustermap-
pen zurück ...*

Diese Briefe verbrannte er. Um zu sparen, gab er die
Wohnung auf und zog in diese billige Bude. Aber Veronica gegenüber schwieg er. Zwei Wochen lang hockte er
in seinem gemieteten Büro über den Stellenanzeigen in
den Zeitungen und raffte sich hin und wieder lustlos auf,
wegen eines Jobs nachzufragen. Aber das Problem war,
was seit jeher das Problem war: Er hatte es nicht ganz bis
zum B. A. gebracht, die Jahre im Wehrdienst waren ver-
schwendet, die Stellen bei Kylemore und Coomb-Na-
Baun qualifizierten ihn nicht für andere Jobs. In sechs
Monaten wurde er vierzig. Er dachte an Pater Cogleys
Warnung.
    Rechts vorn in der Schulkapelle stand die Kanzel. Dar-
unter saß der fünfzehnjährige Ginger Coffey, und oben
predigte Pater Cogley, ein Redemptoristen-Missionar,
von Zuflucht und Einkehr. »Da gibt es immer einen Jungen« – sagte Pater Cogley – »immer einen Jungen, der will

sich nicht so wie wir anderen Sterblichen hier auf Erden einrichten. Er ist etwas Besonderes, so denkt er. Er möchte hinaus in die große weite Welt und Abenteuer erleben. Er ist eben etwas Besonderes. Nun, schön, auch Luzifer hielt sich für etwas Besonderes. Ja, das tat er. Nun, dieser Junge, der sich für etwas Besonderes hält, das ist der Bursche, der nie Lust hat, seine Studien zu Ende zu bringen. Irland ist für ihn nicht gut genug, es muß England oder Amerika sein oder Rio de Janeiro oder irgend so ein Ort. Also, was macht er? Er verbrennt seine Bücher, und weg ist er. Und was geschieht dann? Nun, das will ich euch sagen. In neun von zehn Fällen endet der Bursche als Arbeiter mit Schaufel und Hacke, oder bestenfalls verdient er sich zwei Pennies als Federfuchser in einer Hölle auf Erden, irgendeinem Ort, wo alles in der glühenden Sonne verfault oder in Schnee und Eis erstarrt, dort, wo kein natürlich empfindender Mensch auch nur tot sein möchte. Und warum das alles? Weil ein so gearteter Junge unfähig ist, seine von Gott gegebenen Grenzen anzuerkennen, weil in einem so gearteten Jungen keine Gottesliebe steckt, weil ein so gearteter Junge nur ein ganz gewöhnlicher fauler Lump ist und sein ganzes Gerede von Abenteuern nur eine Ausrede und Entschuldigung dafür, daß er ausrückt und Todsünden begeht...« – Pater Cogley senkte den Blick: Er senkte ihn genau in die Augen Ginger Coffeys, der ihm, vor einer halben Stunde erst, hatte beichten müssen. – »Eines will ich diesem Jungen sagen«, erklärte Pater Cogley, »wenn du deine Bücher verbrennst, verbrennst du deine Boote. Und wenn du deine Boote verbrennst, gehst du unter. Du gehst in dieser Welt und du gehst im Jenseits unter. – Und dann wehe dir!«

Natürlich war das alles nur Missionarsgedröhne gewe-

sen. Aber obwohl Coffey alles vergessen hatte, was ihm je
gepredigt worden war, diesen Sermon hatte er nicht vergessen. Oft hatte er daran gedacht; er hatte daran gedacht
in jener dritten Dezemberwoche, als Veronica alles her-
auskriegte. Sie weinte. Sie erklärte, sie habe das seit langem
kommen sehen. (Typisch für sie.) Sie sagte, wenn er nicht
bis Weihnachten eine neue Stellung fände, müßten sie mit
dem ersten Schiff heimfahren, das im neuen Jahr abging.
Sie sagte, sechshundert Dollar hätten sie für die Rückreise
beiseite gelegt, und er habe versprochen, daß sie heimfahren würden, wenn aus dem Leben in Kanada nichts wurde.
Und es war nichts daraus geworden. »Und deshalb – sieh
uns doch an«, sagte sie, »wir kennen hier niemanden.
Niemand würde auch nur eine Hand rühren, wenn wir auf
der Straße lägen und zu Eisklumpen erstarrten. Du hast es
mir versprochen. Laß uns hier weggehen, ehe wir uns die
Fahrkarten für die Heimreise erbetteln müssen. Zu Hause
kennst du allerlei Leute. Da findest du immer irgend etwas. Sieh mal, am zehnten Januar geht ein Schiff von
Halifax ab. Ich reserviere uns schon mal die Plätze...«
    »Aber, es ist doch noch nicht einmal Weihnachten«,
sagte er. »Warum denn so eilig? Ich finde schon etwas.
Kopf hoch!«
    Weihnachten kam und ging, aber der Schnee war das
einzige Geschenk, das sie bekamen. Den Beginn des neuen
Jahres feierten sie damit, daß Veronica zu packen anfing,
sobald im Radio *Auld Lang Syne* ertönte, während er,
allein im dunkelgrauen Wohnzimmer, zu dem Entschluß
gelangte, am zweiten Januar, sobald die Büros öffneten,
sich zu demütigen und den Gang zum Arbeitsamt anzutreten. Weil er ja schließlich *irgendeinen* Job finden mußte.
Weil es nämlich noch eine Sache gab, die er ihr gar nicht

erzählt hatte. Das Geld für die Fahrkarten war nicht mehr vorhanden. Tatsächlich besaß er im ganzen nur noch – egal! Lieber nicht daran denken, es war zu schrecklich.

Und heute war der Stichtag. Der Wind hatte sich verstärkt. Der Schneefall hatte aufgehört, und seine Ohren begannen zu brennen, als hätte er einen Schlag darauf bekommen. Er sah in ein Schnellrestaurant hinein, sah Menschen zu dritt nebeneinander in der Schlange an der Theke entlang vorwärts drängen, Kellnerinnen stapelten Teller auf, legten Papiertücher und stellten frische Wassergläser vor jeden, der zu trödeln wagte: nein, einen Unterschlupf gab es nicht in Childs Restaurant. Aber er mußte Veronica anrufen – sie vorbereiten. Also trat er ein, ging zum Telefon.

»Bist du das, Schätzchen?« –

»Hast du die Fahrkarten, Ginger?«

»Also, nein, noch nicht, weißt du. Darum ruf' ich dich ja gerade an. Siehst du, Liebling, mitten aus heiterem Himmel bin ich auf dem Weg in die Stadt einem Mann begegnet, der hat mich auf einen Job aufmerksam gemacht. Und da möchte ich doch immerhin mal anfragen.«

»Was für ein Mann?«

»Du kennst ihn doch nicht, Liebling. Die Sache ist die, ich habe heute nachmittag einen Termin um halb drei.«

»Heute ist der letzte Tag, um die Fahrkarten abzuholen«, sagte sie. »Wenn du sie nicht abholst, wird man sie anderen Leuten geben.«

»Das weiß ich, Liebling. Die Sache ist die, ich möchte bis nach diesem Gespräch warten. Um drei bin ich bestimmt damit fertig. Dann ist immer noch ein Haufen Zeit, um die Karten zu holen, wenn es mit dem Job nichts wird.«

»Aber was für ein Job ist das denn?«

Verdammt! Er griff sich in die Brusttasche und zog ein Stück Papier hervor. Es war der zweite Zettel, den Donnelly ihm gegeben hatte, und er hatte schon begonnen, ihn vorzulesen, als er seinen Fehler bemerkte. »Gesucht«, las er. »Aggressiver Werbefachmann für die Akquisition von Geldspenden für die Krebsforschung. Angebote an H. E. Kahn, Zimmer 200, Doxley Building, Sherbrooke Street.«

»Das klingt aber nicht nach einer Dauerstellung«, sagte sie.

»Und wennschon, Liebling. Es hält uns vorläufig über Wasser.«

»Wenn wir hierbleiben sollen«, meinte sie, »mußt du etwas Festes finden, Ginger. In deinem Alter kannst du es dir nicht mehr leisten, ständig zu wechseln. Das weißt du doch.«

»Gewiß, Liebling. Wir – wir reden später noch darüber. Auf W...«

»Warte! Ginger, hör zu. Wenn dieser Job nur eine Zwischenlösung für ein paar Wochen ist, nimm ihn nicht an. Hol die Karten.«

»Ja, Liebling. Also dann, Wiedersehen.«

Er legte den Hörer auf und verließ die Telefonzelle. Es mußte doch auch im Leben ein Gesetz der Serie geben, genau wie im Spiel. Und *wenn* jemand lange genug eine Pechsträhne gehabt hatte, dann er.

Eine Kellnerin winkte ihm mit der Speisekarte, doch er dachte an die vierzehn einsamen Dollar in seiner Tasche. Er ging hinaus, aber es war zu kalt, um auf dem Platz herumzulungern. Wohin also? Er blickte über den schneebedeckten Park; drei alte Mütterchen gingen die Stufen zur Kirche empor. In Gottes Haus war es warm. Wie lange schon hatte er keinen Fuß mehr hineingesetzt? Seitdem er von zu Hause aufgebrochen war – und er hatte es nicht einmal vermißt. Vielleicht...? Na gut, es würde ihm nicht schaden, oder?

Die Dunkelheit im Innern war ihm vertraut. Er lauschte auf das Gurgeln in den Wasserrohren, suchte sich eine Bank in der Nähe eines Heizkörpers und schob sich hinein. Katholische Kirchen waren überall gleich. Rechts die Kanzel (Schatten Pater Cogleys!) und links der Muttergottesaltar (Frauendomäne) mit Votivkerzen auf einem Bänkchen darunter. Er mußte daran denken, wie er als Junge der Langeweile der Messe damit zu entgehen versuchte, daß er die Kerzen zählte, Sixpence für die großen, Threepence für die kleinen, und den Profit für die Priester abschätzte.

Coffeys Vater, ein Rechtsanwalt, war im braunen Dominikanerhabit des Dritten Ordens begraben worden. Das sagte genug. Sein älterer Bruder Tom wirkte als Missionar in Afrika. Aber weder er noch Veronica waren das, was man in Dublin Frömmler nannte. Weit davon entfernt. Einer der geheimen Gründe, warum er in die Neue Welt flüchten wollte, lag ja gerade darin, daß Gottesdienst in Irland keine Frage der Entscheidung war. Verdammt noch mal, man hatte hinzugehen, sonst wurde man, ob Schuster, ob Schneider, ob reich oder Hungerleider, Soldat oder Seemann, noch auf Erden mit Pech und Schwefel gepeinigt. Hier, hier war er frei!

Und trotzdem... Wie er jetzt auf den Altar starrte, stieg ihm die Warnung des Missionars im Gedächtnis auf. Wenn es nun doch nicht alles nur Unsinn war? Wenn sein Bruder Tom, der sich darüber sorgte, daß ihm die Moslems seine afrikanischen Schäfchen abspenstig machten,

letztlich doch recht hatte? Nur mal angenommen. Angenommen, all die Gebete, Bußübungen, Verheißungen wären Wahrheit? Angenommen, der Arme im Geiste würde
das himmlische Königreich gewinnen? Und nicht er.

Denn er war nicht arm im Geiste. Er war arm schlecht-
hin. Wie stand es denn mit ihm? Wenn er all dies Zeug von
einem Leben nach dem Tode nicht glaubte, was glaubte er
dann? Was für ein Ziel hatte er im Leben? Nun – nun,
vermutlich wollte er einfach sein eigener Herr sein, für
Vera und Paulie sorgen, und ... Und was noch? Verflucht!
Er fand dafür keine Worte. Etwas aus sich machen, wie?
Schön, und genügte das? Und würde es ihm gelingen?
Vielleicht gehörte er zu den Leuten, die von keiner Welt
das beste Teil erwischen, zu denen, für die der Herr keine
Zeit hat, zu den Lauen, die nicht Fisch noch Fleisch sind,
weder große Sünder noch Heilige? Und möglicherweise
darum, weil er nicht arm im Geiste war, weil er nie arm im
Geiste, nie für Betteln und Buße gewesen war, vielleicht
hatte Gott deshalb die ganze Zeit auf ihn gelauert, hatte
ihm hier ein kleines Mißgeschick und dort eine kleine
Hoffnung zukommen lassen, seine Träume zunichte gemacht und ihn im Strom der Zeit immer weiter abtreiben
lassen, weit weg vom Glück, bis jetzt, zu diesem Punkt, in
der Mitte des Lebens, wo er in einem Land von Eis und
Schnee festsaß. Wenn es dort oben einen Gott gab: war es
das, was Gott wollte? Ihn arm im Geiste zu machen? Ihn
so weit zu bringen, daß er um Frieden bitten, aufgeben
und sich zu den anderen Schafen in die Herde einreihen
würde?

Er sah zum Tabernakel hinüber. Sein breites rotes Gesicht blickte finster drein, als hätte ihn jemand geschlagen.
Seine Lippen unter dem rötlichblonden Schnurrbart preß-

ten sich fest aufeinander. Tyrannen konnte ich nie ausstehen, sagte er zu dem Tabernakel. Hör jetzt genau zu. Ich bin hier hereingekommen, um, na, vielleicht ein Gebet zu sprechen, und ich bin der erste, der zugibt, daß das ganz schön unverschämt von mir war, wenn man bedenkt, wie ich dich all die Jahre vernachlässigt habe. Aber jetzt kann ich nicht beten, denn beten, weil du mich bestrafst, das wäre doch geradezu Feigheit. Und wenn du Feiglinge haben willst für deinen Himmel, dann viel Glück!

Er griff nach seinem grünen Hütchen und verließ die Kirche.

Um zwei Uhr dreißig betrat Mona Prentiss, die Empfangsdame, das Büro von Georges Paul-Emile Beauchemin, Direktor der Public-Relations-Abteilung der Firma Canada Nickel, und händigte ihm Coffeys Fragebogen aus. Jawohl, der Mann saß draußen, er wartete seit dem Vormittag. Ob Mr. Beauchemin ihn zu sehen wünsche?

Mr. Beauchemin hatte etwas Zeit totzuschlagen. Er kam gerade von einem ausgezeichneten Mittagessen, das er jemandem im Austausch für zwei Eintrittskarten zum Hockey spendiert hatte. In einer halben Stunde, bei der allwöchentlichen Besprechung, gedachte er die Karten Mr. Mansard zu überreichen. Mr. Mansard war Vizepräsident und Hockeyfan. Deshalb war Mr. Beauchemin in guter Stimmung. »Führen Sie den Burschen 'rein«, sagte er.

Miss Prentiss kam den Flur zurückgeschwebt. »Wollen Sie mir bitte folgen?« Und Coffey folgte, plötzlich von dem Wunsch gepackt, er hätte seinen blauen Anzug angezogen, obwohl er schon etwas fadenscheinig war. Und dabei betrachtete er ihre hübsch gerundeten Hinterbak-

30

ken, die sich am grauen Flanell des Rockes rieben, hohe schmale Absätze, tick, tack, Kaschmirpullover, blonde Locken. Eine reizvolle Rückenansicht, aber er konnte sie nicht recht genießen. Ihm wurde fast schlecht vor Aufregung, denn worin lagen eigentlich seine Qualifikationen für *diesen* Job? Worin?

»Mr. Coffey«, sagte sie und schloß die Tür hinter ihnen. Und – hurra! Das war der richtige Mann. Denn wunderbarerweise hatte Coffey diesen Mr. Beauchemin schon kennengelernt, hatte ihn im November auf einer Party im Presseklub getroffen, wohin Gerry Grosvenor das Ehepaar Coffey eingeladen hatte.

»Hallo!« sagte Coffey also und kam gemütlich, die große Hand ausgestreckt, die Schnurrbartenden im Lächeln erhoben, auf den anderen zu. Und Beauchemin nahm die dargebotene Hand und suchte krampfhaft in seinem Gedächtnis, um den Mann unterzubringen. Er konnte sich aber partout nicht an ihn erinnern. Vom Typ her Engländer und, wie die meisten Engländer, irgendwie eigenartig. Man brauchte sich nur diesen winzigen grünen Hut anzusehen, den weiten, kurzen Automantel und die Schuhe aus Wildleder. Ein Mann in dem Alter sollte besseres zu tun haben, als sich wie ein Collegejunge anzuziehen, dachte Beauchemin. Er blickte in Coffeys rotes Gesicht und auf seinen breiten, militärischen Schnurrbart. Georges Paul-Emile Beauchemin hatte nicht gedient. Dieser Schnurrbart konnte ihn nicht beeindrucken: O nein.

»Ich nehme an, Sie erinnern sich nicht an mich?« fragte Coffey. »Ginger Coffey. Ich war für Cootehill Destilleries hier. Hab Sie mal im Presseklub kennengelernt, mit Gerry Grosvenor, dem Karikaturisten.«

»Ja, natürlich«, meinte Beauchemin unbestimmt. »Der alte Gerry, was? Sie sind – hm – Sie sind Ire, was?«

»Ja«, erklärte Coffey.

»Am guten alten Paddy's Day, was?«

»Ja.«

»Gibt viele Iren hier, wissen Sie. Letztes Jahr bin ich mit meiner kleinen Tochter zur Paddy's Day Parade auf der Sherbrooke Street gegangen. Ist sehr lustig, was?«

»Ja, nicht wahr?« sagte Coffey.

»Dann arbeiten Sie also nicht mehr für – hm . . .« Beauchemin warf einen Blick auf den Fragebogen, »für die Destillerie?«

»N-nein. Es haben sich verschiedene Veränderungen in der Geschäftsleitung ergeben, und man wollte mich zurückholen. Aber mir gefällt es hier, wir hatten uns so gut eingelebt, das Kind geht in die Schule, na und so weiter. Mitten im Schuljahr ist es nicht gut, die Schule zu wechseln, also habe ich beschlossen, mein Glück hier zu versuchen.«

»Natürlich«, sagte Beauchemin. »Zigarette?« Vielleicht war der Kerl von jemandem aus dem oberen Stockwerk geschickt worden? Besser, man sondierte erst einmal die Lage. »Woher haben Sie erfahren, daß wir nach einem Hilfsredakteur suchen?« Coffey sah seinen kleinen grünen Hut an. »Na ja, das waren – äh – die Leute vom Arbeitsamt. Die haben die Stelle erwähnt.« Beruhigt (denn wenn es eine Empfehlung von oben gewesen wäre, hätte er eine Aktennotiz hinaufschicken müssen) lehnte Beauchemin sich zurück und nahm ungeniert den Fragebogen zur Hand. Ein Niemand. Man konnte ihn aus Altersgründen wegschicken.

»Hm, schade, schade«, sagte er. »Denn – wie sagten Sie noch war Ihr Vorname?«

32

»Ginger. Hieß schon als Junge so. Wegen dem roten Haar, wissen Sie.«

»Tja, Gin-ger, ich fürchte, diese Stelle ist nicht das richtige für Sie. Wir brauchen einen ganz jungen Mann.«

»So?«

»Ja, irgendein Jüngelchen, das vielleicht ein paar Jahre für ein Provinzblatt gearbeitet hat, jemanden, den wir anlernen können, weiterbringen, wenn er sich macht.«

»Ich verstehe«, sagte Coffey. Er saß kurze Zeit still da, blickte auf seinen Hut. Idiot! Blöder, taktloser Idiot! Warum hast du nicht abgewartet, ob er sich an dich erinnert? Er kennt dich einen Dreck, und du platzt herein mit ausgestreckter Hand! O Gott! Los, steh auf, bedank dich und hau ab!

Aber er brachte es nicht fertig. In seiner Phantasie tutete eine Schiffssirene, alle Besucher von Bord! Er, Veronica und Paulie standen mit Tränen in den Augen auf dem Zwischendeck und winkten seinem gelobten Land zum Abschied zu. Nein, jetzt war nicht die Zeit, stolz zu sein. Sollte er es versuchen? Fragen?

»Tja«, sagte Coffey. »Ich muß zugeben, meine Berufserfahrungen stammen alle von drüben. Kann mir schon vorstellen, daß es hier etwas anders zugeht. Vielleicht – vielleicht müßte ich eben weiter unten anfangen? Und mich hocharbeiten?«

Beauchemin sah dem Mann ins rote Gesicht, in die erschreckten Augen. Hatte für eine Schnapsbrennerei gearbeitet, ja? Vielleicht hatte man ihn gehen lassen, weil er selbst eine zu große Vorliebe für die Produkte der Firma zeigte? »Offen gesagt, Gin-ger«, erklärte er, »Sie passen nicht in unsere Rentenversicherung. Die erfolgt nämlich über einen innerbetrieblichen Fonds. Je älter jemand bei seinem Eintritt ist, desto mehr müssen die anderen für ihn zahlen. Sie wissen doch, wie diese Sachen gehandhabt werden.«

»Aber ich hätte nichts dagegen, wenn Sie mich aus der Altersversorgung herauslassen.«

»Tut mir leid.«

»Aber – aber wir Neukanadier«, fing Coffey wieder an, »ich meine, wir können doch nicht alle Jungs von zwanzig sein, oder? Wir müssen doch irgendwo anfangen? Ich meine« – und er senkte den Blick auf sein Hütchen –, »ich will nicht um den heißen Brei herumreden. Es wäre schön, wenn Sie eine Ausnahme für mich machen könnten.«

»Tut mir wirklich leid«, sagte Beauchemin. Er stand auf. »Ich will Ihnen was sagen, Gin-ger. Lassen Sie draußen bei Mona Ihren Namen und Ihre Adresse da. Wenn sich irgendeine Möglichkeit ergibt, kommen wir auf Sie zu. Okay? Aber lehnen Sie keine anderen Angebote ab, ja? Geht das in Ordnung? Ich freue mich, Sie wiedergesehen zu haben. Grüßen Sie Gerry von mir, ja? Und viel Glück!«

Beauchemin drückte Coffey die Hand und sah zu, wie er seinen albernen kleinen Hut aufsetzte. Sah, wie er zur Tür ging, sich dort umdrehte und die rechte Hand zu einem fahrigen Abschiedsgruß, der Parodie eines Salutierens, erhob. Ein Veteran, dachte Beauchemin. Ich hatte ganz recht. Die haben's nötig, freie Krankenhausbehandlung, Pensionen, Hypotheken, Ausbildung; zum Teufel mit den Burschen.

»Auf Wiedersehen«, sagte er. »Und schließen Sie bitte die Tür.«

Im Zimmer 200 des Doxley Building, Sherbrooke Street, legte ein aggressiver Werbefachmann für die Akquisition von Geldspenden für die Krebsforschung seinen kleinen grünen Hut zwischen seine Füße und blickte H. E. Kahn an, der Bewerbungen entgegennahm.

H. E. Kahn trug einen blauen Anzug mit schmalem Revers, das sich in gebogener Linie zu den Spitzen seines steifen weißen Hemdkragens emporschwang. Sein schwarzer Schlipsknoten hatte den Umfang einer Weinbeere, und der Schlips selbst war so schmal und gerade wie ein Lineal. Der Mund darüber war ebenfalls schmal, schmal war die nadelfeine Nase, schmal waren die Augen, die jetzt auf den Fragebogen starrten, auf dem der Bewerber, zum dritten Mal an diesem Tag, die irreführenden Tatsachen eines Lebenslaufes dargelegt hatte. H. E. Kahn las schnell. Nun war er bei der Rückseite, sein junger, kurzgeschorener Schädel beugte sich darüber und zeigte eine kleine mönchische Tonsur. Doch trotz dieser Andeutung von Kahlheit hielt Coffey H. E. Kahn für nicht älter als dreißig Jahre. Womit er immer noch älter war als die drei jungen Männer, die Coffey im Vorzimmer an der Arbeit gesehen hatte, älter als die beiden hübschen Tippsen, die einander gegenübersaßen, hinter Coffeys Rücken, und Diktate von ihren Stenogrammblocks in die Maschine übertrugen, und bestimmt auch älter als der zweite Bewerber, der wie Coffey einen Fragebogen ausgefüllt hatte und nun draußen wartete, bis er an die Reihe kam.

H. E. Kahn lehnte sich in seinem Drehsessel zurück, bis die Tonsur auf seinem Haupt die Wand berührte. »Sprechen Sie Französisch?«

»Nein, leider nicht.«

»Französisch wäre gut.«

»Das will ich gern glauben.«

»Nicht, daß es unbedingt erforderlich wäre, verstehen Sie, aber wie ich sehe, sind Sie nicht von hier. Kein Kanadier, oder?«

»Nein, ich bin Ire.«

»Ire, wie? So ist das? Ich war auch mal in Irland. Shannon Airport. Habe da ein wunderbares Geschäft mit einem Fotoapparat gemacht, auf der Durchreise von Paris, letzten Sommer.«

H. E. Kahns Drehstuhl schwang nach vorn zum Schreibtisch zurück. Seine Hand knüllte den Fragebogen zu einem Ball zusammen, der dann eine Parabel durch die Luft beschrieb, über Coffeys linke Schulter hinweg, und im Papierkorb einer der Sekretärinnen landete. »Tut mir leid, Mr. Cee. Sie sind nicht der Mann, den wir suchen.«

Coffey erhob sich. »Gut, trotzdem vielen Dank, daß Sie mich empfangen haben.«

»Das Vergnügen war ganz meinerseits. Hey, Marge, schick doch mal den andern Burschen rein, ja? Und, Jack? JACK? Wirf mir die Liste mit den Namen rüber. Hat mich sehr gefreut, Mr. Coffey. Auf Wiedersehen.«

»Auf Wiedersehen«, antwortete Coffey mechanisch. Hoffentlich in der Hölle.

Hinterher, draußen auf der Straße, überlegte er sich, ob dieser letzte Wunsch fair gewesen war. Alles in allem hatte Kahn ihn höflich behandelt. Lag es daran, daß Kahn offenbar Jude war? Nein, er hoffte doch, daß dies nicht der Grund war. Coffey hatte für die Haltung, die viele seiner Landsleute den Juden gegenüber einnehmen, nichts übrig. Unter seinen besten Freunden gab es zwar keine Juden, aber darum brauchte man die Juden ja nicht gleich zu abzulehnen, nicht wahr? Übrigens hatte er auch Beauchemin nicht besonders gemocht, und nicht etwa, weil der Frankokanadier war. Natürlich nicht. Woran lag es also, abgesehen von der Tatsache, daß keiner von beiden ihn hatte einstellen wollen? *Sie waren jünger als er.* Das war ihm bei beiden zuerst aufgefallen. Und Donnelly ebenso, der Mann im Arbeitsamt. Jünger. Den ganzen Tag lang war er mit dem Hut in der Hand zu jüngeren Männern gegangen und hatte sich vorgestellt. Und doch – Herrgott noch mal, ich bin nicht alt, dachte Coffey. Neununddreißig ist kein Alter!

Als er beim Dahinschlendern um die Ecke der Ste. Catherine Street bog, sah er wieder die Schlagzeile der Morgenzeitung: EHEFRAU UND LIEBHABER ERSCHLAGEN VERKRÜPPELTEN GATTEN. Die ungekauften Schiffskarten fielen ihm ein. Verdammt! Lieber noch ein bißchen in der Stadt bleiben ...

Um Viertel vor fünf kam er in der Straße an, in der er wohnte. Er trödelte immer noch, ging etwas abseits vom Strom der anderen Fußgänger, betrachtete seine häßlichen Fußspuren im weißen, frisch gefallenen Schnee und wartete darauf, daß es fünf Uhr schlug und Gerry Grosvenor kam, denn mit Gerry an der Seite konnte er die gefürchtete Szene wegen der Fahrkarten noch um eine Stunde oder so hinausschieben. Doch als er auf den Bürgersteig kam, der an seinem Haus entlangführte, sah er mit Erleichterung Gerrys kleinen Sportwagen, und der mußte schon eine ganze Weile da stehen, denn im Schnee auf der Fahrbahn waren keine Spuren mehr zu entdecken. Das war merkwürdig.

Gerry Grosvenor, der politische Karikaturen für eine

große Zeitschrift namens *Canada's Own* zeichnete, war wohl ihr einziger guter Freund in Kanada. Ein Kriegskamerad Coffeys aus Dublin hatte ihm einen Empfehlungsbrief an Gerry mitgegeben, und seitdem sie zum ersten Mal miteinander ausgegangen waren, hatte Gerry sie wie nahe Verwandte und seine besten Freunde behandelt. Was alles gut und schön war, aber unangenehm wurde, denn als Coffey aus der anderen Wohnung auszog und das Bargeld immer mehr dahinschmolz, mußte er Gerry aus dem Weg gehen. Denn, verdammt noch mal, Gerry war ein geselliger Bursche und sehr beliebt, und nichts wünschte Coffey weniger, als daß Gerry anfinge, auf ihn herabzusehen. So gab es ihm jetzt einen Stoß, als er die Haustür aufschloß und Gerry sagen hörte: »Na, na! Wird schon werden! Nimm's nicht so tragisch. Ist bestimmt nicht so schlimm, wie du denkst.«

Was war denn da los? Vera schluchzte, das war los. Und weswegen schluchzte sie? Hatte sie die Sache mit den Schiffskarten schon spitzgekriegt? Wie nur? Du lieber Himmel. Diese verfluchten Frauen! Heulen irgendeinem Fremden ihre privaten Kümmernisse vor; hatte sie denn keinen Stolz? Er zögerte, fürchtete sich davor einzutreten, hätte sich am liebsten versteckt.

Es gab nur einen rettenden Ort. Paulie war nicht zu Hause, und Veronica würde ihn dort nie suchen. So schlüpfte er in Paulies winziges Kabuff, das ebenso vollgestopft war wie alle Zimmer, die sie je gehabt hatte, und setzte sich auf das Bett, um zu Atem zu kommen.

Im Dreiviertelprofil, von Weißblechrahmen umgeben, lächelten Paulies Lieblingssänger, Filmstars und Gitarrespieler, mit Namenszug versehen, Daddy verächtlich an. Er wich ihrem glänzenden Starrblick aus und hob Bunkie, das älteste Spielzeug seiner Tochter, vom Boden auf, eine Puppe im Pyjama und mit hölzernem Kopf. Andere Talismane, wenn auch weniger geliebte, lagen auf dem Frisiertisch herum: ein Exemplar von *Little Women*, ein abgewetztes, mit Perlen besticktes Täschchen, das Coffeys Mutter bei einem Ball getragen hatte, ein gläserner Briefbeschwerer mit Märzglöckchen als Verzierung, ein Federkasten, den Coffey für sie gebastelt hatte. Dieser Federkasten, zerschrammt und kaputt, war jetzt mit Haarnadeln und Kämmen gefüllt. Paulie wuchs heran. Wieder blickte er auf den Holzkopf der Puppe, die gemalten Gesichtszüge, die von vielen Kinderküssen und Kindertränen fast ausgelöscht waren. Ach, Paulie, was ist aus uns geworden? Früher konnte ich keinen Schritt tun, ohne daß du hinter mir hergelaufen kamst, hoppla, komm zu Daddy, und ich wirbelte dich hoch durch die Luft, mein Goldkopf, und ich war der Große Bär. All die Spiele, mit denen wir unseren Spaß hatten, die kindlichen Freudenschreie. Aber jetzt siehst du mich nie mehr recht an. Was ist geschehen? Wenn du nur ein Junge wärst!

Aber einen Jungen hatten sie nie gehabt. Und wessen Schuld war das? Seine nicht, obwohl sie es manchmal so hinzustellen versuchte. Sie wurde nämlich gleich im ersten Monat nach der Hochzeit schwanger. Zu der Zeit war er gerade einberufen worden, und jeder nahm an, daß Irland in den Krieg eintreten wurde. Deshalb warteten sie und warteten. Und etwa zu Paulies Geburt verkündeten die Bonzen in der Regierung, daß Irland neutral bleiben würde. Und Veronica regte sich furchtbar auf, als Coffey desertieren und zur britischen Armee überlaufen wollte. Er sehnte sich nach Taten, aber sie erklärte, es sei seine Pflicht, bei der Familie zu bleiben. Familie! Er wünschte sich Abenteuer, nicht Windeln. Deshalb schmollte er ungefähr einen Monat lang, und sie schickte ihm den Priester auf den Hals, weil er Empfängnisverhütung betrieb. Er sagte, er wolle verdammt sein, wenn er sich von irgendeinem Priester vorschreiben ließe, ob er noch ein Kind haben würde oder nicht. Da drohte der Priester, Veronica die Sakramente zu verweigern, und wenn es etwas gab, was Coffey nicht ertragen konnte, dann waren es Drohungen. Sie würden kein zweites Kind haben, erklärte er. Noch nicht. Nicht ehe er den richtigen Zeitpunkt für gekommen hielt. Und wann würde das sein, fragte sie. Bald? Ja, bald. Er versprach es ihr. Bald.

Aber sie bekamen kein zweites Kind mehr. Die Jahre waren verstrichen: Er wußte nicht einmal, ob sie sich noch eines wünschte. Ach, Kinder – Kinder. Seine große Hand streichelte Bunkies Kopf. Er setzte die Puppe auf die Bettdecke und strich das Bett sorgfältig glatt. Er benahm sich selber wie ein Kind, wenn er sich's recht überlegte. Sich so zu verstecken. Er ging hinaus, lauschte im Flur, hörte aber kein Weinen mehr. So wagte er sich in das Wohnzimmer.

»Hallo, da bist du ja, Ginger«, sagte Gerry Grosvenor und erhob sich. Er war hochgewachsen und so geschniegelt, daß er Coffey an eine Puppe im Schaufenster eines Herrenausstatters erinnerte. Doch trotz seiner Größe und Eleganz, trotz seiner dreißig Jahre, seines Bartschimmers und der schwarzbehaarten Hände haftete ihm immer noch ein Rest von Jugendlichkeit an wie eine unheilbare Krankheit.

»Hallo, Gerry, alter Junge«, sagte Coffey betont herzlich.

»Hallo, Kindchen!«

Ja, sie hatte geweint.

»Du hast also die Fahrkarten nicht abgeholt?« sagte sie.

»Wieso das, Schatz?«

»Ich hab' um drei Viertel fünf angerufen«, sagte sie. »Da hattest du sie noch nicht gekauft, und die Leute wollten in ein paar Minuten schließen. Heißt das, du hast eine Stelle gefunden?«

Coffey antwortete ihr nicht sofort. Statt dessen blinzelte er Gerry zu. Frauen müssen doch immer gleich ein großes Geschrei wegen jeder Kleinigkeit machen, was, Gerry, Junge? Aber Grosvenor blinzelte nicht zurück; er ließ Coffey allein auf dem Schlachtfeld.

»Nein«, sagte Coffey und wandte sich zu ihr um, »ich habe keine Stelle gefunden.«

»Warum hast du dann die Tickets nicht gekauft?«

»Hör mal, wir wollen später darüber reden, Kindchen, ja? Wie wär's denn jetzt mit einem Bier? Ist noch irgendwo in diesem Haus etwas Bier aufzutreiben?«

»In der Küche«, sagte sie.

»Gerry, willst du auch eins?« fragte Coffey.

Doch Grosvenor schüttelte den Kopf. Seine runden braunen Augen, die Coffey an eine junge Kuh denken ließen, die einem zusieht, wie man eine Wiese überquert, hatten jetzt einen starren glasigen Blick. Coffey kam zu dem Schluß, daß er einen sitzen hatte.

»Nein, ich muß gehen«, sagte Grosvenor. »Hab' noch eine andere Verabredung. Also, nehmt's nicht so tragisch, Vera und Ginger. Ich seh mal, was sich machen läßt. Okay?«

»Warte. Trink wenigstens noch einen Kurzen für unterwegs, ja?« sagte Coffey in dem Bewußtsein, daß in dem Augenblick, wo Gerry gegangen war, die Decke einstürzen würde.

»Nein, danke, bin sowieso schon spät dran«, sagte Gerry. »Tschüs, Ginger. Tschüs, Veronica.«

Veronica stand nicht auf, sie sagte nicht einmal auf Wiedersehen. Was Coffey kränkte, denn schließlich konnte sie ja wenigstens Besuchern gegenüber etwas höflich sein. Ärgerlich folgte er Gerry in den Flur hinaus.

»Tut mir leid, daß ich so spät nach Hause gekommen bin, mein Alter«, sagte er. »Ich hoffe, Veronica hat dich nicht mit unseren Sorgen belastet.«

Grosvenor neigte den Kopf, um sich einen langen Wollschal um den Hals zu legen, dann blickte er Coffey aus runden braunen Kuhaugen an. »Aber ich bin doch euer Freund«, sagte er. »Ich meine, ich wußte gar nicht, daß ihr Sorgen habt. Ich wollte sagen, eure Sorgen sind meine Sorgen, klar? Das ist doch der Sinn jeder Freundschaft, oder nicht?«

»Ich denke schon«, stimmte Coffey zu. Kanadier waren schrecklich gefühlsduselig, das hatte er schon bemerkt. Sogar die Männer versicherten einem unaufhörlich, wie gern sie einen hatten. Unmögliches Benehmen, zumal wenn man ein Wort davon ernst nahm. Immerhin gab es eine Entschuldigung für Old Gerry. Er war betrunken.

»So, das wär's«, sagte Coffey und half Gerry in den Mantel. »Sei schön vorsichtig.«

»Ich meine, ich dachte, du *wolltest* heimfahren«, sagte Grosvenor. »Aber wenn du das gar nicht willst – dann schau ich eben mal, was ich ausgraben kann. In Ordnung?«

»In Ordnung«, sagte Coffey und führte ihn zur Haustür. »Und vielen Dank auch, Gerry.«

»Hör zu«, sagte Grosvenor, blieb stehen und stierte Coffey wieder mit seinem betrunkenen Blick an. »Werde mal gleich jetzt eine Möglichkeit unter die Lupe nehmen. Ruf dich noch an heut abend. Okay?«

»Nett von dir. Ich bin bestimmt zu Hause.«

»'kay«, sagte Grosvenor. Er stolperte über die Stufe und ging dann schlenkernd, mit schwerem, gebeugtem Kopf den Weg zur Straße hinunter. Coffey kam der Gedanke, daß Gerry nicht fahrtüchtig war.

»Gerry?« rief er – denn wenn er Gerry nach Hause brachte, wurde das Jüngste Gericht um eine weitere Stunde verschoben.

»Tschüs!« rief Grosvenor zurück. »Bis dann, Ginger.«

Na gut. Langsam schloß Coffey die Haustür. Langsam ging er wieder ins Wohnzimmer. Sie hatte sich nicht aus ihrem Sessel gerührt. Da saß sie, das dunkle Haar hob die Blässe des Gesichts hervor, ihre langen Finger hatte sie um ein Knie geschlungen, das Bein hochgezogen; unerbittlich wartend, blickten ihre großen dunklen Augen zu ihm auf.

»Also«, sagte er und setzte sich auf die Sofalehne, »Freund Gerry ist heute nachmittag ganz schön voll, findest du nicht?« Sie antwortete nicht. Er lächelte sie an, immer noch bemüht, sie aufzuheitern. »Weißt du, ich hätte eben einen Augenblick lang beinahe geschworen, er würde mich küssen, draußen im Flur.«

»Wen küssen?«

»Mich«, sagte er und versuchte, ihr zuzulächeln.

»Warum hast du die Karten nicht geholt, Ginger?«

»Also...«, fing er an. »Sieh mal, Liebling, hör mal, weißt du, wohin ich heute gegangen bin?«

Keine Antwort.

»Heute morgen«, erklärte er, »bin ich gleich als erstes zum Arbeitsamt. Weißt du, zu der Stellenvermittlung.

Und was meinst du, sofort hat man mir zwei freie Stellen genannt. Sie waren sehr nett, wirklich. Da hab' ich den ganzen Tag damit zugebracht, mich vorzustellen, Bewerbungen aufzusetzen und – und, hör mal, Vera, ich geb' ja zu, daß nichts daraus geworden ist. Aber es war doch immerhin ein Anfang, und morgen werden die Leute eben noch einmal versuchen, mich unterzubringen...«

»Morgen wirst du die Fahrkarten abholen«, sagte sie.

»Ach nein, nun hör doch mal, Kindchen! Du hast doch bestimmt nicht mehr Lust als ich, nach Irland zurückzufahren. Also, warum sollen wir nicht ein bißchen abwarten...«

»Nein. Wir haben schon viel zu lange gewartet.«

»Aber bloß noch eine Woche, das würde uns doch nicht umbringen.«

»Ginger«, sagte sie. »Ich tu das doch um deinetwillen, wenn du das nur einsehen könntest. Wir werden uns morgen die Karten holen und damit basta.«

»Um *meinetwillen*?« fragte er. »Bin ich es denn, der nach Hause will?«

»Wir kaufen die Fahrkarten«, erklärte sie. »Und damit Schluß.«

»Von wegen Schluß«, sagte er, pötzlich in Wut geratend. »Wir können sie nicht kaufen, also hör auf damit, ja?!«

»Was?«

»Was glaubst du denn, wie ich es die letzte Zeit über geschafft habe?« rief er. »Man braucht ja ein Vermögen hierzulande!«

»Du hast das Geld ausgegeben? *Du – hast – das – Geld – ausgegeben?*«

»Ich konnte nicht anders, Kindchen. Ich hatte Auslagen
– im Büro – unvorhergesehene Dinge . . .«

»Eins«, sagte sie. »Zwei . . .«

»Ein Haufen Rechnungen . . .«

»Drei – vier . . .«

»Komm, los, schluck's schon 'runter, Kindchen! Tut
mir ja leid. Ich kann nicht besonders gut mit Geld umge-
hen, hab's nie gekonnt. Tut mir leid.«

»Fünf – sechs – sieben . . .«

»Ich sage doch, daß es mir leid tut. Gott weiß, es ist
nicht allein meine Schuld. Diese Dummköpfe zu Hause,
die meine Auslagen nicht übernehmen wollten. Ich hab'
sogar am Essen gespart.«

»Acht – neun – zehn!« Sie holte tief Atem. »Ich kriege
jetzt keinen Wutanfall«, deklamierte sie. »Ich – kriege –
jetzt – keinen – Wutanfall.«

»Na siehst du, das finde ich großartig. Komm, sei nicht
traurig, hör zu, ich finde bestimmt bald eine Stelle, und
alles wird gut. Du wirst sehen.«

»Hör auf«, sagte sie. »Was hilft das schon, daß du
behauptest, es tut dir leid.«

»Vera?«

»Wenn du wenigstens wüßtest, was du angerichtet
hast«, sagte sie und fing an zu weinen. »Wenn du nur die
leiseste Ahnung hättest. Diesmal hast du es kaputtgemacht, diesmal wirklich.«

»Hör doch, Kindchen . . .«

»Geh weg. Iß zu Abend.«

»Ißt du nichts, Liebling?«

»Raus mit dir!«

Ach ja. Frauen sind wirklich schwierig. Haben nervöse
Zustände, von denen Männer nichts verstehen. Ja, sie hatte

sich diese ganze letzte Zeit sehr merkwürdig benommen, abweisend und lustlos und so weiter. Nervöse Zustände, ganz sicher. Man braucht nur medizinische Bücher zu lesen, da steht alles drin. Darum, besser in Ruhe lassen. Sie kommt schon wieder zur Vernunft.

Er ging in die Küche. Im Backofen fanden sich Würstchen und Kartoffeln; sie waren noch warm. Ein wenig Kopfrechnen sagte ihm, daß drei für ihn gedacht waren, drei für sie und zwei für Paulie. Er nahm seine Portion heraus und setzte sich damit an den Küchentisch. Aus dem Wasserhahn über dem Ausguß tropfte es auf Töpfe und Pfannen. Im oberen Stockwerk stellte jemand die Heizung an, und einen Augenblick später klopfte und spuckte es auch in den Röhren im Erdgeschoß. Herrgott noch mal, was für eine Bruchbude! Kein Wunder, daß Vera dieses Haus haßte. Coffey war hungrig. Er aß seine Würstchen und nahm sich noch etwas Kartoffeln und Soße. Zwischen zwei Bissen merkte er plötzlich, daß sie in der Tür stand, bleich im Gesicht, mit glänzenden Augen. Immer noch wütend. Er führte die Gabel zum Mund und zwinkerte ihr zu.

»Wieviel *haben* wir noch?« sagte sie.

Er lächelte, deutete auf seinen vollen Mund.

»Antworte! Und schwindle nicht, ja!«

Vierundneunzig – schön, runden wir's ein bißchen auf: »Etwa hundert Dollar«, sagte er.

»Mein Gott!« Sie drehte sich um und ging.

Er aß seine Kartoffeln und wischte den Teller mit einem Stück Brot aus. Was hatte Vera schon für eine Ahnung von Geldsachen? Einziges Kind, von der Mutter verhätschelt, hübsch, an jedem Finger einen Verehrer, bis sie ihn kennenlernte und heiratete. Und mal ehrlich: hatte sie in all den Jahren ihrer Ehe, seiner Soldatenzeit, den Jahren bei Kylemore und in Cork: hatte sie da je wirklich Hunger gelitten? Ja? Das jedenfalls konnte sie ihm nicht vorwerfen. Und denk daran, Vera, als wir heirateten, wolltest du meine Frau sein in guten und schlechten Tagen. Und das sind eben die schlechten. Aber angenommen, daß sie sich mit den schlechten Tagen nicht abfand? Unsinn. Auf ihre Weise liebte sie ihn, trotz ihrer Reizbarkeit. Und sie hatte ja Paulie. Er konnte die beiden hören, wie sie im Wohnzimmer miteinander sprachen. Von ihrer Tanzstunde zurück, war Paulie sofort zu Vera gegangen. Für Daddy hatte sie, wie gewöhnlich, nicht einmal einen Gruß. Wie Schwestern waren sie, die zwei, dauernd tuschelten sie über irgendwelchen Weiberkram, von dem er nichts verstand.

Das Telefon klingelte. Er stand auf, um sich zu melden, denn Vera haßte den Apparat.

»Ginger?« Es war Gerry Grosvenor. »Hör mal, was würdest du sagen zu hundertzehn die Woche?«

»Laß doch den Quatsch!«

»Nein, im Ernst. Da ist ein Platz in der Redaktion der *Tribune* frei. Als Tischmann. Der Chefredakteur ist zufällig ein Freund von mir.«

»Tischmann?« fragte Coffey. »Aber hör mal, Gerry, was ist das? Was macht ein Tischmann? Tische?«

»Nachrichtenredakteur«, sagte Grosvenor. »Ganz einfach. In der Sparte Internationales, alles kommt über Fernschreiber, fix und fertig. Du brauchst nur die Titel darüberzusetzen und Satzzeichen reinzumachen. Gar nichts dabei.«

»Ich habe doch keine Erfahrung, was Zeitungen angeht. Habe nie im Leben eine Schlagzeile aufgesetzt.«

»Wennschon! Willst du den Job übernehmen?«

»Will eine Ente schwimmen?«

»Okay. Warte. Ich ruf' gleich wieder zurück.«

Coffey legte den Hörer auf und blickte den langen, wie ein Eisenbahntunnel wirkenden Flur entlang. Vollkommene Stille im Wohnzimmer: Sie und Paulie hatten also gelauscht. Er ging zu ihnen hinein. »Hallo, Äpfelchen«, sagte er zu Paulie. »War's nett heute in der Schule?«

»War das Gerry?« fragte Veronica, ihre Stimme klang immer noch wütend.

»Ja, mein Liebes. Er meint, er kann mir einen Job beschaffen. Hundertzehn Dollar wöchentlich als Anfangsgehalt.«

»Was für einen Job?«

»Bei der *Tribune*. Ein Redakteursposten. Ich habe ihm erklärt, daß ich darin keine Erfahrung habe, aber er sagte, ich sollte mir deswegen keine Gedanken machen.«

»Ich würde mir schon Gedanken machen«, sagte Veronica, »wenn ich du wäre. Hier handelt es sich nicht darum, einen besseren Bürojungen zu spielen, oder Poker, und in Kantinen Bier zu trinken.«

Er warf ihr einen Blick zu, der sie, wie sie dort auf dem Sofa saß, in Lots Weib verwandeln sollte. Man stelle sich vor, so zu ihm zu reden, vor Paulie!

»Geh und iß dein Abendbrot, Äpfelchen«, befahl er Paulie. Und er wartete, bis Paulie sich unwillig aus dem Zimmer geschleppt hatte. »So, und nun erklär mir bitte, warum du das vor dem Kind gesagt hast!«

»Sie kann es ruhig wissen.«

»Was wissen?«

»Was für einen selbstsüchtigen Unmenschen sie zum Vater hat.«

Herrgott im Himmel! Es hatte keinen Sinn, hier noch etwas zu sagen. Er ging hinaus, und während er sich im Badezimmer aufhielt, klingelte wieder das Telefon. Er rannte auf den Flur hinaus.

»Ja«, sagte sie in den Hörer. »Jawohl – einen Augenblick, ich möchte etwas richtigstellen. Ich meine wegen heute nachmittag. Ginger hat das Geld für die Rückfahrt nicht mehr. Alles ausgegeben... Ja... Also bleibt mir keine Wahl, oder?... Ja... ja, da ist Ginger schon. Du kannst es ihm selbst sagen.«

»Ginger«, ertönte Gerrys Stimme. »Geht alles klar. Ich habe kräftig dein Loblied gesungen, und der alte MacGregor will dich morgen nachmittag um drei in seinem Büro sehen.«

»Tausend Dank, Gerry. Was hast du ihm bloß erzählt?«

»Daß du zwei Jahre für eine Dubliner Zeitung gearbeitet hast, dann wärst du Presse-Offizier in der Armee gewesen und dann hättest du hier für eine irische Whiskymarke Public Relations gemacht. Klang gut, das kannst du mir glauben.«

»Aber Gott im Himmel«, meinte Coffey. »Es stimmt nicht. Ich habe nie für eine Zeitung gearbeitet.«

Am anderen Ende der Strippe war Stille wie am Totensonntag. Dann sagte Grosvenor: »Ginger. Die Sache ist die: Willst du diesen Job oder nicht?«

»Natürlich will ich, aber...«

»Kein Aber. Hier bei uns trägt jeder dick auf. Und kein Arbeitgeber erwartet etwas anderes. Es kommt nur darauf an, reinzukommen. Hinterher ist es deine Sache, mit dem Job fertig zu werden.«

»Aber vielleicht werde ich nicht damit fertig.«

»Bettler können nicht wählerisch sein«, sagte Veronicas

49

Stimme. Sie streckte die Hand aus, nahm ihm den Hörer weg und sprach hinein: »Danke, Gerry, du bist ein Engel. Vielen, vielen Dank... Ja... Ja, das weiß ich... gute Nacht.« Sie legte den Hörer auf die Gabel, wandte sich ab, ging durch den Flur zum Schlafzimmer. Er folgte ihr, doch sie schlug ihm die Tür vor der Nase zu. Als er den Griff herunterdrückte, war sie verschlossen.

»Vera? Ich möchte mit dir reden.«

»Geh weg«, sagte sie. Es klang, als weinte sie wieder.

»Hör doch«, sagte er. »Willst du gar nichts zu Abend essen?«

»Nein. Und laß mich in Ruhe, ja? Bitte! Schlaf auf dem Sofa im Wohnzimmer. Ich muß jetzt allein sein.«

Na schön. Was hatte es für einen Sinn? Er ging in die Küche, wo Paulie am Tisch über irgendeinem Schundmagazin saß. Er fischte Veras Würstchen aus dem Topf und bot Paulie eines an, doch sie schüttelte nur den Kopf und trug, immer noch in die Zeitschrift vertieft, ihr Geschirr zum Ausguß.

»Zeit für einen kleinen Schwatz, Äpfelchen?«

»Ich muß arbeiten, Daddy.«

»Nur eine Minute, mein Fräulein«, sagte er, selbst überrascht von dem Zorn in seiner Stimme. Auch sie war überrascht, das merkte er. Unfreundlich zu sein sah ihm nicht ähnlich. »Setz dich«, sagte er. »Ich möchte dich etwas fragen.«

»Ja, Daddy?«

»Äpfelchen, möchtest du gern nach Irland zurück?«

»Meine Güte, nein. Ich find's schön hier.«

»Warum?«

»Na ja, die Jungs und Mädchen sind hier erwachsener. Und die Schule ist – eben einfach netter, mehr kann ich nicht sagen. Außerdem hatte ich mich zu Hause schon überall verabschiedet. Ich werde ziemlich dumm dastehen, wenn ich jetzt plötzlich doch wieder da bin. Ich wünschte, wir würden nicht zurückfahren, Daddy.«

»Keine Sorge, das werden wir auch nicht«, sagte er. »Hier ist es viel besser. Du hast recht. Wenn nur deine Mutter es auch so sehen könnte.«

»Aber Mammy hat nie heimfahren wollen.«

»Tatsächlich?« fragte er. »Das höre ich zum ersten Mal.«

»Es gefällt ihr gut hier, Daddy. Ganz ehrlich. Sie hat nur eben Angst, daß du keine Stelle findest, das ist alles.«

»Ich kriege eine Stelle«, erklärte er. »Kein Grund zur Panik.«

»Klar. Bestimmt nicht. Kann ich jetzt gehen, Daddy?«

»Sicher, Pet.« Man konnte meinen, er wäre ein Aussätziger oder etwas dergleichen, so eilig hatte sie es, von ihm fortzukommen. Kinder – Kinder.

Er vertilgte die drei restlichen Würstchen und zündete sich eine Zigarette an. Wenn Veronica wirklich lieber hierblieb, warum, zum Teufel, konnte sie es dann nicht sagen? Keine Spur von Zutrauen zu ihm, das war's. Herrgott im Himmel!

Er ging mit dem *Montreal Star* ins Wohnzimmer, war aber zu aufgeregt, um lesen zu können. Wieder zurück zur Küche, wo er sich zwei kleine Flaschen Bier holte. Der Rest. Er schenkte sich ein Glas voll ein, legte sich auf das Sofa und drehte das Radio an, bemüht, wenigstens noch irgend etwas aus diesem verdammten, armseligen Abend zu machen. Er suchte nach Musik, denn Musik hat Zauberkraft, und die hatte er mehr als nötig, denn wenn er auf diesen Tag zurückblickte, hatte er weiß Gott nichts zu lachen. Mit dem Hut in der Hand zu jüngeren Männern, die Frau heult fremden Leuten etwas vor, einen Job erschwindeln, aus dem man doch bald wieder hinausfliegt, und was noch alles? Jawohl, er hatte weiß Gott nichts zu lachen!

Und zu trinken gab es nur noch dieses kanadische Bier mit zu viel Kohlensäure, von dem man Sodbrennen bekam. Und dann mußte man auf dem verdammten, viel zu kurzen Sofa schlafen. Kein Zutrauen. Wenn der nächste und liebste Mensch einem nichts zutraute, wie sollte dann ein Mann sein Bestes geben? Wo wäre er heute, hätte er nicht immer noch gehofft? Ohne Hoffnung war er am Ende. Ach ja, er hatte weiß Gott nichts zu lachen!

»Daddy? Dad-dii?«

»Ja, Äpfelchen«, sagte er und setzte sich hoffnungsvoll auf.

»Daddy, ich kann bei dem Krach nicht richtig arbeiten. Kannst du das Radio abstellen?«

»Gut, Pet.«

Nicht einmal ein bißchen Musik durfte man sich gönnen. Verfluchte Weiber! Er legte sich zurück und betrat ein Reich, in dem es keine irdischen Frauen gab. In diesem Reich bewegten sich sanfte Huris um ihn herum, zierliche Frauen von japanischer Unterwürfigkeit, die ihn, in Räumen voller bequemer Klubsessel und Betten, mit exotischen Getränken und süßen Umarmungen verwöhnten. In diesem Reich galten Männer von neununddreißig Jahren als große Brüder und standen höher im Wert als jedes ephebische Bürschchen. In diesem Reich verschwendete ein Mann nicht länger sein Leben damit, hinter einer Hoffnung her bergauf zu keuchen, während Menschen, die kein Zutrauen zu ihm hatten, gegen sein Schienbein traten. In diesem Reich waren alle Männer schon auf dem Gipfel angelangt; es gab keine blöden Jobs, keine demütigenden

Vorstellungsgespräche, keine Ablehnungen; kein Mann war mit greinenden Frauen und undankbaren Töchtern geschlagen, man konnte unbegrenzt Geld ausgeben, das Essen war reichlich und machte nicht dick, es gab keine Pater Cogleys mit ihren Warnungen, keine Zeitungen mit besorgniserregenden Nachrichten über Atombomben, keine hämischen Spötter, die nur darauf warteten, daß man in den Dreck fiel, keine überfälligen Mieten, keine dringend zu kaufende Kleidung, keine Bankdirektoren. In diesem Reich konnte man durch den herrlichsten Dschungel reisen, mit vier indianischen Gefährten, ein Dutzend verschiedene Berggipfel besteigen, auf einsamem Floß über unendliche tropische Meere segeln. Man war frei. Auf ein geheimes Zeichen hin konnte man sich vorwärts und rückwärts in Raum und Zeit dahinbewegen, den Tag in jeder Epoche verbringen, die einem gerade gefiel, noch dazu als Führer und Schöpfer des ganzen Zeitalters, als Löwe des Tages. In diesem freien Reich...

In dieses Reich versank der einschlafende Ginger Coffey, nachdem er seine zwei Flaschen Bier ausgetrunken hatte.

2

Das Klingeln des Telefons weckte ihn. Sonnenlicht fiel vom Fenster auf ihn, in einer weißen Säule aus tanzenden Stäubchen. Er wandte die Augen vom grellen Licht ab und sah wie in einem Filmausschnitt seine Frau im Flur vorübergehen. Das Klingeln verstummte.

Er hatte die ganze Nacht in seinen Kleidern dagelegen. Heilige Muttergottes, Vera würde ihn für betrunken halten. Nichts wie hoch jetzt! Er zog sich aus, wobei er die einzelnen Kleidungsstücke auf einen Haufen fallen ließ, suchte sich Decken und Laken aus der Kommode, richtete das Sofa als Bett her und schlüpfte, nur in Unterwäsche, hinein. Als sie zum Schlafzimmer zurückging, hielt er die Augen geschlossen. Ja, das war schon ein kleiner Sieg.

Ausgestreckt lag er noch eine Weile da und lauschte auf die Stimme eines frankokanadischen Radiosprechers, lauschte auf das Stampfen und Schlurfen von Madame Beaulieus Füßen über seinem Kopf, und dabei fiel ihm ein, daß er ihr gestern hätte Bescheid geben sollen, ob sie die Wohnung nun noch einen Monat behielten oder nicht. Und wenn schon! Er würde es ihr heute abend sagen, wenn er wußte, wie die Sache mit dem neuen Job ausgegangen war. Der Job. Das brachte ihn auf den Tag, der vor ihm lag, und darauf, daß Veronica jetzt das Schlimmste wußte, das mit den Fahrkarten, und daß sie sicherlich fragen würde, wie er das Geld ausgegeben hatte und was sie nun tun sollten. Ach, lieber Gott!

54

Er atmete geräuschvoll aus und zwirbelte seine Schnurr-bartenden. Wie gewöhnlich mußte man das Gute und das Schlechte gegeneinander abwägen. Und wenn es im Augenblick nichts Gutes gab, dann dachte man eben an das Wesentliche. Gesundheit, Kraft, eine Frau und eine Tochter. Und da liegt man in einem fernen Land und hört dem Französisch im Radio zu; ein Mensch, der all die alte Bigotterie und Heuchelei der Heimat hinter sich gelassen hat, der allein aufgebrochen ist, Ruhm und Glück zu erjagen. Noch bist du nicht tot! Also, erhebe deine großen Knochen aus diesem Ersatzbett. Hoch damit. Eins, zwei, drei, hau ruck! Und schon stand er auf, einen Nach-geschmack des gestrigen Sodbrennens in der Kehle, ein Stechen im Knie, als er schwerfällig den dunklen Flur entlangging und an ihre Tür klopfte. »Veronica?«

Er trat ein. Niemand da. Das Bett hatte sie schon ge-macht. Er zog seinen Bademantel und die Hausschuhe an und wanderte den Flur zurück zum Badezimmer. Als er wieder herauskam, sah er die beiden in der Küche. Paulies Kopf war voller Lockenwickler, und das ewige Buch hatte sie gegen die Milchkanne gelehnt, während sie ihre Corn-flakes auslöffelte. Das Kind aß nicht genug, und Veronica schien nicht darauf zu achten. Aber als er Veronica ansah, vergaß er seinen Ärger. Sie trug ihren Morgenrock, und die langen dunklen Haare fielen offen über ihre Schultern. Sie lächelte ihm zu. »Hast du gut geschlafen?« fragte sie.

»Wie ein Murmeltier«, sagte er und küßte sie auf die Nasenspitze.

»Tut mir leid, wegen gestern abend«, meinte sie. »Ich hatte schreckliches Kopfweh, davon war ich so gereizt.«

Er vergewisserte sich, daß Paulie nicht hersah, dann ließ er die Hand über den Rücken seiner Frau gleiten und gab ihr einen kleinen Klaps auf den Po. »Ist schon recht«, sagte er. »War das vorhin das Telefon, was ich da gehört habe?«

»Ja, Gerry. Er möchte, daß wir heute mit ihm zu Mittag essen, ehe du dich vorstellen gehst. Er lädt uns ein.«

»Ist er nicht ein prächtiger Kerl?« sagte Coffey. »Ich hoffe doch, du hast ihm zugesagt.«

»Natürlich. Jetzt iß mal dein Frühstück.«

In der Portion Rührei, das sie ihm auf den Teller tat, mußten mindestens zwei Eier sein. Er streute Pfeffer und Salz darüber, fühlte sich gewärmt von der Sonne und dieser morgendlichen Freundlichkeit, fest entschlossen, ein gutes Omen darin zu sehen. Er stellte sich J. F. Coffey als Journalisten vor. Es klang nicht schlecht. Oder noch besser: Redakteur Coffey, Coffey von der *Tribune*. Ja, das war ein großartiger Morgen, ganz sicher. Vielleicht zog er heute das Große Los.

»Ist Madame Beaulieu schon aufgetaucht?« fragte er.

»Noch nicht.«

»Also, wir wollen ihr lieber erst morgen wegen der Wohnung Bescheid geben«, erklärte er. »Dabei habe ich eigentlich keine Lust, in diesem Loch zu bleiben, wenn ich die Stelle kriege.«

»Ich habe mir folgendes überlegt«, sagte Veronica. »Wenn wir tatsächlich hierbleiben, kann ich doch genausogut eine Stelle annehmen. Paulie ist fünf Tage in der Woche bis drei Uhr außer Haus. Es ist doch unnötig, daß ich zu Hause herumsitze, oder?«

Es war aber auch nicht nötig, daß sie sich einen Job suchte. Oder? Er konnte allein für sie sorgen. Aber das war so eine alte Geschichte, ihr Wunsch nach einer Stelle, ihr Bedürfnis, sich in irgendeinem Laden aufzureiben.

Du meine Güte! Aber er hielt den Mund: laß sie träumen, die Frau! Er aß seine Eier auf, aß vier Scheiben Toast und blieb träge über seiner dritten Tasse Tee sitzen, während Paulie hinausstürzte, um rechtzeitig zur Schule zu kommen, und Veronica das Frühstücksgeschirr abwusch. Und danach, als er so im morgendlichen Sonnenschein hinter Veronica her durch den Flur schlenderte, war alles still, jedermann außer ihm unterwegs zur Arbeit, und er stand in der Tür zum Schlafzimmer und sah ihr zu, wie sie ihren Morgenrock auszog und in ihrem rosa Unterrock dastand. Seine dunkle Märchenfrau.

»Leg mir bitte meinen blauen Anzug heraus, ja?« sagte er. »Ich werd' ihn heute anziehen. Die Leute hier sind fürchterlich konservativ, was Kleidung betrifft.«

Gehorsam beugte sie sich vor, griff in den Schrank, um seinen Anzug herauszuholen, und in diesem Augenblick bildete ihr Unterrock eine kleine Falte zwischen ihren Hinterbacken und dieser Anblick weckte eine etwas träge, vertraute Begierde in ihm. Nach all den Jahren ihrer Ehe war Begierde etwas, das man nicht ungenutzt vorübergehen lassen durfte. Er ließ seinen Bademantel fallen und zog sie aufs Bett nieder. Er küßte sie, zerrte ihr den Unterrock vom Körper; dann fiel es ihm ein. Er sah sie an, und gehorsam ging sie ins Badezimmer. Er schloß die Augen und hegte sorgsam seine Begierde, bis sie zurückkehrte. Und dann, ohne an ihre jahrelangen Klagen über seine Brutalität, seine Selbstsucht zu denken, nahm er sie, zwang die Nackte unter sich. Wie ein Tier arbeitete er mit keuchendem Atem, der die Morgenstille durchdrang, bis zum Augenblick der Erfüllung und Entspannung. Hinterher fiel er neben ihr nieder, zog sie auf seinen Körper und drückte ihr Gesicht in das rötliche, schon ergrauende Haar auf seiner Brust. Gesättigt atmete er in tiefen, ruhigen Zügen, döste sich in Schlummer.

Minuten später, als er erwachte, sah er sie neben sich im Bett hocken und eine Zigarette rauchen, ihre Wange war rot von der rauhen Berührung seiner Bartstoppeln. Er war gut in Form heute morgen: Ihr Körper, der ihm so vertraut war wie sein eigener, konnte ihn immer noch zu einer zweiten Runde anregen. Er hob den Arm, legte die Hand an ihre Brüste, lächelte sie an, und seine Schnurrbartspitzen hoben sich erwartungsvoll.

»Nein, Ginger.« Sie rückte von ihm ab, steckte ihm die Zigarette zwischen die Lippen und ging ins Badezimmer. Da sah man's mal wieder, nie machte den Frauen irgend etwas Spaß. Er hörte, wie sie ein Bad einlaufen ließ.

»Ginger?«

»Ja?«

»Ginger, versprich mir, die Wahrheit zu sagen!«

»Versprochen.«

»Wen liebst du mehr, Paulie oder mich?«

»Liebe euch beide, Kindchen.«

»Aber wenn Paulie etwas zustieße, das wäre schlimmer für dich, als wenn mir etwas zustieße, nicht wahr?«

»Keinem von euch wird etwas zustoßen«, erklärte er. »Ach, Kindchen, ich fühl's in den Knochen, heute ist der richtige Tag. Jede Pechsträhne muß einmal aufhören, das ist statistisch erwiesen. Man muß nur auf seine Chance warten können.«

»Aber angenommen, du müßtest in einer Sache auf Leben und Tod entscheiden. Ich meine, zwischen Paulie und mir. Wenn es zum Beispiel darum ginge, entweder die Mutter zu retten oder das Kind. Wen würdest du retten?«

»Würdest *du* die Güte und Liebe haben, deinen Mund

zu halten und mit deinem Bad fertig zu werden?« fragte er zufrieden.

»Nein, antworte mir. Wen würdest du retten?«

»Na ja, ich glaube, bei einem Schiffbruch oder so etwas würde ich mich um Paulie kümmern. Ich meine, sie hat schließlich noch ihr ganzes Leben vor sich. Eigene Kinder und so weiter.«

»Kann ich etwa keine Kinder mehr bekommen?« sagte sie. »Lieber Gott, meine Schuld ist's nicht, daß wir keine Kinder mehr gekriegt haben. Und ich kann immer noch welche haben, warum hast du mich sonst vorhin ins Badezimmer geschickt? Denkst du vielleicht, ich wäre eine Großmutter? Viele Männer, das kann ich dir sagen, sehr viele Männer finden mich noch *sehr* reizvoll, hörst du?«

»Aber, Kindchen«, sagte er. »So habe ich's ja gar nicht gemeint. Ich habe doch nur gesagt, daß Paulie noch ihr ganzes Leben vor sich hat. Wir aber nicht.«

»Du vielleicht nicht«, sagte sie. Das Badewasser begann wieder zu laufen. »Aber ich schon. Mein Gott, wie egoistisch du bist!«

Nach dem Bad besserte sich ihre Stimmung. Sie zog sich zum Lunch ihr bestes schwarzes Kleid an, denn beide wußten, daß Gerry sie in irgendein piekfeines Lokal führen würde. Jaja, er war die Großzügigkeit selbst, dieser Gerry, lieh ihnen dauernd seinen Wagen für einen Ausflug in den Norden oder lud sie zu Parties und Mittagessen ein. Nicht daß Ginger sich nicht gelegentlich revanchiert hätte, wenn er dazu in der Lage war. Tatsächlich war dafür – wenn auch Vera nichts davon wußte – einiges von dem Heimreisegeld draufgegangen. Doch selbst in diesen letzten Wochen, als Coffey aus Mangel an Zaster seine Gastlichkeit auf ein Minimum beschränken mußte, machte das in Gerrys Augen nie den geringsten Unterschied. Da gab es kein Wegschauen und Aus-dem-Weg-Gehen, wenn ein Kumpel am Boden lag. O nein. Ein echter Freund, der Gerry. Ein Mann wie 'ne Eiche. Und doch, bei all seiner Nettigkeit konnte Gerry einem manchmal auch auf die Nerven fallen. Redete wie ein Grammophon. Und als politischer Karikaturist schmeichelte er sich, über alles im Bilde zu sein. Dauernd hatte er in Ottawa zu tun, und wenn man ihn von dem Ort reden hörte, war es der Mittelpunkt des ganzen verdammten Universums. Von den leitenden Männern in der kanadischen Regierung sprach er nur mit Vornamen. Mit Madame Pandit Nehru hatte er einmal Tee getrunken, und wenn er so von Politik redete, gab er den großen Kanonen der internationalen Diplomatie Spitznamen, als wäre er mit ihnen verwandt und verschwägert.

Heute dagegen, ausnahmsweise, sprach Gerry von Irland. Er meinte, wie froh er sei, daß sie nicht dahin zurückfuhren. Er erklärte, vor seiner Bekanntschaft mit den Coffeys habe er die Iren für bigott, unzuverlässig und konventionell gehalten. Obwohl er ein paar sehr gute irische Freunde habe, wie er betonte. Doch es habe ihn richtig beruhigt, festzustellen, daß die Coffeys weder nationalistische noch religiöse Fanatiker seien. Dabei bewunderte er Leute, die an irgend etwas glaubten. Sie etwa nicht? Natürlich ging von *seinen* katholischen Freunden keiner zur Kirche. Was ihn beruhigte. Ja, die Iren waren ein wundervolles Volk, phantasievoll, romantisch und schöpferisch. Ein wundervolles Volk.

Coffey blinzelte Veronica zu.

Dann sprach Gerry von der Unterredung, die Ginger bevorstand: »Nur Mut«, sagte Gerry. »Das ist bei so etwas das wichtigste. Na ja, wir in Kanada, wir haben nicht viel übrig für aggressive Verkaufsmethoden. Im Gegenteil...« – sein Gesicht nahm die entspannte, selbstzufrieden lächelnde Miene an, die für ihn typisch war, wenn er von seinem Land sprach –, »ich denke manchmal, die Kanadier verbinden britische Zurückhaltung mit einem Hauch der guten alten amerikanischen Nüchternheit. In diesem Stil habe ich dich MacGregor schmackhaft gemacht. Ich habe ihm das Gefühl vermittelt, ich täte ihm einen Gefallen.«

Diesmal war es Veronica, die blinzelte. Ach, weiß Gott, dachte Coffey, wenn's wirklich darauf ankommt, ist sie ein Schatz. Gerry hatte davon natürlich nichts bemerkt, so eingesponnen war er in sein liebes Selbst. Aber sie war ein Schatz.

Nach dem Essen mit Gerry gingen die Coffeys zum Gebäude der *Tribune*, und die Tatsache, daß sie neben ihm ging, ließ Coffey der Unterredung mit größerer Gelassenheit entgegensehen. Sie betraten die Vorhalle, und sie blieb stehen, um ihm seine Krawatte zurechtzurükken. »Ich warte hier auf dich«, sagte sie.

»Aber wozu, Kindchen? Das ist doch nicht nötig. Ich meine, selbst wenn man zu einem bestimmten Zeitpunkt verabredet ist, lassen sie einen manchmal stundenlang herumsitzen.«

»Macht nichts«, erwiderte sie. »Ich bin sowieso kribbelig, egal, wo ich warte. Ach Ginger! Und wenn sie nun herausbekommen, daß du keine Praxis hast?«

»Ruhe in der Kompanie!« sagte er und lächelte ihr zu. Aber die trübe Stimmung lastete sofort wieder auf ihm.

Kein Zutrauen hatte sie. Nicht zu ihm. »Reg dich nicht auf«, sagte er. »Ich wette mit dir um...«

»Ich weiß schon«, antwortete sie. »Um ein funkelnagelneues Kleid. Ich könnte einen ganzen Modesalon eröffnen mit der Hälfte von dem, was ich bei deinen Wetten gewonnen habe. Nun geh schon, und viel Glück!«

So betrat er den Fahrstuhl halb krank vor Nervosität und betete, daß...

»Vierter Stock. Redaktionen«, kündigte der Fahrstuhlführer an. Merkwürdig, immer dann, wenn man es nicht eilig hatte, zu einem Ort zu gelangen, waren Fahrstühle, Busse, Taxis schnell wie der Wind. Coffey ging hinaus und hörte, wie sich die Tür des Lifts hinter ihm schloß. Schäbig und unbehaglich fühlte er sich in seinem alten blauen Anzug, und er blieb stehen, um sein Ebenbild in der Messingplatte zu betrachten, die im Flur angebracht war. Auf dem Schild stand LOKALREDAKTION, und er war darin ganz verzerrt, mit winzigem Kopf und Schlitzaugen wie ein Chinese. Genau wie er sich vorkam. Aber du schaffst es, redete er sich selbst zu. Kopf hoch, eines Tages kannst du dir dann auch ein Messingschild kaufen, um dich an deine Schicksalswende zu erinnern, den Tag, als sich dir eine völlig neue Laufbahn eröffnete. Nur zu! Und er trat ein.

Im vierten Stock der *Tribune* begann gerade die Nachtschicht. Unter Neonröhren, die das ganze Jahr über brannten, studierten ein paar Reporter die Nachmittagsblätter. In einer Ecke ertönten aus einem Funkgerät Routinemeldungen der Polizei, und nebenan im Fernschreiberraum machte mit unaufhörlichem Klingeln eine nicht funktionierende Maschine auf sich aufmerksam. Hinter einem großen, hufeisenförmigen Schreibtisch saß ein fet-

ter Mann in einer Strickjacke und öffnete die nachmittäg-
liche Ernte an Agenturfotos. Als Coffey näher trat, hob er
den Kopf. »Ja?«

»Könnte ich bitte Mr. MacGregor sprechen?«

»Kleiner! Bring den Mann hier zu Mr. Mac.«

Ein gleichgültiger Jüngling steckte eine Hülse in die
Klappe für die Rohrpost, dann krümmte er auffordernd
den Finger. Er führte Ginger durch die Lokalredaktion
und dann einen Gang hinunter zu einem abgeteilten Büro,
an dessen offener Tür ein kleines Metallschild mit der
Aufschrift CHEFREDAKTEUR befestigt war. Der Junge
zeigte auf das Schild und ging dann wortlos weg. Drinnen
sah Coffey drei junge Männer in Hemdsärmeln einem
alten Mann, der hinter einem großen, zerkratzten Schreibtisch saß, über die Schulter blicken. Es war ein magerer
alter Mann mit bleichem, knochigem Gesicht, einer pul-
sierenden blauen Ader auf der Stirn und dichten Brauen,
die krümelig wirkten wie Zigarrenasche. Man konnte
seine Stimme, ein derbes, schottisches Gepolter, deutlich
auf dem Korridor hören. Ausnahmsweise fühlte Coffey
sich von der Tatsache, es hier mit einem älteren Mann zu
tun zu haben, nicht getröstet.

»Dorrothy Dix? Wo ist Dorrothy Dix?«

»Hier, Mr. Mac.«

»Okay. Und jetzt, wo habt ihr die Witze?«

»Hier, Mr. Mac.«

»Paßt auf, daß Blondie zuerst kommt, und dann Dick
Tracy und *dann* Little Abner. *Nicht* Rex Morrgan, Doktor
med. Irgendein blöder Hammel vom Umbruch hat gestern
abend für die Morgenausgabe die Reihenfolge durchein-
andergebracht.«

»Geht klar, Mr. Mac.«

»Okay. Und jetzt macht, daß ihr 'rauskommt.«

Die drei jungen Männer rissen Probeseiten und Fahnen an sich und rannten hinaus, wobei sie Coffey in der Tür anrempelten. Um Gottes willen, wie sollte er nur diesem feuerspeienden schottischen Beelzebub beibringen, daß er ein erfahrener Hilfsredakteur war? Grosvenor mußte völlig verrückt sein.

Der alte Mann spießte ein Stück Papier auf wie Calvin die leibhaftige Sünde. Dann geriet ihm Coffey, der noch immer auf der Schwelle stand, in den Blick.

»Kommen Sie rein. Was wollen Sie?«

»Mein – mein Name ist Coffey. Ich glaube, Gerry Grosvenor hat Ihnen von mir erzählt.«

»Grrosvenor? Ach so, ja, der Zeichner. Kommen Sie rein, kommen Sie und nehmen Sie Platz! Wo hab' ich denn meine Notizen? Ah ja, da sind wir schon, Tischmann, das sind Sie, wie?«

»Jawohl, Mr. MacGregor.«

»Fürr welches Blatt haben Sie noch gearbeitet, drüben im alten Land?«

Mut, hatte Grosvenor geraten. Sich von der Welle der günstigen Gelegenheit zum Erfolg tragen lassen. Eine gute Lüge und … Doch als Coffey den Mund auftat, wurde er von einer Art Lähmung befallen. Der Alte wartete, begann mißtrauisch zu werden. »Ich – ähämm – ich habe bei der *Irish Times* gearbeitet, Mr. MacGregor.«

»*Times*, was? Gutes Blatt.«

»Ja. Ja, nicht wahr?«

»Grrosvenor sagte, Sie waren in der Armee?«

»Jawohl.«

»Offizier gewesen, wie? Auf dem Kontinent gedient?«

»Ich – ich war in der irischen Armee, Mr. MacGregor. Wir sind im Krieg neutral geblieben.«

»Ach wirklich?«

»Ich – ich war Presseoffizier.« Mit diesem Zusatz wollte Coffey die Feindseligkeit dieses »Ach, wirklich?« ausgleichen.

»Presseoffizier?« sagte der alte Mann. »Da versucht man nur, vor der Öffentlichkeit die Tatsachen zu verschleiern, darauf kommt's dabei an. Na egal, ich brauche einen Mann, der 'ne Ahnung von internationalen Ereignissen hat. Die meisten Kanadier haben keinen Schimmer. Und Sie?«

»Ich – ähämm – ich versuche, auf dem laufenden zu bleiben, Sir.«

»Grrosvenor meint, Sie waren Werbefachmann, für eine Whussky-Firma?«

»Jawohl, Sir.«

»Schottischer Whussky?«

»Nein, Mr. MacGregor. Irischer.«

»Na, kein Wunder, daß Sie arbeitslos sind. Haben Sie bei den Auslandsnachrichten gearbeitet, bei der *Times*?«

»Ja, Sir. Äh – zeitweilig wenigstens.«

»Was meinen Sie mit zeitweilig?«

»Na ja, äh – Sommerferien und so. Vertretungen.«

Der Alte nickte und blickte wieder auf seine Notizen. Coffey fingerte an seinem Schnurrbart herum. Das war gut, mit den Sommerferien. Er war richtig zufrieden mit sich, daß ihm das eingefallen war.

»Wann war denn das, als Sie für die *Times* gearrbeitet haben?«

»Oh – nachdem ich aus der Armee entlassen wurde. So etwa – äh – sechs Jahre wird's her sein.«

»Wie lange haben Sie da gearrbeitet?«

»Ungefähr« – (was hatte Grosvenor nur gesagt?) – »ungefähr anderthalb Jahre.«

»Aha.« Der alte Mann nahm von einem der Telefone auf seinem Tisch den Hörer ab. »Geben Sie mir Fanshaw«, sagte er in die Muschel. »Ted? Als du in Dublin warst, hast du da je von einem Hilfsredakteur bei der *Times* gehört, der Coffey heißt? – Wie? Na, so etwa fünf Jahre her. – Bleib am Apparat.«

Er hielt den Hörer zu und wandte sich zu Coffey. »Wer war damals Redakteur für die Auslandsnachrichten?«

Coffey saß da, den Blick auf sein grünes Hütchen gerichtet.

»Na?«

Er hob den Blick und las einen Titel auf dem Bücherbord hinter MacGregors Rücken. *Die Heilige Schrift.*

»In Ordnung, Ted«, sagte der alte Mann in den Hörer. »Hat sich erledigt.« Er legte auf und blickte Coffey unter der krümeligen Asche seiner Brauen düster an. »Wenn Sie Schotte wären«, sagte er, »hätten Sie bei Ihrem Eintritt ein Paket Referenzen in der Hand gehabt. Aber Sie haben nichts mitgebracht als Ihren Hut und einen ganzen Haufen Dreistigkeit. Tscha. Sie können vielleicht Leute wie Gerry Grrosvenor zum Narren halten, aber der Ire ist noch nicht geboren, dem ich so blind verrtraue, daß ich beide Augen zumache.«

Mit glühendem Gesicht stand Coffey auf und drückte sich den Hut auf den Kopf.

»Wohin wollen Sie?« fragte MacGregor.

»Es tut mir leid, daß ich Ihre Zeit...«

«Setzen Sie sich! Brauchen Sie dringend einen Job? Sagen Sie die Wahrrrheit!«

»Jawohl, Sir.«

»Okay. Können Sie buchstabieren? Buchstabieren Sie mal ›phosphorig‹!«

Coffey buchstabierte.

»Korrekt. Sind Sie verheiratet?«

»Ja, Sir.«

»Kinder?«

»Eine Tochter, Sir.«

»Hmm! – Haben Sie irgendein Laster?«

»Raster, Sir?«

»Sind Sie schwerhörig? Ich meine, ob Sie 'ne Schwäche haben. Alkohol oder Pferde oder Weiberr? Ganz ehrlich jetzt, ich krieg's doch 'raus!«

»Nein, Sir, nichts von alldem.«

»Okay. Sie sagen, Sie waren Werbefritze. Kann sein. Aber was ein Werbefritze von der Arrbeit bei einer Zeitung weiß, kann man zweimal auf den Arsch einer Meise schreiben, und dann bleibt immer noch Platz für ein Vaterrunserr. Deshalb fangen Sie am besten von unten an. Einverstanden?«

Coffey holte tief Luft. Er war zu alt, um von unten anzufangen, Herrgott noch mal.

»Na? Glotzen Sie mich nicht so an.«

»Na ja, Sir, es kommt darauf an. Ich bin kein Junge von zwanzig Jahren.«

»Ich schlage Ihnen vor, Korrekturen zu lesen«, sagte der alte Mann. »Da lernen Sie die Grundlagen unserres Stils kennen. Ein besserres Training gibt es nicht.«

»K-Korrekturen lesen, sagten Sie, Sir?«

»Genau. Meine Korrektoren sind, Gott sei Dank, nicht organisiert. Und zufällig bin ich zur Zeit knapp mit Korrektoren. Wenn Sie gut arrbeiten, verrsuche ich's vielleicht mit Ihnen in freier Wildbahn, als Reporter. Vielleicht werden Sie sogar doch noch Tischmann, wenn Sie Ihre Karrten richtig ausspielen. Was meinen Sie?«

»Nun, ich – ich möchte mir das überlegen, Sir. Wieviel – wieviel würde denn dabei herausspringen?«

»Fünfzig Dollar die Woche, das ist mehrr, als Sie werrt sind. Fangen Sie heute abend um sechs an. Gehen Sie jetzt und überlegen Sie sich's. Aber sagen Sie mir bis spätestens halb fünf Bescheid, wenn Sie den Job wollen.«

»Danke.«

»Clarence?« rief Mr. MacGregor. »Wo ist Clarence?«

Ein fetter Mann kam hereingerannt, sein Notizbuch in der Hand.

»Was sollen die beiden letzten Absätze von Norrman Vincent Peale im Stehsatz, Clarence?«

»Keinen Dunst, Mr. Mac.«

»Dann krieg's raus, verdammt noch mal!«

Der Dicke eilte hinaus. Mr. MacGregor spießte eine weitere Fahne auf. »Das wär's, Coffey. Wünsche Ihnen einen guten Tag.«

Coffey trollte sich. Fünfzig Dollar die Woche, mit Korrekturenlesen. Ein Fahnensklave. Er ging durch einen Korridor, an dem Rollen unbedruckten Zeitungspapiers aufgereiht lagen, wanderte durch die weite Wüste der Lokalredaktion und hinaus, am Messingschild vorbei, zum Fahrstuhl. Über der Tür glühte das rote Licht. Abwärts. Abwärts, abwärts, und all seine Hoffnungen sanken mit ihm; und Veronica wartete unten, Veronica, die endlich hören wollte, daß die schlimmen Tage vorbei waren, daß sie in eine bessere Wohnung ziehen könnten...

»Erdgeschoß«, sagte der Fahrstuhlführer. »Erdgeschoß. Alles aussteigen.«

Da saß sie unter der großen Uhr, den nervösen Ansatz eines Lächelns auf dem Gesicht. Armes Kindchen, es war nicht fair, nicht im mindesten fair, sie würde sich derartig aufregen...

Vielleicht kam er mit Gerry Grosvenors Hilfe knapp zurecht? So ging er auf sie zu, entschlossen zur Zuversicht. Nur jetzt nichts sagen. Lächeln, den lustigen Ginger spielen, den sie immer liebte. Er küßte sie, drückte sie an sich und sagte: »Glückliche Fahrt!«

»Hast du's bekommen, Ginger?«

»Tatsächlich, ja.«

»Oh, Gott sei Dank!«

»Na, na!« meinte er. »Was soll denn das? Tränchen? Komm, komm, solltest lieber lachen. Hör zu – laß uns – laß uns irgendwo Tee trinken gehen. Wie wär's zum Beispiel mit dem Ritz, wie in der guten alten Zeit?«

»O Ginger, ich freue mich so für dich.«

»Freust dich für *mich*? Und für dich selber etwa nicht, Kindchen? Ah, das wird super. Einfach super. Nun komm schon. Wir nehmen ein Taxi.«

»Das können wir uns doch nicht leisten, Ginger!«

»Komm, komm«, sagte er, schon draußen auf dem Trottoir, und winkte einem Taxi. »Das laß mal meine Sorge sein. Hinein mit dir! Fahren Sie zum Ritz-Carlton-Hotel!«

Er lehnte sich im Fond des Taxis zurück, den Arm liebevoll um ihre Schulter, und beobachtete den vorbeigleitenden Großstadtverkehr. Er tat, als wäre alles in Ordnung, gab ihr das Gefühl, das sie in den ersten Wochen nach ihrer Ankunft gehabt hatten: zwei Menschen in einem neuen, aufregenden Land, er mit drei guten Vertretungen, um sein Glück zu machen, und zu Hause saßen all die Spießer und sperrten Mund und Nase auf. Und er lud sie ins Ritz ein, mir nichts, dir nichts, und beide waren sie quietschvergnügt.

»Wie war's denn bei dem Gespräch?« fragte sie. »Was wollte er von dir wissen?«

»Na, Klasse, große Klasse!« erklärte er. »Der alte Junge hat mich behandelt, als wär' ich ein lieber, seit langem vermißter Verwandter. Er will mich durch die verschiedenen Abteilungen schleusen, damit ich mit allen Seiten des Zeitungsgewerbes vertraut werde und die Sache in den Griff kriege.«

»Ist das nicht wunderbar?« sagte sie. »Wir müssen Gerry anrufen und uns bedanken.«

»Das hat noch Zeit. Erst mal Tee trinken.«

»Ginger, wieviel wollen sie dir zahlen?«

»Hundertzehn, aber das ist nur ein Anfangsgehalt. Ist gar nicht abzusehen, wie weit man es in so einem Job bringen kann. Du hast vielleicht einen bedeutenden Mitbürger vor dir, Kindchen. J. F. Coffey, den Redakteur.«

»Aber meinst du denn, daß du es schaffst, Ginger?«

»Hat Gerry doch gesagt, oder?«

»Schon, aber ...«

»Gerry hat restloses Zutrauen zu mir«, erklärte Coffey. »Und du hast keins. Ist das nicht reizend?«

»Nein, nein, so hab ich's doch nicht gemeint«, sagte sie zerknirscht. »Ich wünsche mir nur so, daß diesmal alles gut geht.«

»Was soll denn nicht gut gehen, würdest du mir das mal erzählen? Na, komm schon. Wir sind da.«

Er half ihr aus dem Taxi, das unter den Messinglaternen am Hoteleingang hielt. An diesem grauen Winternachmittag waren sie schon angezündet worden. Sie gingen die

Stufen hinauf, an der schwarzen Holztäfelung der Eingangshalle vorbei, in die Wärme des Foyers. Er nahm ihr den Mantel ab und zog seinen eigenen aus, verdrückte sich in die Garderobe. Er mußte Gerry zu fassen kriegen. Zunächst einmal konnte Gerry ihm vielleicht sagen, wie lange er warten müßte, bis sie ihn zum Reporter machten. Und zweitens mußte Gerry ihm helfen, denn letztlich war Gerry schuld an dem Schlamassel. Sie mußten nur eben beide den Mund halten, Gerry und er, und versuchen, irgendwie durch die nächsten Wochen zu kommen, bis er, Ginger, zum Reporter avanciert war. Gab es eine bessere Möglichkeit? Nun, wenn ja, fiel ihm im Augenblick keine ein.

Als er die Mäntel abgegeben hatte, rannte er die Stufen zu der Reihe von Telefonzellen im Souterrain hinunter. Er wählte die Nummer von *Canada's Own*.

»Na, wie ist es gegangen, Ginger?«

»Katastrophe. Hör zu, Gerry, er hat mich sozusagen auf frischer Tat ertappt. Jetzt paß auf – ich hatte nicht den Mut, Veronica die Wahrheit zu sagen. Und – hör zu – er hat mir einen Posten angeboten, und bis halb fünf muß ich ihm Bescheid sagen. Korrekturlesen, aber das soll nur vorübergehend sein. Er hat versprochen, mich zum Reporter zu befördern. Also, wenn ich das jetzt mache, vielleicht kann ich's zwei Wochen durchhalten, ohne daß Vera es spitzkriegt. Bis ich Reporter werde, verstehst du?«

»Hat dir MacGregor denn einen präzisen Termin für diese Beförderung genannt?«

»Nein, hat er nicht. Ich glaub' allerdings nicht, daß es lange dauern wird.«

»Woher willst du das wissen? Ich würde es dem alten Scheißkerl durchaus zutrauen, daß er dir irgendwas vorlügt, bloß damit er zu einem billigen, nicht organisierten Korrektor kommt.«

»Aber, zum Teufel, was soll ich denn machen? Ich muß annehmen«, sagte Coffey. »Ich habe Vera schon gesagt, daß ich einen Job habe.«

»Deine Sache«, sagte Gerry. »Aber wenn du klein anfängst, kommst du nicht groß weiter.«

»Klar, aber Bettler können nicht wählerisch...«, fing Coffey an. Dann schwieg er. In dem kleinen Spiegel vorn am Telefonkasten sah er Veronicas Gesicht. Er drehte sich um.

»Laß mich mit Gerry reden«, sagte sie.

Coffey legte den Hörer sofort auf.

»Warum tust du das? Ist doch schon zu spät. Ich habe es gehört.«

Er nahm ihren Arm. »Jetzt hör mal gut zu, Kindchen. Es ist gar nicht so schlimm, wie du dir vorstellst. Komm – komm, wir gehen nach oben und trinken einen Tee. Ich möchte mit dir reden.«

Achtsam führte er sie die Stufen empor. Sie gingen in den »Palmenhof«, einen Raum, der mehr nach einem Empfangssalon in einer großen Villa aussah als nach einem Ort, wo man sich einen Tee bestellen konnte. Er geleitete sie zu einem Sofa in einer Ecke und rief nach dem Kellner, zog die Bestellung von Tee und Kuchen so gut es ging in die Länge, um Zeit zu gewinnen, ehe das Unvermeidliche kam. Doch schließlich ging der Kellner davon. »Jetzt hör zu, Kindchen«, sagte Coffey. »Es ist eine Art Lehrzeit, weiter nichts.«

Sie weinte. Er gab ihr sein Taschentuch, dann blickte er sich ängstlich nach den anderen Leuten im Raum um. »Vera, bitte!« sagte er. »Die Leute beobachten uns.«

»Dann setz dich doch irgendwo allein hin!«

»Vera, so war's nicht gemeint. Komm, sei nicht traurig!«

»Du hast gut reden!«

»Das ist doch jetzt nur vorübergehend, für eine Woche oder so.«

»Glaubt Gerry auch, daß es vorübergehend ist?«

»Natürlich tut er das.«

»Ehrenwort, Ginger?«

»Ehrenwort. Es handelt sich um eine Vorbereitungszeit...«

»Korrekturlesen, das ist es, nicht wahr?« sagte sie. »Wieviel wollen sie dir denn in dieser ›Vorbereitungszeit‹ bezahlen?«

»Äh – siebzig Dollar die Woche. Wir können schon damit auskommen.«

»Wieviel? Willst du, daß ich Mr. MacGregor anrufe und ihn frage?«

Nervös kratzte Coffey sich an der Stelle, wo sein Schnurrbart sich teilte. »Na schön«, sagte er. »Fünfzig sind es. Aber das gilt nur für eine Woche oder so.«

»Ach ja? Wie viele Wochen? Ginger, kannst du mir nicht ein einziges Mal in deinem Leben die Wahrheit sagen?«

»Na ja...«, fing er an, »eigentlich ist das sowieso alles Gerrys Schuld, nicht meine. Ein verdammt blödsinniger Einfall, mir zu raten, ich soll dem alten Knacker einreden, ich hätte Berufspraxis. Natürlich hat er mich im Nu aufs Kreuz gelegt, ich kam mir wie der größte Idiot vor. Warte nur ab, bis ich Gerry Grosvenor wiedersehe. Der mit seinen genialen Plänen.«

»Gerry ist schuld«, sagte sie. »Nicht etwa du, wie sollte

es anders sein! Du bist doch nie schuld an irgend etwas, nicht wahr, Ginger?«

»Es war schließlich nicht meine Idee, mich für etwas auszugeben, was ich nicht bin.«

»Ein Korrektor«, sagte sie. »Das bist du. Das ist alles, was du bist. Wie sollen wir drei von fünfzig Dollar die Woche leben?«

»Aber er hat doch versprochen, mich zum Reporter zu machen! Und dann zum Redakteur, hat er gesagt. Das ist jetzt wirklich wahr. Komm, hier, iß ein Stück Kuchen.«

»Du kannst dir ja gar kein Stück Kuchen *leisten*«, sagte sie und fing wieder an zu weinen.

»Nun hör doch um Gottes willen mit diesem Geheule auf, Vera! Was ist denn das für eine Art und Weise, sich aufzuführen!«

»Hör gut zu«, sagte sie. »Hör – gut – zu. Ich mache das nicht länger mit, verstehst du? Gott weiß« – und ihre Tränen flossen jetzt hemmungslos –, »daß ich's versucht habe. Du hast keine Ahnung, wie sehr ich mir Mühe gegeben habe. Ich war ja sogar bereit, nach Hause zu fahren, obwohl es mir davor gegraut hat. Aber ich dachte, das wäre der einzige Ausweg. Das war nicht leicht. Nein, leicht war's wirklich nicht, das kannst du mir glauben.«

»Ich weiß, Kindchen, ich weiß.«

»Und dann – dann bist du gestern abend angestiefelt gekommen, und hast zugegeben, daß du seit Wochen das Blaue vom Himmel herunterlügst. Hast mich packen lassen und an Mutter schreiben und Pläne machen und alles. Nachdem du auf Ehre und Gewissen versprochen hattest, keinen Penny von dem Fahrgeld anzurühren.«

»Ich weiß«, sagte er. »Ich hätte es dir sagen sollen. Tut mir leid, Kindchen.«

»Es tut dir leid. Und damit ist alles in Ordnung, wie? Was soll das eigentlich für einen Sinn haben, zu sagen: es tut mir leid? Soll ich etwa deswegen bei dir bleiben?«

»Was meinst du damit, bei mir *bleiben*?«

»Du hast's ja gehört. Ich werde weggehen, ehe es endgültig zu spät ist.«

»Ach, so ist das?« sagte er mit allem Sarkasmus, den er in seiner plötzlichen Furcht aufbringen konnte. »Und was ist mit Paulie? Hast du dir darüber vielleicht Gedanken gemacht?«

»Du hast es gerade nötig! Weißt du denn nicht, daß Paulie das einzige ist, was uns überhaupt noch zusammenhält?«

Das ist nicht ihr Ernst, dachte er. Das kann unmöglich ihr Ernst sein. Er sah sie an.

»Tu doch nicht so, als ob du dir um Paulie Sorgen machst«, sagte sie. »Oder daß du dir um irgend jemanden von uns Sorgen machst, außer um dich selbst. Wenn du es tätest, wären wir nie in eine derartige Patsche geraten.«

»Findest du das fair, Vera? Bloß weil ich gerade zwischen zwei Jobs stehe?«

»Ginger, Ginger«, sagte sie kopfschüttelnd. »Stehst du nicht immer zwischen zwei Jobs?«

»Was meinst du damit?«

»Ist nicht der Job, den du gerade hast, jedesmal eine schwere Last für dich und taugt in deinen Augen nichts? Und erwartet dich mit dem nächsten Job, den du bekommst, nicht jedesmal eine Goldmine? Ginger, wirst du denn nie etwas dazulernen? Willst du nie den Tatsachen ins Auge sehen?«

»Was für Tatsachen?«

»Daß man dir fast in jedem Job, den du bekommst,

75

irgendwann kündigt. Warum, glaubst du eigentlich, hat dich Mr. Pierce zur Werbeabteilung versetzt? Warum hat dich Mr. Cleery in der Werbung gehen lassen? Ich will dir sagen, warum. Weil du ein besserer Sekretär bist, das ist alles, was du bist und je sein wirst. Aber du kannst das nicht einsehen, du mußtest den Leuten sagen, wie sie ihre Firmen leiten sollten, dabei hast du keine Ahnung.«

»Besserer Sekretär, meine Fresse«, sagte er. »Diese alten Heinis lebten ja im finstersten Mittelalter. Fünfzig Jahre hinter der Zeit zurück.«

»Ja«, sagte sie. »Jeder hinkt hinterher, ausgenommen unser Ginger. Genauso war's dann in Cork, nicht wahr? Und dann bist du hierher nach Kanada gekommen und hast dich in einem Beruf versucht, den du nie im Leben ausgeübt hast, in einem Beruf, von dem du keinen blassen Dunst hattest. Wie wolltest du Whisky oder Textilien oder was immer verkaufen, wenn du keine Praxis darin hast?«

»Wenn diese Blödmänner zu Hause nicht . . .«

»O ja. Gib's ihnen nur ordentlich. Gib allen die Schuld, nur nicht dir selbst. Und heute marschierst du einfach tolldreist in ein Büro und verlangst, daß man dich zum Redakteur macht. Obwohl du auch davon nichts verstehst.«

»Das war Gerrys Idee.«

»Aber du hast sie gern aufgegriffen, nicht wahr? O ja, es war Gerrys Fehler. Weißt du, was ich an dir nicht ausstehen kann? Daß du nie schuld bist. *Nie.* Du hast nie den Mumm gehabt, zuzugeben, daß du dich geirrt hast.«

»Quatsch«, sagte er.

»Ach wirklich? Dann ist es vielleicht meine Schuld, daß du das Geld für die Heimreise ausgegeben hast, was, Ginger?«

»Ach Gott, was soll das denn, die Geschichte wieder aufzuwärmen, Vera? Das sind doch olle Kamellen.«

»Olle Kamellen! Gestern erst ist es passiert.«

»Pst!« sagte er, sich im Raum umblickend.

»Ja, pst, pst!« sagte sie. »Die Leute beobachten uns. Und dir sind die Leute wichtiger als ich. Spielt den großen Mann und schmeißt unser Fahrgeld zum Fenster hinaus.«

Er blickte auf seine Hände. Er schlang die Finger ineinander für ein Spiel aus seiner Kindheit. Ein Spiel, das allen Kummer von ihm fernhielt. *Hier ist die Kirche . . .*

»So, von heute an brauchst du dir nicht mehr die Mühe zu machen, mir irgendwas zu erzählen«, sagte sie. »Nicht mal Lügen. Weil ich keine mehr hören will. Ich habe sie satt, bis hier, die Lügen und Träume und Pläne, die sich in nichts auflösen, sobald du sie verwirklichen willst. Ich habe deinen Egoismus und deine ewigen Ausreden satt. Von mir aus kannst du zum Teufel gehen.«

. . . und hier ist der Kirchturm. Nun öffne das Tor . . .

»Morgen früh«, sagte sie, »gehe ich mir selber einen Job suchen. Und sobald ich einen habe, ziehe ich aus.«

»Und was ist mit Paulie?«

»Ich nehme Paulie mit«, erklärte sie. »Dann brauchst du dich um niemanden mehr zu kümmern, außer um dich selbst. Das wird dir doch wohl am allerliebsten sein.«

. . . und laß die Menschen ein. Und hier kommt der Priester die Stufen herauf . . .

»Inzwischen«, sagte sie, »rate ich dir, diesen Job als Korrektor anzunehmen. Steig ruhig herunter von deinem hohen Roß, Ginger. Das ist genau das richtige für dich: ein Korrektor.«

. . . und hier sagt der Priester sein Gebet. – Er nahm die Finger auseinander, sah sie endlich an. »In guten und

schlechten Zeiten«, sagte er. »In Reichtum und Armut« – und seine Stimme klang bitter –, »das könnte man auch singen, wenn man eine Melodie dazu hätte.«

»Du solltest lieber gehen«, sagte sie. »Du mußt doch MacGregor bis halb fünf Bescheid geben, nicht wahr?«

»Ich habe viel Zeit. Es ist noch nicht einmal vier. Außerdem...«

»Herrgott noch mal, Jim, warum stellst du dich dumm? Begreifst du denn *überhaupt* nichts?«

Nie nannte sie ihn Jim, nur wenn die Lage völlig verzweifelt war. Sie wollte ihn los sein, jetzt, sofort, das war's, was sie wollte. Na gut. *Na gut.* Er stand auf und nahm die Rechnung zur Hand. »Ich muß noch auf das Wechselgeld warten«, erklärte er ihr.

Sie zog einen Zehn-Dollar-Schein aus ihrer Handtasche. Woher hatte sie den, überlegte er. »Geh nur«, sagte sie. »Ich zahle die Rechnung.«

Aber er konnte sich nicht rühren. Mein Gott, sie würden doch nicht so auseinandergehen? Ach, Vera...!

»Gehst du, oder muß ich?« fragte sie.

Er versuchte zu grinsen. »Ich suche nur nach den Garderobenmarken, Liebling. Ich habe deine ja auch noch irgendwo in der Tasche.«

Er fummelte eine Weile herum.

»In der Brusttasche«, sagte sie.

»Ach ja. Zu dumm. Immer steck' ich sie da rein und vergesse es hinterher. Vera – hör doch mal...«

»Nein«, sagte sie. »Und hör auf, da herumzustehen wie ein Hund, der darauf wartet, daß man ihm den Kopf krault. Ich kraule dich nicht mehr. Nie mehr. Und jetzt geh!«

Er sah, wie ihre Hand am Griff der Tasche zitterte. Hör

doch, hör doch, hör doch, rief es in ihm, um Gottes willen, laß das nicht geschehen! Aber er hatte so oft gesagt, hör doch, bei so vielen Auseinandersetzungen, so viele Jahre hindurch. Und sie hatte ebensooft gesagt: hör doch! Hör auf mich, riefen sie einander zu. Hör doch! Denn keiner von ihnen hörte mehr dem anderen zu. Sie sah ihn fest an. Ihr Gesicht war blaß, ihre Augen glänzten starr, und jetzt, nachdem alles gesagt worden war, sah er, daß all ihre Reizbarkeit, all die Gefühlsausbrüche, die er nie ernst genommen hatte, Haß waren. Sie haßte ihn.

Und trotzdem drehte er sich noch einmal nach ihr um, als er quer durch den Raum davonschritt. Versuchte zu lächeln, in der Hoffnung, daß sie irgendwie... ja, bestimmt würde sie ihm ein Zeichen geben, ihn zurückrufen...

Doch sie tat es nicht. Sie saß da und beobachtete ihn, trieb ihn davon. Geh weg, Hundchen!

Und er ging.

3

Vier Uhr zwanzig. Ein paar Minuten stand er schon so in der Eingangshalle des Zeitungsgebäudes und dachte darüber nach, ob er hinaufgehen solle. Immerhin hatte MacGregor gesagt, es würde nur kurze Zeit dauern, bis er ihn zum Reporter machte. Warum auf Gerry hören? Woher wollte Gerry wissen, ob MacGregor ihn hereinlegte oder nicht?

Doch auf sie hatte er gehört. Deshalb stand er hier. Ach, bestimmt war das übertriebenes Geschwätz, dieses Gerede über all die Leute, die ihm schon gekündigt hatten. Und genauso ein Quatsch war die Sache mit seinem Egoismus, und daß er immer anderen die Schuld gab. Blödsinn – na klar –, was wußte sie schon, die Frau? Aber es war kein Geschwätz gewesen, als sie gesagt hatte, sie wolle ihn verlassen. Kein Blödsinn, daß er Haß in ihren Augen gesehen hatte. Sie würde schon darüber hinwegkommen. Ganz sicher. Sie hatte sich nur eben mal abreagiert, wie Frauen es an sich haben, und ihm die erstbeste Äußerung an den Kopf geworfen, die weh tat. Sie haßte ihn nicht, nein, Vera nicht. Nicht seine dunkle Märchenfrau! Er war so bekümmert wie nur selten in seinem Leben. Es war tatsächlich schwer, in dem, was sie gesagt, und in dem Blick, den sie ihm zugeworfen hatte, irgend etwas zu sehen, worüber man sich freuen konnte. Deshalb mußte er jetzt an etwas anderes denken. Er dachte an den Journalisten J. F. Coffey. In dieser Vorstellung lag etwas Gutes.

Man konnte sagen, was man wollte, er hatte doch erst mal Fuß gefaßt. Vielleicht würde MacGregor ihn in einer oder zwei Wochen befördern? Wahrscheinlich. Also, dann! Nimm den Job! Zeig ihr, daß sie unrecht hat.

Um vier Uhr fünfundzwanzig betrat er den Fahrstuhl, glitt empor und präsentierte sich ein zweites Mal an der offenen Tür zum Büro des Chefredakteurs. »Verzeihung, Sir.«

»Was?«

»Ich – äh – ich möchte den Job gern übernehmen, Sir.«

Mr. MacGregor zog ein Blatt Papier hervor. »Gut«, sagte er. »Vor- und Zuname?«

»James Francis Coffey.«

MacGregor schrieb es auf. »Sie arrbeiten von sechs Uhr abends bis eins, fünf Nächte die Woche. Bei Spätschicht bis zwei. Samstag ist frei, dazu kommt ein wechselnder freier Tag in der Woche. Wenn Sie krrank sind, möchte ich persönlich bis drei Uhr nachmittags telefonisch benachrichtigt werden. Okay?«

»Ja, Sir.«

»Noch etwas, Coffey. Im Verrsandraum, einen Stock tiefer, arbeiten fünfzig Mädchen. Lassen Sie die Finger davon, verrstanden?«

»Jawohl, Sir.«

»Dann gehen Sie jetzt in den Setzsaal und fragen Sie nach einem gewissen Hickey. Er soll Ihnen die Korrekturvorschriften geben. Die studieren Sie, bevor Sie zu arrbeiten anfangen.«

Korrekturfahnensklave. Herrgott im Himmel, das war das richtige Wort. Coffey wanderte den Flur zurück und erkundigte sich bei einem Mann in Hemdsärmeln nach dem Weg. Er folgte dessen Anweisungen und gelangte

81

nach mehreren Umwegen in einen großen, lärmerfüllten Raum. In gleichmäßigen Reihen, wie Kinder in einem seltsamen Klassenzimmer, fügten die Setzer an der Linotype ihre Zeilen zusammen. Männer mit Schlaghölzern hämmerten Bleiplatten zurecht; andere, die lange blaue Schürzen und grüne Augenblenden trugen, nahmen lange schmale Streifen aus Blei von einem Tisch, richteten sie ein, schlugen die Ränder ab, die sie zum Einschmelzen in große Zinneimer warfen. Ein Vorarbeiter in steifem weißem Kragen und schwarzem Schlips kam mit feierlichem Schritt den Gang heraufgewandelt. Als er auf gleicher Höhe mit Coffey angelangt war, beugte er sich, die Hand hinter dem Ohr, zu Coffey vor, und gab in lächelnder Taubstummenmimik zu erkennen, daß er sich nach den Wünschen des Besuchers erkundigte.

»Mr. Hickey?« schrie Coffey, um das Gebrüll der Maschinen zu übertönen.

Der Vorarbeiter zeigte durch ein Nicken an, daß er verstanden hatte, und führte Coffey quer durch den Saal zu einem kleinen, sauberen Bezirk, den Reihen von Linotype-Maschinen einrahmten. Dort saßen, in konzentrierter Versunkenheit wie die Arbeiter in einem Roman von Dickens, drei alte Männer vor drei Schreibtischen mit Schubfächern und lasen aufmerksam den Text dreier Korrekturfahnen. Ihre seltsame Abgeschlossenheit zusammen mit der außerordentlichen Schäbigkeit ihrer Kleidung erinnerte Coffey an MacGregors Bemerkung. Das hier waren Schiffbrüchige, Verdammte in einem Meer gewerkschaftlicher Organisation. Als er nähertrat, sah er, daß jeder Tisch so ausgelegt war, daß zwei Leute daran Platz fanden.

»Hickey?« schrie er.

Ohne von seiner Arbeit aufzugucken, stieß einer der alten Männer den nächsten mit dem Ellbogen an, und der wieder klopfte mit einem Bleistift auf den Tisch des dritten, welcher seinerseits, als er das Klopfen bemerkte, sich langsam in seinem Stuhl umdrehte. Seine Augen, riesig und schwimmend hinter Gläsern, die so dick waren wie Aquariumwände, drehten sich nach oben, um den Störenfried zu erspähen.

Dann erhob er sich und knöpfte seine geflickte und fleckige marineblaue Strickjacke zu.

»Mr. Hickey?«

Das rote Antlitz nickte, die schwimmenden Augen bedeuteten ihm zu folgen. Das breite, sanft schwankende Hinterteil des alten Mannes bewegte sich zwischen Reihen von Setzern vor Coffey her und führte ihn in die verhältnismäßig ruhige Atmosphäre des Umkleideraums. Hier blieb Mr. Hickey stehen, wobei seine Augen auf der Suche nach Feinden hin und her huschten und seine rauhen rote Hände eine Zigarette drehten.

»Ja?« sagte er. »Ein Neuer?«

»Woher wissen Sie das?« fragte Coffey überrascht.

»Raten Sie mal«, sagte Mr. Hickey. »Hat Hitler Sie geschickt?«

»Wer?«

»Hitler. Der Boss.«

»Ach so, Sie meinen Mr. MacGregor. Ja. Er sagte, ich soll Sie um die Korrekturvorschriften bitten.«

Mr. Hickey keuchte wie ein Blasebalg einer alten Orgel. »MacGregor«, sagte er. »Nennen Sie ihn nie mit diesem Namen, Kleiner. Hitler heißt er. Weil er ein...«

Und dann folgte ein langsamer, genußvoll vorgetragener Strom – Hauptwort, Adjektiv, Verb – von vierzehn sorgfältig geprobten Obszönitäten. Als er damit fertig war, griff Mr. Hickey in die Innentasche seiner geflickten Wolljacke und förderte eine kleine rote Broschüre zutage. »Korrekturvorschriften«, erklärte er. »Gehen Sie jetzt die Straße runter, bis zur nächsten Querstraße links. In der Eckkneipe finden Sie die Nachtschicht. Halten Sie Ausschau nach einem Kerl mit 'ner Krücke. Das ist Fox, der Schichtführer. Heute ist Zahlabend, da kommen sie alle ganz gern zusammen. Am besten, Sie schließen sich an. Okay?«

»Okay«, sagte Coffey. »Und vielen Dank auch.«

»Dank?« Mr. Hickey schien verblüfft. »Wofür denn, Junge? Bei diesem Job gibt's nicht viel, wofür man dankbar sein kann. Alles Gute, Junge! Auf Wiedersehen.«

Die Kneipe, die Mr. Hickey beschrieben hatte, trug keinen Namen. Über der Tür gab es eine Leuchtreklame: *Verres Sterilisés – Sterilisierte Gläser*, ein Schild, das niemand las und das doch dem flüchtigen Blick verriet, daß es hier etwas zu trinken gab. Es war ein Lokal, das spät oder nie schloß und nicht gerade nach reger Kundschaft aussah. Doch dieser letzte Eindruck war irreführend, wie Coffey feststellte. Vergessen, vergammelt, abseits der Hauptstraßen, stand diese Kneipe da, am Rand der Innenstadt, umgeben von Gebäuden, die mit Erlaubnis ihrer Eigentümer noch ein Weilchen Wohnung spielen durften, bis der glorreiche Tag kam, an dem sie im Zuge einer Sanierungsmaßnahme enteignet und abgerissen würden; aber anstatt langsam dahinzusterben, hatte sich die Kneipe zu neuem und stetigem Wohlstand erhoben. Als Coffey ihre Tür aufstieß, empfing ihn dichter Bierdunst und laut gebrüllte Unterhaltung. Zwei Kellner in langen weißen Schürzen wanden sich, Tabletts mit einem Dutzend frisch gezapfter

Biere balancierend, zwischen den zerkratzten Tischen hindurch, reagierten auf durstige Rufe und Winke. Langsam schob Coffey sich durch den Raum, auf der Suche nach dem Mann mit der Krücke. Die Gäste erinnerten ihn an alte Wildwestfilme: sie trugen Pelzmützen, spitze Hüte, Zipfelmützen und an den Füßen Holzfällerstiefel, Cowboystiefel, Knobelbecher. Ganze Gruppen zechten brüllend miteinander, aber es gab auch viele Einzelgänger. Die saßen still für sich an kleineren Tischen und starrten auf die vollen und leeren Flaschen, als verfolgten sie die Bewegungen eines komplizierten Spiels.

Niemand beachtete Coffey auf seinem Gang. Am äußersten Ende des Raumes brütete eine riesige Jukebox mit wechselnden Farben und schwimmenden Lichtern still inmitten des Stimmengewirrs vor sich hin. Dicht daneben, über und über mit Initialen bekritzelt, eine leere Telefonzelle, Symbol der Ehefrauen und Sorgen, vor denen die Gäste hier bei einem Glas Bier Zuflucht suchten. Coffey blieb beim Telefon stehen. Was, wenn sie nun in der Wohnung saß, jetzt, in diesem Augenblick, und schon bedauerte, was sie gesagt hatte? Es konnte sein. Ja, möglich war's.

Er betrat die Zelle und schloß die Tür vor dem Lärm. Er wählte und Paulie meldete sich.

»Bist du das, Bruno?« sagte sie.

»Wer ist denn Bruno, Pet?«

»Ach, du bist's, Daddy!«

»Ist deine Mutter schon zu Hause?«

»Sie war da, ist aber gleich wieder weggegangen.«

»Wohin?«

»Hat sie nicht gesagt, Daddy.«

»Und dich hat sie ganz allein gelassen, Pet?«

»Ach, das ist schon in Ordnung, Daddy. Ich gehe zum Abendessen zu einer Freundin, ihre Mutter bringt mich dann mit dem Auto nach Hause.«

»Aha.«

»Ich muß jetzt gehen, Daddy, bin sowieso schon spät dran.«

»Einen Augenblick, Pet. Hat Mammy dir erzählt, daß ich eine Stelle bekommen habe?«

»Nein.«

»Ich hab' aber eine. – Ei... einen Redakteursposten bei einer Zeitung. Ist das nicht großartig?«

»Ja, Daddy.«

»Na schön – ja – sagst du bitte deiner Mutter, daß ich angerufen habe, ja, Äpfelchen?«

»Okay, Daddy.«

»Und hör mal, Äpfelchen – komm nicht zu spät nach Hause, nein?«

Aber Paulie hatte schon aufgelegt. Wer, zum Kuckuck, war nun eigentlich egoistisch? Er oder eine Frau, die einfach ausging und ihr kleines Mädchen allein zu Hause ließ? Herrgott im Himmel. Was soll's – genehmigen wir uns ein Bierchen. Wo ist bloß dieser Mann, den ich hier treffen soll? Fox, mit der Krücke?

Er trat aus der Telefonzelle und stand einsam zwischen den laut redenden Trinkern, suchte nach dem Erkennungsmerkmal des Krüppels. Auf der Heizung, an der hinteren Wand, sah er einen Aluminiumstock mit einer gummiüberzogenen Stütze für den Ellbogen. Nahebei ragte ein merkwürdig geformter Schuh in den Gang. Der Mann, zu dem er gehörte, war ein hochgewachsener, entfernt an einen Lehrer erinnernder Typ mit blaßblondem Haar und einem grauen Stoppelkinn. Coffey ging zu ihm.

»Mr. Fox?«

Der Krüppel ignorierte ihn. »Die erste Million«, sagte er gerade zu seinen Gefährten. »Das ist das Kastenzeichen. Muß nur lange genug her sein, so daß niemand mehr weiß, wie sie verdient wurde, dann rückt man auf zu den ersten Familien Kanadas.«

Einer der Männer am Tisch, ein kahlköpfiger, schwitzender Bursche mit marineblauem Hemd und zinnoberroter Krawatte, blickte auf und sah Coffey. »Fo-Fox«, sagte er. »D-dein Typ w-wird verlangt.«

»Ach ja?« Der Krüppel lehnte sich weit in seinem Stuhl zurück und betrachtete Coffey langsam von den braunen Wildlederschuhen bis hinauf zum Tirolerhütchen. »Ein Neuer, was?«

»Ja. Woher wissen Sie das?«

»Woher ich das weiß? Hast du das gehört, Harry?«

Er und der Stotterer schütteten sich aus vor Lachen. Fox fegte die Gläser und Flaschen mit einer raschen Armbewegung beiseite und legte lachend das Gesicht auf die vom Bier nasse Tischplatte. Er war, wie Coffey feststellte, schon halb hinüber.

»Setzen Sie sich«, sagte ein dritter Korrektor und schob Coffey einen Stuhl zu. Er war sehr alt und kostümiert mit einer wie ein Entenschnabel geformten rehfarbenen Kappe, einer rehfarbenen Windjacke und hohen Schnürstiefeln. Ein flaumiger weißer Spitzbart sproß zaghaft an seinen eingefallenen Kinnladen, und als er jetzt die Hand ausstreckte, um Coffey zu begrüßen, kam er diesem vor wie der Onkel Sam auf den Rekrutierungsplakaten. »Ich heiße Billy Davis«, sagte er. »Und das ist Kenny.« Kenny war kaum mehr als ein Kind. Sein von Ekzemen verwüstetes Gesicht sah mit verlorenem, starrem Lächeln zu Coffey

auf. Seine Rechte umklammerte den Hals einer Bier-
flasche. Er saß geziert vorn auf der Kante des Sitzes.

»Trinken Sie was, Paddy«, sagte Fox und winkte dem
Kellner. »Sie müssen aufholen.«

Ein Kellner kam, und Fox zahlte für vier Glas Bier, die
er auch sofort in einer Reihe vor Coffey aufbaute. Sein
Freund Harry hielt das offenbar erneut für einen Anlaß zu
einem Heiterkeitsausbruch. »Und jetzt, Paddy«, sagte
Fox, »wollen wir sehen, wie Sie sich die hier hinter die
Binde gießen. Fangen Sie an!«

»Vielen Dank«, sagte Coffey. »Das ist wirklich sehr nett
von Ihnen. Die nächste Runde darf ich dann wohl übernehmen?«

»Trinken!« schrie Fox. »Eins, zwei, drei, vier. Los!«

Coffey hatte weiß Gott nichts dagegen, einen zur Brust
zu nehmen. Aber das hier hatte etwas Verrücktes. Er
begann, das erste Glas zu trinken. Von der Oberlippe des
kahlen Harry fiel ein Schweißtropfen. Der Junge verbrei-
terte sein starres Lächeln um eine Winzigkeit, es sollte
wohl eine Ermutigung sein. Der alte Mann nickte mit
seinem spitzbärtigen Kinn. Als das Glas leer war, stellte
Coffey es hin und griff nach dem zweiten.

»Guter Mann«, sagte Fox. »Auf geht's! Ex.«

Er brauchte zwei Züge.

»Jetzt Nummer drei«, sagte Fox.

Doch als er das dritte Glas an die Lippen geführt hatte,
stockte Coffey. War das nicht idiotisch? Was tat er da?
Ließ sich vollaufen, um ein paar wildfremden Burschen
einen Spaß zu machen.

»Was ist los?« fragte Fox.

»Nichts. Nur, daß es gegen die Natur ist, derart zu
saufen. Wozu die Eile?«

Fox und Harry wechselten Blicke. »Eine gute Frage, Paddy«, sagte Fox. »Und auch 'ne Antwort auf meine. Saufen ist nicht Ihr Problem, das steht fest.«

Sie mußten wohl scherzen. Dieses Gerede mußte irgendein Witz sein.

»Laßt ihn doch«, sagte der weibische Junge. »Sagen Sie mal, einen schicken Mantel haben Sie da aber. Scharf.« Er befühlte Coffeys Ärmel.

»W-weiber?« meinte Harry. »G-glaubstu, d-das is sein Problem, Foxy?«

»Warum muß ich denn ein ›Problem‹ haben?« fragte Coffey. »Wovon reden Sie eigentlich?«

»Jeder Korrektor hat eins«, erklärte Fox. »Alle, die zu uns kommen. Sehen Sie sich Kenny an.« Er beugte sich beim Reden vor und legte den Arm um die Schulter des Jungen. »Ich nehme an, Sie wissen, was Kennys Problem ist?«

»Halt 'n Mund«, sagte der Junge. »Du olle Krücke!«

»Feindseligkeit gegenüber der Vaterfigur«, rief Fox. »Klassisch!«

Weiche, leichte Finger zupften an Coffeys Handgelenk. Der alte Mann schob sein Onkel-Sam-Gesicht näher an ihn heran. Sein Mund öffnete sich und enthüllte bloßes Zahnfleisch, in dem ein paar überlebende Zahnreste staken. »Könnte Geld sein«, sagte er. »Das ist das Problem von jedem, hab' ich recht, Kumpel?«

»Stimmt«, sagte Coffey und zwang sich zu einem gemütlichen Ton. »Soll ja, wie ich höre, die Wurzel allen Übels sein.«

»Ganz falsch!« rief Fox. »Geld ist keineswegs ein Übel. Paddy, mein Junge. Geld ist der Weg des Kanadiers zur Unsterblichkeit.«

»H-herrgott, jetzt f-fängt er w-wieder an«, sagte Harry.

»Ruhe jetzt!« rief Fox. »Ich werde jetzt unseren Bruder Einwanderer aufklären. Willst du im Gedächtnis der Nachwelt weiterleben, Paddy? Natürlich willst du. Dann mußt du dir klarmachen, daß der sicherste Weg zur Unsterblichkeit in diesem Land der ist, daß man einen Flügel von 'nem Krankenhaus nach dir nennt. Oder, noch besser, 'ne Brücke. Nur wir Baumeister zählen. Das ist das Jahrhundert Kanadas, sagt man. Nicht etwa Amerikas, wohlgemerkt. Nicht einmal Rußlands. Das zwanzigste Jahrhundert gehört Kanada. Und wenn das so ist, sollten Sie besser unsere Wertvorstellungen kennenlernen. Beachten Sie bitte, daß der Besitzer eines Warenhauses in dieser hübschen Stadt Montreal ein bedeutenderer Bürger ist als irgendein Richter vom Obersten Gerichtshof. Vergiß das nie, Paddy, Junge! Geld ist hier die Wurzel alles Guten! Ein Volk, unteilbar, einig, ein Führer: der Mammon. Das ist unser Vermächtnis. Und nun trink aus!«

Coffey griff nach seinem vierten Glas Bier. Warum auch nicht. Sie liebte ihn nicht mehr, das verdammte Weib, also, was machte es schon aus, wenn er sich betrank. Ein Tag wie heute konnte jeden Mann zum Säufer machen.

»Heute nacht, Coffey, wirst du Korrektor. Du wirst Fahnen lesen. Du wirst alle Nachrichten lesen. Krieg in China, Frieden in unserer Zeit. Reine Fingerübungen. Später, Coffey, wenn du zeigst, daß etwas in dir steckt, lassen wir dich etwas Wichtigeres lesen. Die Gesellschaftsspalte für Quebec, zum Beispiel. Oder die Rede des Generalgouverneurs vor dem Verband der Behinderten Taubstummen der Vereinigten Söhne Schottlands. Und wenn du dich weiterhin gut machst, wenn dir kein Irrtum unterläuft, du keinen Druckfehler und keine falsche Orthographie in den Satz geraten läßt, dann werden wir dir vielleicht sogar erlauben, eine Annonce zu lesen. Und eines Tages, eines Tages, da wirst du dann ein leitender Mitarbeiter, ein Mann, der *nur* noch Annoncen liest. Denn Nachrichten, Coffey, die sind billig. Heute rot, morgen tot. Aber Annoncen bringen Geld ein. Die zählen. Darum müssen sie stimmen, hörst du? Comprii?«

»Comprii«, sagte Coffey und winkte dem Kellner.

Der alte Mann nickte lächelnd. »Das Geld ist's, was zählt, da hat er recht«, erklärte er. »Zehn Männer regieren dieses Land, wußten Sie das? Zehn dicke Bonzen. Und wußten Sie, daß es ein Buch gibt, da steht drin, wer sie sind und wie sie's geschafft haben? Das Buch müssen Sie unbedingt lesen, sind ja ein Neukanadier. Doch, das müssen Sie. Sie können meins haben, leihweise, wenn Sie wollen.«

Ja, gab Coffey zu, damit mußte er sich einmal befassen. Er zahlte eine weitere Runde Bier.

»W-willst d-du das n-nur vorübergehend m-machen?« fragte Harry ihn. »Oder ha-hast d-du vor, 'ne W-weile zu bleiben?«

Coffey trank einen tiefen Schluck von seinem Bier. »Nur vorübergehend«, sagte er. »Es ist so, ich bin nur in der Korrektur, damit ich mir den Stil der *Tribune* aneigne. MacGregor will mich zum Reporter machen.«

Bei dieser Äußerung verzog Fox sein linkes Auge zu einem trunkenen Blinzeln. Harry brach erneut in heftiges Lachen aus, der alte Mann schüttelte den Kopf. »Dicke Bonzen», mümmelte er. »Streikbrecher, das sind wir.«

»Aber – aber was ist denn los?« fragte Coffey. »Was ist denn daran komisch?«

Wieder blinzelte Fox den anderen zu. »Gar nichts«, sagte er. »Ich hoffe, Sie haben Erfolg, das ist alles.«

Coffey starrte in ihre wissenden Gesichter. Was meinten sie? Hatte man ihn hereingelegt? »Hört mal, Jungs«, sagte er. »Raus mit der Sprache. Ich will's wissen. Glaubt ihr, er *wird* mich zum Reporter machen?«

»Sind schon merkwürdigere Sachen vorgekommen«, sagte Fox. »Trink aus.«

»Dicke Bonzen«, murmelte der Alte. »Ich weiß noch, einmal...«

Doch Coffey hörte nicht mehr zu. Er saß stumpf da, vom Bier beduselt, die Gläser vor ihm verdoppelten sich, die Korrekturvorschriften steckten vergessen in seiner Tasche. Machten sie sich über ihn lustig? Hatte MacGregor ihn hereingelegt? Was ging hier vor? Hatte er dafür die Hälfte eines vereisten Kontinents und den ganzen Atlantischen Ozean überquert? Um so zu enden, als Fahnensklave, zwischen dem Lahmen, dem Stotterer, dem Fatzken und dem Greis?

»Geld«, sagte Fox gerade. »Ich sag' euch, ihr könnt der größte Schweinehund sein, das macht alles nichts. Wenn ihr bei eurem Tod genug auf der Bank habt, widmet euch die *Tribune* einen feingeschliffenen Nachruf...«

War es falsch gewesen, alles auf Kanada zu setzen? Hätte er besser daran getan, zu Hause in irgendeinem Job ohne Aufstiegsmöglichkeiten zu bleiben, tagein, tagaus vor sich hin zu schuften, bis er tot umfiel? Nun hör dir die Jungs an! Scheinen der Ansicht zu sein, daß Kanada der Hintern der Welt ist.

»N-noch eine W-wirtschaftskrise«, sagte Harry. »Ihr w-w-werdet schon sehen! In d-den St-t-taaten n-niesen sie, und w-wir kriegen L-lungent-t-zündung.«

Stimmte das? War das hier tiefste Provinz wie das Land, das er hinter sich gelassen hatte? War es der Fehler seines

Lebens, daß er zwischen diesen Leuten gelandet war, zwischen selbstzufriedenen Heinis wie Gerry und Burschen voll düsterer Prophezeiungen wie diese Kerle hier? Verdammtes Kanada! Verdammte Kanadier!

»Nur gerade 'ne Handvoll arktischer Boden...«, sagte Fox.

Denn falls Veronica ihn verließ, war es dann nicht wirklich der größte Fehler gewesen?

»Der größte Fehler, den dieses Land je gemacht hat, ist, daß es sich nicht den Vereinigten Staaten angeschlossen hat...«, sagte Fox.

Aber da war immer noch Paulie. Ich hab' eine Stelle, Pet, hatte er ihr erzählt. Ja, Daddy. Daddies bekommen Jobs, das erwartet man nun einmal von ihnen. Keine besonders großartige Sache, einen Job zu haben, oder? Bestimmt nicht, was diesen Job hier betrifft. Ja, wenn er Veronica verlor, dann verlor er auch Paulie. Und hatte niemanden mehr.

»Trink aus«, sagte Fox. »Höchste Zeit, Jungs.«

»Muß mal telefonieren«, sagte er, sich erhebend. »Augenblick, bitte.«

Denn – nicht wahr? – Vera meinte es nicht so. Sie war nur durcheinander, sie würde schon sagen, daß es ihr leid tat. Macht nichts, mein Liebes, würde er dann sagen. Mein Fehler. Ich liebe dich, Kindchen. Ich dich auch, Ginger. Ja – mittlerweile war sie bestimmt drüber hinweg.

Er wählte. »Vera?«

»Ich bin's, Paulie.«

»Oh, Paulie!« sagte Coffey und schloß die Augen, lehnte die Stirn an das kühle Glas der Zelle. »Ist deine Mutter nicht da, Pet?«

»Ich hab dir doch gesagt, sie ist ausgegangen.«

»Aus?«

»Daddy, trinkst du?«

»Na hör mal, ist das 'ne Art, mit dei'm Daddy zu reden? Hör zu, Äpfelchen! Richte ihr was aus von mir. Sag ihr, sie soll mich anrufen. Ja?«

»Wo denn?«

»In der *Tribune*. Ist 'ne Zeitung. Klar?«

»Okay. Ich lass' ihr einen Zettel da«, sagte Paulie.

»Du, Paulie, hörst du noch?«

»Was ist denn?« fragte Paulie mürrisch.

»Paulie... Du denkst doch nicht, ich bin egoistisch, was? Ich meine – hör zu, Äpfelchen! Du bist immer noch mein einziges kleines Äpfelchen, nicht?«

»Hör doch damit auf, Daddy!«

»Nicht böse sein... Ich meine... hör zu, Pet. Ich meine: Paulie... Daddy ist kein schlechter Kerl, was? Hm? – Paulie?«

Macht einen ganz schwindlig, all das Bier, so auf die Schnelle, aber die Glasscheibe ist schön kühl an der Stirn. –

»Hör zu, Pet... ich komm' nicht so bald heim. Möchte mit Mammy reden... Sag ihr, Äpfelchen... Sag ihr, es tut Daddy leid...«

Fox hämmerte gegen die Tür der Zelle. »Aufgesessen!« schrie er. »Komm, los geht's, Fahnensklave! Hitlers Legion reitet für Kanada!«

»Paulie – Paulie?«

Brr-brr-brr, machte das Telefon. Er hängte den Hörer in die Gabel und blickte blöde darauf. Nein, Paulie war es egal...

Er trat aus der Telefonzelle und stolperte. »Ich bin betrunken«, sagte er. »Ich bin blau wie'n Veilchen.«

»Macht nichts«, sagte Fox. »Das sind wir alle, alles ehrenwerte Männer. Halt dich an seinem Arm da fest. Tempo, Tempo!«

Der alte Billy Davis führte den betrunkenen, taumelnden Coffey in die Herrentoilette hinter dem Setzsaal. Er stellte ihn vor das Waschbecken, packte Coffey am Kiefer und riß ihn auseinander, als wollte er ihm eine Tablette eingeben, steckte ihm aber statt dessen einen Finger in den Mund, zog ihn wieder heraus und drückte Coffeys Kopf über das Becken. Dann wartete er, gelassen und zerbrechlich in seiner braunen Lederjacke, während sein Opfer, die Hände um den Beckenrand geklammert, heftig erbrach und die Schüssel überschwemmte.

»Noch mal?«

»Nein – nein.« Coffey hustete, würgte, bis ihm die Tränen kamen.

»Jetzt besser? Gut. Komm mit!«

Mit zitternden Schritten ging's aus der Herrentoilette durch die Garderobe, an den Schränken der Setzer vorbei, durch die Gassen von Setzmaschinen bis zur Reihe der Stahltische. Hände reichten etwas weiter, griffen nach Fahnen, schoben Typen hin und her, spießten Fahnen auf, geschäftig, jeder war geschäftig, keine Stimme hörte man im ratternden Murmeln und Stampfen der Maschinen. Mit leerem Magen – übel war ihm noch – kreuzte Coffey die Arme auf der schmutzigen Stahltischplatte und legte den Kopf darauf. J. F. Coffey, der Redakteur, J. F. Coffey, der Journalist. In einem schwachen Augenblick fühlte er Tränen aufsteigen: Sie liebte ihn nicht, sie haßte ihn, und warum auch nicht, er war kaputt vom Trinken, ein besoffener Klotz, J. F. Coffey, der Journalist, gleich am ersten Arbeitstag blau. Ach Gott! Er haßte diesen Klotz, der in seinen dicken roten Schnurrbart rotzte, den Narren, der sich selbst bemitleidete.

»He, he!« sagte Fox und rüttelte ihn. »Wach auf, Paddy! Hitler naht. Hier, nimm das!« Eine halb durchkorrigierte Fahne erschien vor Coffeys Gesicht. Gerade noch rechtzeitig.

Mr. MacGregor kam durch den Saal. Knochige alte Arme hingen nackt aus den aufgekrempelten Hemdsärmeln, die blaue Ader pulsierte auf seiner bleichen Stirn, ein fanatischer Blick hielt hungrig nach Streit Ausschau. Wenn er auf seinem nächtlichen Rundgang vorbeirauschte, vermieden alle Bürojungen, schludrigen Schreiber, schuldigen Reporter seinen Blick und stellten sich tot, wie kleine Tiere, wenn der Habicht über dem Wald schwebt. Doch kaum betrat MacGregor den Setzsaal, verlor sein Gang etwas von seiner Wildheit. Hier waren alte Schlachten geschlagen worden, alte Festungen aufgegeben. Hier befehligte der Feind, hatte sich auf Dauer in MacGregors Mauern festgesetzt. Streiks, Streikbrecher, Aussperrungen; es hatte alles nichts genützt. Eingeengt von Klauseln und Verträgen, durfte der Chefredakteur nicht einen Finger an eine Typenzeile legen, es war ihm nicht erlaubt, eine direkte Anweisung zu geben. Der Faktor des Setzsaals wartete auf MacGregors nächtlichen Vorstoß mit der amüsierten Verachtung eines römischen Generals, der es mit dem Häuptling irgendeines kleinen Gebirgsstammes zu tun hat. Hier durchlebte MacGregor jede Nacht eine neue Niederlage.

Und darum suchte seine Ohnmacht wie immer nach einer Möglichkeit zur Revanche. Als einzige in dieser Bastion organisierter Arbeiter waren die Korrektoren noch immer seine Diener. »Wer hat das durchgelassen?«

schrie er und schwenkte eine Fahne über einer schmutzigen Tischplatte durch die Luft. »Wer hat das übersehen?«

Fox hob sein graues Stoppelkinn, nahm die Fahne in die Hand, betrachtete die mit Bleistift geschriebene Signatur. »Tagesschicht«, sagte er.

»Herrgott noch mal! Der Name hier ist falsch geschrieben. Sehen Sie? Ein Freund des Verlegers auch noch, Herrgott noch mal!«

Fox blickte zur Decke auf, als sei er mit Kopfrechnen beschäftigt. Seine Kollegen lasen mit größter Intensität Korrekturen.

»Nicht unsere Schicht, Sir«, sagte Fox. »Und wir sind schon spät dran, Sir. Immer noch zuwenig Leute.«

»Ich habe euch heute abend einen neuen Mann geschickt. Wo ist er? Neuer Mann – äh – woll'n doch mal sehen...«

Während er das sagte, schlängelte sich MacGregor zwischen den Tischen hindurch und schnappte sich die halbfertige Korrekturfahne. »Schön, Coffey, lassen Sie mal Ihre Arrbeit sehen!« Er entfaltete die Fahne auf der Tischplatte, prüfte mit kritischem Blick ganze Blöcke und achtete dabei nicht auf den Inhalt, sondern nur auf Druckfehler. Jahre der Praxis hatten seinen Blick so geschult, daß ihm kein Fehler entging, aber diesmal entdeckte er keinen. Vier Fehler auf der Fahne, und alle vier verbessert, soweit die Korrektur gediehen war. Ein Neuer? Das konnte man ihm nicht weismachen. Er drehte sich zu Fox um. »Das sind nicht seine Korrekturen. Das sind Ihre.«

Es war nur eine Vermutung, aber nachdem MacGregor sie geäußert hatte, packte er ein paar Fahnen von Fox' Bündel und verglich sie mit Coffeys. »Na bitte, das sind Ihre Zeichen«, sagte er triumphierend. »Coffey?«

»Ja, Sir.«

»Zeigen Sie mir Ihre anderen Fahnen.«

Hinter seinem erhöhten Tisch hatte der Faktor zuge-
schaut. Er sah das rote, verwirrte, zu seinem Quälgeist
emporgerichtete Gesicht des Neuen. Armes Luder! Der
Faktor kam von seinem Podest herunter, näherte sich,
unterbrach MacGregors Gebrüll. »Ihre Leute sind schon
im Verzug, Mr. Mac«, sagte er. »Das viele Gerede hält die
Arbeit auf. Und es sind sowieso nicht genug Leute da, wie
üblich. Wir haben keine Zeit zu verlieren.«

»Wir tun, was wir können, verdammt noch mal!«

Aber MacGregor wandte sich schon ab, hängte die Fahnen auf den Haken und trat ohne ein weiteres Wort den
Rückzug an, voller Angst vor einer neuen Schlappe, einer
neuen Heimsuchung durch Vermittler, Schlichter, Funk-
tionäre und ähnliche gewerkschaftliche Kobolde und Dä-
monen. Der Faktor blinzelte dem entsetzten Coffey zu
und kehrte an seinen Platz zurück. Die Setzer, etepetete
und tüchtig auf ihren kleinen Hockern, lächelten wie über
einen alten Lieblingsscherz. Und die Korrektoren – Mön-
che, die eine Teufelsaustreibung veranstalten – legten wie
ein Mann ihre Fahnen nieder und stimmten einen kurzen
MacGregorianischen Verdammungsgesang an. Als den
Obszönitäten Genüge getan war, lehnte Fox sich über den
Tisch und reichte Coffey seine erste Korrekturfahne. »Alles in Ordnung«, sagte er. »Die Luft ist rein. Aber jetzt
'ran an den Speck!«

Um zehn läutete es zur Essenspause. Um zehn Uhr
fünfzehn läutete es wieder, und sie setzten die Arbeit bis
ein Uhr fort. Allmählich nüchtern geworden, stellte Coffey fest, daß er dieser Arbeit gewachsen war. Bald schon
las er seine Fahnen nur noch um Sekunden langsamer als

der alte Billy und halb so rasch wie Fox. Er war überrascht und auch erfreut, denn bisher hatte er sein Leben lang Jobs gehabt, deren einziger Zweck offenbar darin bestand, einen Vorgesetzten zu überzeugen, daß man seinen Lohn wert war. Aber bei diesem Job hier las man einfach seine Fahnen durch und machte seine Korrekturzeichen an den Rand, und wenn man über den Saal hinschaute, konnte man sehen, wie andere Männer den Umbruch machten, was den nächsten Schritt im Gesamtprozeß darstellte. In ein oder zwei Stunden würde eine Zeitung aus den Rotationspressen rollen, und morgen früh würden die Leute sie kaufen und zum Frühstück lesen. Man stellte etwas her! Und da gab es keine Rücksicht auf Kriegsveteranen! Man mußte seine Initialen als Signatur unten auf jede Fahne setzen, und wenn man etwas übersah, konnte der Boss die Spur zu einem zurückverfolgen, und man war dafür verantwortlich.

Es war ein neues, befriedigendes Gefühl.

So kam es, daß Coffey sich um ein Uhr morgens, als er mit dem Bus nach Hause fuhr, eine frisch gedruckte Zeitung auf dem Schoß, mit seinen üblichen Rationalisierungen überzeugte, daß dieser Tag keine Niederlage, sondern einen Sieg gebracht hatte. Einen kleinen Sieg. Er hatte eine Stelle: Er arbeitete gemeinsam mit einer Gruppe von Kanadiern in einem fernen Land, maß seine Kräfte mit ihnen. Was Vera betraf, so würde sie ihre schlechte Laune mittlerweile sicher überwunden haben. Er würde ihr eine Tasse Kakao machen, sie mit in die Küche nehmen und ihr alles über diesen Abend erzälen. Er würde sie küssen, und sie würden beide erklären, wie leid es ihnen tue. Der hart arbeitende Ginger. Kein Egoist, nein. Er tat, was er konnte.

In der Wohnung brannte kein Licht mehr, als er die Tür aufschloß und eintrat. Im Vorraum blieb er lauschend stehen, während er den Schnee aus den Aufschlägen seiner Hosen schüttelte. Leise ging er an Paulies Zimmer vorbei und in das verdunkelte eheliche Schlafzimmer, tastete nach den Vorhangschnüren. Die Vorhänge quietschten, als sie an ihren metallenen Röllchen rasch auseinanderglitten. Mondlicht fiel auf den schlanken Körper seiner Frau, der in die Decken gewickelt dalag wie ein eingerolltes Segel.

»Veronica?« flüsterte er.

Aber sie schlief. Na gut, laß sie schlafen: Er würde sich morgen mit ihr versöhnen. Im Mondlicht zog er sich aus und sah dabei aus dem Fenster. Dichter, dicker weißer Schnee lastete auf den Zweigen des Baumes gegenüber, zwängte sich in Astgabeln, lag wie Zuckerguß auf den Dächern der Häuser, auf der anderen Seite der Straße. Die Stadt schwieg, die letzten Geräusche des Verkehrs dämpfte der Schneefall. Er gähnte und griff nach den Vorhangschnüren, ließ die Metallröhrchen über die Schienen quietschen, daß der Raum in Finsternis versank. Er schlüpfte ins Bett und lag da, auf ihren Atem horchend. Wie seltsam war das Leben! Noch heute früh hatte er hier neben ihr gelegen, glücklich nach genossener Lust, ohne zu wissen, was der Tag bringen würde. Noch heute nachmittag war er aus dem Palmenhof weggegangen, voller Angst, daß sie ihn verlassen könnte. Nur ein paar Stunden war es her, daß er in einem Raum voller Maschinen gesessen und etwas völlig Ungewohntes getan hatte. Wie konnten die Leute nur sagen, das Leben sei langweilig? Ah, wie sie da friedlich schläft! Wenn nur diese Bitternis nicht gewesen wäre, wenn nur diese Worte nicht gefallen wären!

Wenn sich nur ein Teil dieses Tages einfach auslöschen ließe, wegnehmen mit einem Kuß.

Und warum eigentlich nicht? Er schmiegte sich an sie. Sie war groß, aber sein Kinn lag auf ihrem Kopf, seine Füße schlüpften unter ihre Sohlen, ein Piedestal für ihre Füße. Ach, wie warm und sanft war sie, und ihr Nachthemd bis zur Taille hochgerutscht. Warm war sie. Und warm liebte er sie.

»Laß!« murmelte sie. »Nicht!«

Er lächelte im Dunkeln und schob die Hand vor, schloß sie um ihre Brust.

»Laß das. Bitte, Gerry. Nicht.«

Er lag ganz ruhig. Er konnte sein eigenes Herz hören. Sie mußte es ebenfalls hören, es hämmerte wie eine Maschine. Langsam hob er wieder die Hand und streichelte ihre Brüste, mit kalten Lenden und hämmerndem Herz.

»Nein, Gerry. Bitte. Jetzt nicht.«

Er zog seine Hand zurück. Langsam, sorgfältig darauf bedacht, sie nicht zu wecken, drehte er sich von ihr weg und lag mit offenen Augen im Dunkeln, sein großer Körper war regungslos wie eine Statue auf einer Grabplatte. Er horchte auf ihren Atem. Die Züge kamen regelmäßig und doch nicht ganz: wie im Schlaf eben. Sie schlief. Ja, sie träumte.

Erinnerst du dich an den Sommer, als du im Curragh stationiert warst und dich irrsinnig in ein achtzehn Jahre altes Mädchen verknallt hast, das von deiner Verliebtheit nie etwas erfahren hat? Hast du nicht oft von ihr geträumt, in jenen Sommernächten, und hieß das etwa, daß du mit ihr geschlafen hast? Oder sie auch nur geküßt hast? Hast du Veronica nicht tausendmal im Traum betrogen?

Immerhin, sie kennt nur einen Gerry. Dieser fade

Heini? Außerdem ist sie fünfunddreißig, fünf Jahre älter als er. Aber er ist Junggeselle, er hat einen Sportwagen und immer Geld in der Tasche. Und ihm hat sie ihre Sorgen vorgeheult, gestern. *Seinetwegen* will sie dich verlassen. Das sieht doch ein Blinder.

Aber war das wirklich so? Es konnte doch ein Traum sein. Ein Satz im Schlaf, nach fünfzehn Ehejahren, das machte noch keine Hure aus ihr, oder?

Er lag da, die Augen weit geöffnet im Dunkeln. Er zwinkerte und fühlte etwas Feuchtes an seinen Mundwinkel rühren, durch die Enden seines Schnurrbarts sickern. Er würde doch wohl nicht wie ein Baby heulen? Oder? Nein.

Aber schwer war's, seine Hoffnung aufrechtzuerhalten. Herrgott im Himmel!

4

Am nächsten Morgen, nachdem sie ihm sein Frühstück vorgesetzt hatte, sagte Veronica, sie wolle in die Stadt gehen und sich um eine Stelle bewerben.

»Was für eine Stelle?«

»Ach, ein Modehaus, das ein Freund von Gerry leitet. Sie brauchen da jemand für den Verkauf.«

»Aha.«

»Zum Essen bin ich wohl kaum schon zurück«, erklärte sie. »Und wenn du ausgehst, kauf dir etwas für deine Brote zum Mitnehmen, heute abend.«

»In Ordnung.« Er blickte auf seinen Teller hinunter. Er hatte festgestellt, daß sie wieder ihr gutes schwarzes Kleid trug.

»Paulie?« rief sie jetzt. »Beeil dich ein bißchen, du kommst zu spät zur Schule. Auf Wiedersehen, Ginger. Wirst du den ganzen Tag zu Hause sein?«

»Wahrscheinlich.«

»Dann ruf' ich dich später mal an.«

Er hörte, wie die Haustür ins Schloß fiel. Kein Abschiedskuß. Er hockte da, sein Tee wurde langsam kalt, kaum wurde ihm bewußt, daß Paulie hereingestürzt kam, aß und, viel zu spät, zur Schule aufbrach. Laß sie gehen! Laß sie alle gehen!

Ein Lineal ratterte ticketi-tack-tack die Treppe vom Stockwerk der Wirtin zu seinem eigenen herab.

»*M'sieur?* Wollen Sie mit mir spielen?«

Er blickte auf, sah in Augen, die noch einsamer waren als seine eigenen. »Komm 'rein, Michel«, sagte er. »Wir zwei werden jetzt mal 'ne Runde spielen.«

Der kleine Junge hatte seinen Baukasten mitgebracht. Coffey räumte ein Stück des Küchentisches frei, und ernsthaft bauten sie zusammen, neununddreißig und fünf Jahre alt, ein Haus mit einem langen Schornstein aus Zucker. Über eine Stunde lang spielten sie, bis Michels Großmutter von oben nach ihm rief. Wieder allein, lutschte Coffey einen Zuckerwürfel. – Und wenn er zu Grosvenor ins Büro ginge, unter dem Vorwand, mit ihm über diesen Korrektorjob zu sprechen, und dann irgendwie das Gespräch auf Veronica brächte? Wenn er auch nur ein kleines bißchen Grütze im Kopf hatte, würde er doch wohl an Grosvenors Blick ablesen können, ob der Traumsatz der letzten Nacht schuldig oder unschuldig bedeutete!

Na, gut. Er rasierte sich, zog seinen Tweedanzug an und nahm den Bus, der ins Geschäftsviertel fuhr. Als er ausstieg, war es drei Viertel zwölf. Er ging in einen Drugstore, der schon brechend voll von Stenotypistinnen war, die ihren Lunch aßen, und ganz hinten, in einer Telefonzelle, umgeben von Reklameplakaten, auf denen halbnackte Mädchen lächelnd unter einer Höhensonne saßen, wählte er Gerrys Nummer.

Nein, Mr. Grosvenor war gerade für einen Augenblick weggegangen. Ob er später noch einmal anrufen wolle? Und wie war noch der Name, bitte? Coffey. Jawohl, er wollte noch einmal anrufen. Er hängte den Hörer auf, starrte die hübschen, halbnackten Mädchen auf den Reklamebildern an. Es gab so viele hübsche Mädchen auf der Welt. Warum konnte dieser fade Heini nicht selbst

eines finden, anstatt hinter der Frau eines Freundes herzu-
steigen, einer Frau von fünfunddreißig, die so hübsch nun
auch wieder nicht war! Herrgott im Himmel!

Um fünf Minuten vor zwölf rief er wieder an, diesmal
von der Halle in Grosvenors Bürohaus aus. Oh, es tat ihr
sehr leid, aber das andere Mädchen hatte ihr gerade mitgeteilt, daß Mr. Grosvenor zum Lunch ausgegangen war.
Würde es ihm etwas ausmachen, es nach Tisch noch einmal zu versuchen? Nein? Na, wunderbar.

Mist! Er verließ die Telefonzelle und fühlte sich unver-
sehens von dem Menschenstrom, der aus den Aufzügen
hervorbrach, erfaßt und in eine Ecke geschwemmt. Jeder
hatte es hier irrsinnig eilig. Jeder drängte und stieß einen
beiseite. Kanadier haben keine Manieren! Ein rohes, kaltes
Land mit seinem habgierigen Ellenbogenvolk, das nach
allem grapscht, was ihm nicht gehört, und einen beiseite
schubst. Ein Land voller Chancen, von wegen!

Nein, hör auf damit, befahl er sich selbst. Schimpf nicht
auf das ganze Land, bloß weil irgendein Zeichner sich
gemein benimmt. Hör auf! Also hörte er auf. Er ging zum
Zeitungsstand in der Halle und kaufte sich ein Päckchen
Zigaretten. Was für ein Unsinn, sich wie ein Verrückter
aufzuführen, wegen eines einzigen kleinen Satzes in einem
Weibertraum. Ach, warum ging er nicht einfach nach
Hause zurück und ließ Gerry Gerry sein, anstatt ewig hier
auf ihn zu warten. Es war doch alles Blödsinn! In diesem
Mittagsgedränge kam es ihm unglaublich vor. Er hatte sich
das Ganze nur eingebildet.

Jemand ergriff ihn am Ärmel. »Hallo, Ginger!«

»Oh, hallo, Gerry«, erwiderte er schuldbewußt.

»Was machst du denn in diesen Breiten?«

»Hm – also – ich bin gerade vorbeigekommen und hätte

gern ein Wort mit dir gesprochen. Ich meine wegen dieser Korrekturleserei. Ich hab' den Job genommen, weißt du.«

Leute gingen vorüber und stießen sie dabei mit den Ellbogen an, denn die beiden standen da im Strom der Hinausdrängenden wie festgeklemmtes Treibholz. »Hier können wir nicht reden«, sagte Grosvenor. »Komm, ich bring' dich im Taxi zurück.«

Er folgte Grosvenors hochgewachsener, schmaler Gestalt zu den Drehtüren. Ein kalter Wind empfing sie, als sie auf die Straße hinaustraten, und während Coffey noch stehenblieb, um sich den Mantelkragen hochzuschlagen, sprang Grosvenor wie ein Junge mitten ins Verkehrsgewühl hinein und schnippte mit den Fingern nach einem Taxi. Ein Wagen löste sich aus dem Strom und glitt heran, stoppte nur Zentimeter von Grosvenor entfernt. Mist! Ihm war nichts passiert.

»Komm, los, Ginger, steig ein! Okay, fahren Sie den Beaver Hall Hill hinauf. Ich dirigiere Sie dann schon weiter.«

Seite an Seite ließen sie sich in die Rücksitze sinken. »Na, Ginger«, sagte Grosvenor. »Ein Glückstag, was?«

»Wieso?«

»Veronicas neuer Job, was denn sonst. Hat sie dir nichts erzählt?«

Coffeys rötliches Gesicht war starr nach vorn gerichtet. »Nein«, sagte er.

»Na ja, sie ist heute morgen bei Modelli eingestellt worden. Das ist so ein Hutgeschäft, ziemlich chi-chi. Sie bekommt vierzig die Woche und einen Verkaufsanteil, der das Gehalt in den meisten Wochen etwa auf fünfundfünfzig bringen wird. Für den Anfang nicht schlecht, was?«

»Nicht schlecht«, sagte Coffey. Fünf Dollar mehr, als er in der Woche verdiente, das war nicht schlecht.

»Ja, das wäre das, und was ist nun mit dir?« fragte Grosvenor. »Du hast also die Korrektorenstelle angenommen?«

An der Türverkleidung des Taxis, eingerahmt und schwach beleuchtet, befand sich die Taxilizenz des Fahrers mit Foto. *Marcel Parent. 58452.* Coffey betrachtete die Fotografie, dann den Hinterkopf des Fahrers. Lieber Gott, wie konnte man hier private Gespräche führen, während *Marcel Parent, 58452,* jede Silbe hörte? Entsetzlich!

»Ich nehme an, Vera weiß, wie der Job aussieht«, sagte Grosvenor. »Zu dumm. Ich überlege immer schon, ob ich irgend etwas tun kann, damit du bald befördert wirst?«

Coffey schüttelte den Kopf. Was kümmerten ihn jetzt Jobs? Was ging ihn das an?

»Ich könnte doch den alten Mac anrufen und vielleicht herauskriegen, wie lange er dich in der Tretmühle schwitzen lassen will.«

»Nein«, sagte Coffey. »Laß man.«

»Sieh mal, es hat doch keinen Sinn, daß du weiter da herumhockst, wenn's bloß eine Sackgasse ist«, erklärte Grosvenor. »Vergiß bitte nicht, es ist schließlich der mieseste Job im Zeitungsbetrieb. Du kannst doch weiß Gott mehr als das.«

Vielen Dank, Marcel Parent, daß du dir im Rückspiegel ansiehst, wie einer aussieht, der den miesesten Job im Zeitungsbetrieb akzeptiert.

»Was gibt's denn sonst Neues?« fragte Grosvenor.

Das wirst *du* mir erzählen, dachte Coffey. Laut sagte er:

»Nichts. Hast du mit irgendwem eine Verabredung zum Lunch?«

Zum ersten Mal sah er etwas wie Verlegenheit in Gerrys Auge aufblitzen. »Ja, jetzt wo du fragst, das habe ich wirklich«, brachte er heraus. »Ein Geschäftsessen. Du kannst gerne mitkommen, aber es würde dich nur entsetzlich langweilen.«

»Nein, nein, so hab ich's nicht gemeint«, sagte Coffey. »Ich habe nur gerade überlegt, wo – wo du mich absetzen kannst.«

»Brauchst nur zu sagen, wo, Ginger.«

»Schön, dann laß mich irgendwo aussteigen, wo es dir in den Kram paßt. Wohin gehst du denn essen?«

»In den ›Pavillon‹«, sagte Grosvenor. »Ich lass' dich dann an der Ecke Ste. Catherine und Drummond raus. Okay?«

»Großartig.«

Als das Taxi an der Ecke der Drummond Street hielt, bestand Grosvenor darauf den Fahrpreis allein zu bezahlen. »Ich hab's gerade dick«, sagte er. »Größere Anzahlung für Spesen bekommen. Auf Wiedersehen.«

»Auf Wiedersehen«, echote Coffey. Er blickte dem davonfahrenden Wagen nach. Wiedersehen, jawohl; und wenn ich dich so wieder sehe, bist du einer der schmierigsten Typen, die mir je unter die Augen gekommen sind. Spesengelder hin oder her, Künstler hin oder her, was kann sie bloß an dir finden, du selbstzufriedenes Würstchen?

Und doch, Veronica hatte Grosvenor heute vormittag angerufen. Nicht ihn, Coffey. Und war es nicht absolut typisch für Grosvenor, daß er jemanden zum Lunch einladen würde, um alles zu feiern, was es zu feiern gab? Ja, das war es. Ach, Unsinn!

Aber er wandte sich um, rannte die Drummond Street hinunter und betrat den »Pavillon«. Auf der Schwelle zum Speisesaal zögerte er, wollte umkehren. Ein Oberkellner kam hinter einem Stehpult hervor, ein paar Speisekarten in der Hand, mit denen er gegen seine gestärkte weiße Hemdbrust klopfte. »Haben Sie reserviert?«

»Nein, ich sehe mich nur nach einem Freund um.«

»Wie ist der Name, Sir?«

»Ein Mr. Grosvenor.«

»O ja, gewiß. Bitte hier entlang.«

Der Oberkellner schwebte wie eine Galionsfigur zwischen den Tischen hindurch, wobei er sich durch mehrmaliges Umdrehen vergewisserte, daß Coffey ihm folgte. Nachdem sie den halben Raum durchquert hatten, blieb er stehen und zeigte diskret in eine bestimmte Richtung. »Hier drüben, Sir. Wenn Sie diesen Weg nehmen wollen.«

»Danke. Ist schon gut. Ich – ich sehe, er ist beschäftigt.«

Beschäftigt war er. In einem Winkel, hinter einer Säule, an einem winzigen Tisch saßen die beiden bei Martinis, tief in Geplauder versunken. Coffey floh aus dem Speisesaal, die Stufen hinunter und auf die Straße, ein Junge, der vor einer Bande von Raufbolden ausrückt. Aber hätten nicht eigentlich sie vor ihm davonrennen müssen? Außer Atem, blieb er an der Straßenecke stehen. Warum war er nur da hineingegangen? Und warum dann abgehauen? Er hätte ihnen die Stirn bieten sollen, aber wie konnte man in einem Raum voll fremder Menschen einen Streit beginnen? Kämpfen oder nicht kämpfen, wegrennen oder stehenbleiben: was spielte das schon für eine Rolle? Er überquerte die Straße und stellte sich in die Schlange an der Bushaltestelle. Jede Stunde der letzten Nacht war so langsam vorübergezogen wie die Sonne am Mittsommerhimmel. Und doch hatte er es fertiggebracht, heute morgen mit ziemlich vielen Zweifeln aufzustehen. Jetzt hingegen...

Jetzt wurde alles klar. Sogar ihr Ärger, als er ihr berichtete, daß er das Geld für die Heimreise ausgegeben hatte. Sie war bereit gewesen, mit ihm nach Irland zurückzukehren, das war das Allerschlimmste. Sie hatte bei ihm bleiben wollen.

Unterwegs kaufte er etwas Wurst für sein Pausenbrot und zwei Birnen für Paulie. Die arme Paulie. Kein Wunder, daß Veronica nicht darauf achtete, ob das Kind ordentlich aß. Kein Wunder, daß sie Paulie mit Tintenflekken auf dem Schulkleid herumlaufen ließ. Warum sollte sie sich um derlei Dinge kümmern, wenn ihre Gedanken ganz woanders waren als bei ihrer Familie? Ach ja, vieles wurde jetzt klar.

Als er das Treppenhaus betrat und zu seiner Wohnung gehen wollte, sah er den kleinen Michel auf den Stufen sitzen und auf ihn warten. »He, *M'sieur*! Sehen Sie mal, was ich da habe.«

»Ja, einen Augenblick, Michel.« Er schloß die Tür zur Wohnung auf und stellte die Lebensmitteltüte ab. Hinter ihm ertönte das Geräusch eines Spielzeugs. Es war ein kleiner Roboter, von einer Batterie angetrieben: Seine quaderförmigen Beine bewegten sich unter langsamem Knirschen von Zahnrädern, die Augen glühten rot, und winzige Antennen ragten aus seinem Kopf hervor. Während Coffey noch zusah, fiel der Roboter hin. Die Beine fanden auf dem glatten Linoleum keinen festen Halt.

»Ist zu glitschig hier«, beklagte sich das Kind.

»Das seh' ich. Na schön – bring ihn rein, ja? Wir haben einen Teppich in der Diele.«

So gingen sie zusammen in Coffeys Wohnung. Der

Junge stellte sein Spielzeug auf den abgetretenen Läufer.

»Passen Sie auf, *M'sieur*, ich drück' hier auf den Knopf.«

Coffey hockte sich nieder, um besser sehen zu können. Roboterzahnräder mahlten, Roboteraugen glühten. Steifbeinig und gemächlich ruckte das Männchen vorwärts.

»Heiliger Bimbam«, sagte Coffey. »Das ist ja ein tolles Ding. Woher hast du's?«

»Hat meine Mama mir gegeben.«

»Siehst du das winzige Türchen in seinem Rücken?« fragte Coffey. »Dahinter steckt die Batterie.«

»Nicht anfassen. Das ist *mein* Spielzeug!«

»Entschuldige«, sagte Coffey. »Da hast du's.«

Aber das Kind gab ihm sein Spielzeug sofort wieder zurück.

»*Montrez – montrez?*«

»Nu mal langsam, mein Junge!« sagte Coffey. »Du weißt, daß ich nicht parlehwufranxä. Ich wünschte, ich könnt's. – Also paß auf. Siehst du das kleine Dings da drin? Das bringt ihn in Gang.«

»Warum?«

»Na ja, das hält ihn am Leben. Ist sein Saft.«

»Warum macht der Saft, daß er läuft?«

»Also, wenn du keinen Saft hast – paß mal auf, Michel, willst du jetzt nicht lieber mal nach oben gehen? Ich bin müde.«

»Oben ist doch niemand«, sagte Michel.

»Wo ist deine Mama?«

»Mama ist ausgegangen. *Gran'mère* schläft. Bitte, *M'sieur*, spielen Sie mit mir!« – Coffey seufzte. »Na gut«, sagte er. »Laß uns damit in die Küche gehen.«

Sie gingen in die Küche. Coffey lockerte seine Krawatte und setzte sich. Michel spielte eine Viertelstunde lang mit dem Roboter, während Coffey mit scheinbarem Interesse auf die kindlichen Fragen antwortete. Er blickte auf Michels struppigen kleinen Kopf, der sich über das Spielzeug beugte.

War der Grund, warum sie ihm das angetan hatte, vielleicht der, daß sie nie einen Sohn bekommen hatte? Oder war das zu weit hergeholt? Aber die Tatsache an sich war ja seltsam genug.

»Es is kaputt, *M'sieur*. Es is kaputt und geht nicht mehr.«

»Momentchen. Wollen mal sehen.« Coffey ergriff den Roboter, öffnete ihm den Rücken und fummelte an den Drähten herum. Vermutlich ein Wackelkontakt. Er bog die Kabel gerade.

»Geht er jetzt wieder?«

»Das werden wir ja sehen. Stell ihn auf den Fußboden, Michel.«

»Warum, zum Kuckuck, machst du die Haustür nicht zu?« tönte Veronicas Stimme im Korridor. »Das ganze Haus kühlt ja aus.«

Der Mann und das Kind wechselten Blicke, auf geheimnisvolle Weise einig in ihren Gefühlen. Als sie die Küche betrat, stand Coffey auf. »Hast du zu Mittag gegessen?« fragte er.

»Du weißt verdammt gut, daß ich zu Mittag gegessen habe. Warum bist du einfach so davongerannt?«

»*M'sieur*, er geht immer noch nicht.«

»Geh nach Hause, Michel«, sagte Veronica.

»Einen Augenblick, meine Liebe«, sagte Coffey. »Michel hat mir Gesellschaft geleistet. Nicht wahr, Michel?«

»Ich muß mit dir reden, Ginger. Gerry ist draußen.«

»Schau her, Michel, drück auf diesen Knopf hier, so!

Siehst du? Jetzt wette ich mit dir, daß er sogar die Treppe mit dir hinaufklettert. Willst du's mal versuchen? Na also. Ab mit dir, mein Junge.«

Michel rieb sich die Tränen von den kleinen Pausbakken. Er nahm den jetzt wieder einwandfrei mahlenden und sich bewegenden Roboter an sich. »Oh, danke, *M'sieur*«, sagte er. »Vielen Dank.«

Und er rannte durch die Diele davon, den Roboter in der Hand. Langsam richtete Coffey sich auf. Ach, ein Junge sein – einen Augenblick lang Tränen, im nächsten schon alles vergessen. Eine Spielzeugwelt. Nichts war so schrecklich, als daß eine Freundlichkeit es nicht ändern konnte. Ach ja, ein Junge sein . . .

Zu alt für Spielzeug, wandte er ihr das Gesicht zu, wartete darauf, welche neue Perle sie auf ihren Rosenkranz von Lügen fädeln würde.

»Gerry ist da«, wiederholte sie. »Ich wollte nicht, daß er mitkam, aber er hat darauf bestanden. Er möchte allein mit dir reden. Und, Ginger?«

»Was ist?«

»Ginger, bitte fang keine Prügelei mit Gerry an. Es hätte nicht den geringsten Sinn, verstehst du?«

Ohne Antwort drehte er sich um und ging in die Diele hinaus. Er öffnete die Haustür, und da stand Grosvenor.

»Kann ich einen Augenblick hereinkommen?« fragte er und betrat das Haus wie jemand, der einen Krankenbesuch macht. Gemeinsam, Coffey vorneweg, gingen sie durch den handtuchschmalen Flur zum Wohnzimmer. Coffey öffnete die Tür und blieb seiner Gewohnheit entsprechend stehen, um den Besucher vorbeizulassen. Dabei sah er Veronica in der Küche sitzen; ihre Schultern waren gekrümmt, als erwarte sie einen Schlag. Unsinnigerweise empfand er den Wunsch, zu ihr zu gehen und ihr zu sagen, es würde schon alles gut werden. Aber wie konnte er das sagen, er, der gar nicht wußte, wie schlimm alles stand? Und warum sollte er auch, dachte er in plötzlichem Ärger. Dies hier war nicht *seine* Schuld.

Er folgte Grosvenor ins Zimmer und schloß sorgfältig die Tür. Er sah Grosvenor an, als erblicke er ihn zum ersten Mal. Grosvenor war neun Jahre jünger als er; auch größer. Trotzdem wußte Coffey, er würde bei einem Kampf gewinnen. Ein guter Schlag, und Grosvenor würde platzen wie eine aufgeblasene Tüte. Er wartete, während Grosvenor den Mantel abnahm und über einen Stuhl legte. Dann förderte Grosvenor Zigaretten und ein Feuerzeug mit den Initialen G. G. zutage. Er bot Coffey beides an, doch der schüttelte den Kopf. Sie traten etwas voneinander zurück, wie Boxer nach dem traditionellen Handschlag.

»Ich habe dich aus dem Restaurant laufen sehen«, sagte Grosvenor. »Ich habe hinter dir hergerufen, doch du hast mich wohl nicht gehört. Deshalb dachte ich, unter diesen Umständen wäre es wohl besser, herzukommen und alles zu erklären. Ich gehöre nicht zu den Männern, die sich hinter einem Frauenrock verkriechen, Ginger.«

Du hebst ihn nur hoch, dachte Coffey.

»Ich will dich nicht anlügen, Ginger. Ich habe mich in Veronica verliebt, schon als ich sie zum ersten Mal sah. Und seitdem hat sich daran nichts geändert. Am Anfang dachte ich, es wäre hoffnungslos für mich. Jetzt weiß ich, daß das nicht stimmt. Ich werde um sie kämpfen, Ginger.«

Grosvenor wartete, doch Coffey sagte nichts. »Es tut mir leid, daß es so gekommen ist, Ginger. Glaub mir, ganz gleich was passiert, ich betrachte dich als Freund.«

»Wirklich?« sagte Coffey. »Mit der Frau eines anderen Mannes vögeln, ist das deine Art von Freundschaft?«

»Warte, Ginger. Ich weiß, du bist wütend, und du hast auch jedes Recht, bissige Bemerkungen über mich zu machen. Aber nicht über Veronica. Veronica ist eine wundervolle Frau, und sie ist dir schrecklich treu.«

»Wir sind verheiratet«, sagte Coffey. »Du brauchst mir nicht zu erklären, was ich für eine Frau habe.«

»Meinst du?« entgegnete Grosvenor. »Ich bin da nicht so sicher. Wenn du sie kennen würdest, hättest du nicht euer Fahrgeld ausgegeben; und dann wäre ich mit leeren Händen zurückgeblieben.«

»Noch hast du sie nicht. Und du wirst sie auch nicht kriegen.«

»Mag sein, Ginger. Aber sie möchte dich verlassen. Das weißt du.«

»Halt dein Maul!« brüllte Coffey. »Das ist eine private Angelegenheit zwischen mir und Veronica...«

»Einen Moment, Ginger, ich bin gleich fertig. Ich habe Veronica gesagt, daß, wann immer sie dazu bereit ist, ich für sie sorgen werde. Ich habe ihr alles versprochen, was sie braucht: Liebe und Achtung. Und Sicherheit.«

»Du Lump!« sagte Coffey. »Was, zum Teufel, weißt du von Liebe? Du willst einer Frau bloß unter den Rock, du Drecksack, du!«

»Ich dachte mir schon, daß du so etwas sagen würdest«, erwiderte Grosvenor. »Aber laß dir eins gesagt sein: hier geht es um Liebe, nicht um Lust. Was Veronica und ich füreinander empfinden, ist etwas Wertvolles, Kostbares. Ich weiß, das klingt kitschig, Ginger, aber so ist es nun mal. Wir lieben uns, und wir wollen uns lieben, solange wir leben.«

»Hau ab«, sagte Coffey. »Hau ab, ehe ich dir eine knalle.«

»Moment, Ginger, ich bin noch nicht fertig. Ich bin hergekommen, um das in Ordnung zu bringen...«

»Ist mir recht. Nimm die Fäuste hoch!«

»Ich meine nicht einen Boxkampf, Ginger. Boxen bringt überhaupt nichts in Ordnung. Nein – warte einen Augenblick.«

Aber Ginger schlug zu, seine Faust traf dumpf auf Grosvenors Wange. Grosvenors Kopf fiel zurück, seine Knie klappten grotesk auseinander wie eine Schere. Er stand da und hielt sich mit beiden Händen das Gesicht, als Coffey ihn wieder traf, zuerst seitlich am Kopf, dann mit aller Kraft auf den Körper. Grosvenor taumelte. Mit den Händen suchte er seinen Leib zu schützen. Da machte Coffey ihn mit einem Hieb auf den Mund fertig, trat zurück, die Knöchel abgeschürft von Gerrys Zähnen. Grosvenor fiel gegen ein Sofa und landete auf dem Fußboden, ein Blutrinnsal verzerrte seinen Mund zum Grinsen eines traurigen Clowns.

»Steh auf!« sagte Coffey und wartete.

»Nur weiter«, sagte Grosvenor schwerfällig. »Schlag nur zu. Schlag zu, wenn dir das guttut.«

»Steh auf!«

»Nein«, sagte Grosvenor.

Coffey stand da, saugte an seinen Knöcheln, starrte Grosvenor an. So einer war ihm noch nie untergekommen.

»Schlag zu, wenn du willst«, sagte Grosvenor, immer noch auf dem Fußboden sitzend. »Aber ich bin nun mal nicht zum Boxen gekommen, sondern zum Reden. Veronica meint, du hättest keine religiösen Bedenken gegen eine Scheidung. Stimmt das?«

Coffey ignorierte ihn. Er öffnete die Tür des Wohnzimmers und rief: »Veronica?« Sie kam aus der Küche.

»Stimmt das, daß du eine Scheidung willst, Vera?«

Doch sie hatte Grosvenor auf dem Fußboden sitzen sehen. Sie ging zu ihm, beugte sich über ihn. »O Gerry«, sagte sie. »Was ist passiert? Was hat er dir getan?« Sie wandte sich zu Coffey um. »Wie konntest du nur?« sagte sie. »Er hat doch nur versucht zu helfen.«

Wie er konnte? Er sah sie an, sah in das Gesicht, das er so gut kannte und überhaupt nicht kannte; er sah, was er schon gestern erblickt hatte: Haß. Diesen Haß konnte er nicht ertragen. Er senkte die Augen, bis er den abgetretenen Teppich sah, die Lilien, blau und gold. »Paulie kommt mit mir«, sagte er.

»Du hast kein Geld, Ginger. Du kannst nicht für sie sorgen.«

»Ein bißchen was hab ich«, sagte er.

»Nein, Ginger. Ich bin gestern zur Bank gegangen. Ich habe den Rest abgehoben.«

Ihm fiel der Zehndollarschein ein, mit dem sie den Tee bezahlt hatte. Das war es also. »Paulie kommt mit mir«, wiederholte er.

»Sieh mal, Ginger«, sagte Grosvenor. »Falls du dir Sorgen machst, welche Wirkung das auf Paulie haben könnte, gebe ich dir mein Wort, mich herauszuhalten, bis eine Klärung zwischen dir und . . .«

»*Dein* Ehrenwort?« sagte Coffey. »Du Miststück!«

»Du hast es gerade nötig«, fing Veronica an. »Ausgerechnet du, der . . .«

Aber er ertrug es nicht, ihr zuzuhören. Er verließ den Raum, ging ins Schlafzimmer und schloß die Tür. In seiner Verwirrung begann er, Schubfächer und Schränke zu öffnen, Hemden, Strümpfe und Unterwäsche auf dem Bett anzuhäufen. Nein, Paulie würde sie nicht bekommen. Paulie würde ihn jetzt nicht allein lassen, wo er niemanden und nichts mehr hatte. Er und Paulie, sie beide zusammen...

Aber wo sollten sie leben? Und wovon?

Er setzte sich auf das Bett, in massiger, zitternder Würde. Aus dem Toilettenspiegel sah ihn sein Bild an: massig, zitternd. Sieh ihn dir an, nur zu, wie er da sitzt mit seinem großen dicken roten Schnurrbart, in der eleganten Sportjacke, nach der er stundenlang die Grafton Street abgeklappert hat, mit dazugehörigem Schlips. Na schön, was soll's, der Schlips macht noch nicht den Mann, auch nicht, daß du sie gestern morgen hier auf dieses Bett geworfen und dich selbstgefällig für einen tollen Hengst gehalten hast, während sie die ganze Zeit von Grosvenor träumte. Sieh dich doch an. Sieh dich genau an!

Er sah den Kerl im Spiegel an. Ein Dümmling, wie ein Dubliner Aristokrat aufgeputzt. Sah das erschrockene Kindergesicht, erstarrt in der Maske des Soldaten. Er haßte den Mann im Spiegel, haßte ihn. Mein Gott, was für ein kompletter Versager, fast vierzig Jahre alt, und immer noch voll von den Knabenträumen, die das Große Los verheißen, Abenteuer, Rettung aus höchster Not, Ruhm und Ehre. Was waren denn die Tatsachen im Lebenslauf dieses Vollidioten? Tatsachen: James Francis Coffey, gescheiterter B. A., ehemaliger besserer Sekretär des leitenden Direktors einer Destillerie; des ferneren Laufjunge in der Werbeabteilung, nachdem man ihn die Treppe hinunterbefördert hatte; besserer Sekretär des Leiters einer Strickwarenfabrik; gescheiterter Vertreter dreier Firmen in diesem neuen und gelobten Land. Tatsachen: Ehemann einer Frau, die ausrücken wollte, solange es noch nicht zu spät für sie war; Vater einer vierzehnjährigen Tochter, die ihn übersah. Schafskopf! Klotz! Mit neun einsamen Dollar zwischen sich und dem Nichts.

Der Spiegelmann sah traurig aus. Ja, er haßte diesen Mann, diesen Kerl, den er da im Spiegel aufgebaut hatte, diesen Spiegelmann, vor dem er selbst sich in nichts auflöste. Niemand achtete diesen törichten, traurigen Schwindler, niemand liebte ihn. Er selbst ausgenommen; denn nur er allein wußte, daß der Vollidiot es nicht böse gemeint, daß er viel Leid erduldet hatte. Ach, du kleiner Hochstapler, dachte er. Du bist alles, was ich besitze. Und dabei kann nicht einmal ich dich leiden.

Leise Schritte kamen im Flur vorüber. Flüstern. Die Haustür schloß sich. Vermutlich Grosvenor, der abzog. Er sah sein Gesicht, und sein Gesicht sah ihn an. Tja, und was machst du jetzt?

Mit Paulie sprechen, wenn sie kommt? Sie fragen...

Was soll dabei herauskommen? Sie ist das Kind ihrer Mutter. Sie hält zu ihr.

Nein, nein, ich werde es ihr erklären. Werde ihr zeigen, wie wir zurechtkommen werden, nur wir zwei allein.

Ja, sagte der Spiegelmann. Du bist blendend zurechtgekommen, bis jetzt, nicht wahr? Wenn man an heute denkt.

Nein, hör doch zu – ich werde einen Job finden, zwei Jobs, ich werde Tag und Nacht arbeiten, wenn es nötig ist...

Die Haustür hatte sich geöffnet. Paulies Stimme rief: »Mammy? Bist du da, Mammy?«

Er erhob sich, zog die Ecken seiner Wildlederweste herunter und ging in die Diele hinaus. »Paulie?« sagte er. »Komm doch bitte einen Augenblick in die Küche, ja?« Er wartete, während sie sich ihren Wollmantel und die Überschuhe auszog, dann folgte sie ihm durch den Flur. Als sie am Wohnzimmer vorbeikamen, sah er, daß die Tür geschlossen war. Sie gingen in die Küche. »Setz dich, Pet«, sagte er. »Ich möchte ein Wörtchen mit dir reden.«

»Worüber?«

Sie war groß für ihr Alter, seine Paulie. Ihr Haar schimmerte rötlich wie sein eigenes. Sie hatte seine breiten großen Hände und etwas von ihm in ihrem blassen, ruhigen Gesicht. Als er einen Stuhl für sie heranrückte, bemerkte er wieder den Tintenfleck auf dem Träger ihres Schulkleides.

»Ich überlege gerade«, sagte er. »Wie würde es dir gefallen, wenn wir umzögen?«

»Jede andere Wohnung ist besser als diese Bruchbude. Ziehen wir denn um, Daddy?«

»Na ja, ich meine nur du und ich.«

»Und was ist mit Mammy?« fragte Paulie und ihre blaßblauen Augen blickten ihn besorgt an. »Was ist passiert? Habt ihr euch gestritten?«

»Nein – es ist nur so – also, Mammy hat eine Stelle bekommen. Es wäre ihr lieber, wenn sie eine Zeitlang weiter hier wohnen bleiben könnte. Ich meine, allein.«

»Ich seh' darin überhaupt keinen Sinn, Daddy. Ihr *habt* Streit gehabt, stimmt's?«

»Sieh mal, Pet«, sagte er. »Es ist so – weißt du, ich brauche dich eben mehr, als Mammy dich braucht.«

»Ich müßte dann kochen, meinst du. Und die Betten machen und solche Sachen.«

»Ach, ich würde dir schon helfen, Äpfelchen. Und es ist nicht deswegen. Ich brauche dich, um Gesellschaft zu haben.«

Paulie zupfte an ihrem Fingernagel. Aus dem Wasserhahn tropfte es auf einen Teller. »Ich möchte hierbleiben«, sagte sie. »Laß uns beide hierbleiben, ja, Daddy?«

Er nickte, fühlte sich nicht wohl in seiner Haut. Um sie zu veranlassen, mit ihm zu gehen, müßte er ihr die Wahrheit sagen. Und wie konnte er das? Wie auch immer, ein Kind hat nur eine Mutter, wie seine eigene Mutter immer zu sagen pflegte. Und Paulie, die große, vierzehnjährige Paulie, war immer noch das Kind ihrer Mutter.

»Schon recht«, sagte er. »Wir reden später noch mal darüber. Du, ich habe etwas Wurst in den Kühlschrank getan. Ob du mir wohl drei Brote machst, fürs Abendessen? Da sind auch noch zwei Birnen, die hab' ich dir mitgebracht.«

»Oh, danke«, sagte sie leichthin. »Willst du Senf auf die Wurst haben?«

»Ja, bitte.« Senf, nein, ich will keinen Senf, dich will ich. Er sah ihr zu, wie sie sich zum Kühlschrank hinabbeugte, und nach kurzem Zögern drehte er sich um und verließ die Küche. Er ging zum Wohnzimmer hinüber und klopfte an. Veronica saß auf dem Sofa.

»Hast du es ihr gesagt?« fragte Veronica.

»Wie meinst du das, ihr gesagt? Nicht gerade angenehm, einem Kind klarzumachen, daß die Mutter eine Art Hure ist.«

»Wovon redest du?« sagte sie. »Was fällt dir ein!«

Plötzlich, beglückend, ergriff ihn Hoffnung, ließ ihn die Augen vom Teppich heben – blaue Lilien auf Gold –: »Wieso? Willst du damit sagen, zwischen dir und Freund Gerry sei nichts gewesen?«

»Natürlich nicht. Wofür hältst du mich denn?«

»Was hast du denn erwartet, wofür ich dich halte?«

»Ich habe keine Ahnung. Hast du Paulie zu überreden versucht, mit dir zu gehen?«

Wieder mit dem Blick auf dem Teppich, nickte er.

»Und?« – Er schüttelte den Kopf.

»Ihr Glück«, sagte Veronica. »Sie hat immerhin ihren Verstand beisammen.«

»Meinst du? Ich weiß nicht recht.«

»Sie weiß genau, daß ich mich um sie kümmere, wenn sie bei mir bleibt.«

»Das würde ich auch. Grins nicht so. Ich würde es genauso!«

»Ich grinse gar nicht über dich, Ginger. Du tust mir nur leid.«

»Leid?« Er sah sie an. Der würde er's zeigen. »Ich gehe jetzt zur Arbeit«, erklärte er. Er verließ das Zimmer und rief Paulie. »Äpfelchen! Sind die Brote für mich fertig?«

»Moment, Daddy. Ich bin gerade dabei.«

Er ging in die Diele hinaus, nahm Hut und Mantel. Paulie kam zu ihm, die Brote in einer braunen Tüte in der Hand. Sie gab sie ihm, und er faßte sie an den Schultern, küßte sie auf die blassen Wangen. »Daddy«, sagte sie. »Könnte ich einen Dollar haben? Ich möchte heute abend gern mit ein paar Mädchen ins Kino gehen.«

Er holte sein Portemonnaie hervor. Neun Dollar waren noch darin. Neun zwischen ihm und dem Nichts. Er gab seiner Tochter einen Dollar. Jetzt waren es noch acht.

Er ging hinaus, schloß die Wohnungstür hinter sich und zog im Treppenhaus die Überschuhe an. Geld, o ja, die Korrektoren hatten recht. Geld bewegte die Welt. Wenn er genügend Geld hätte, würde Veronica ihn nicht verlassen, wenn er genügend Geld hätte, hätte er Paulie dazu bringen können, mit ihm zu kommen, hätte ihr eine Wirt-

schafterin versprechen, ihr dies und das spendieren können. Geld, das ist unser Erlöser. Nicht Liebe, o nein, nicht
gute Absichten, nicht Ehrenhaftigkeit oder Wahrheit.
Denn wenn du kein Geld zusammenbringst, verlassen dich
alle, die Frau, das Kind, die Freunde, jedermann. So sieht es
doch aus, oder nicht? So sieht es aus. So und nicht anders. –

»*M'sieur?*«

Mein Gott, da war er wieder, saß auf der Treppe, den
Roboter neben sich auf der Stufe.

»*M'sieur*, wollen Sie mit mir spielen?«

»Nein, Michel. Ich muß jetzt arbeiten gehen. Spiel du
mit deinem Spielzeug. Dem kleinen Männchen da. Erzähl
ihm 'ne Geschichte, ja?«

»Was soll ich ihm denn erzählen, *M'sieur*?«

»Sag ihm, wie du heißt, und überhaupt alles über dich.
Wo er wohnen soll und welche Leute er da trifft. Erzähl
ihm ein paar von den Geschichten, die du von mir kennst.«

»*Bien*«, sagte das Kind, nahm den Roboter hoch und
setzte ihn sich auf das Knie. Coffey beugte sich über ihn
und fuhr ihm mit der Hand durch das Wuschelhaar. »Bist
ein guter Kerl«, sagte er. »Mach's gut!«

»Warten Sie! Wir wollen das Wunschspiel spielen.«

»Na schön«, sagte Coffey. »Aber beeil dich!«

Wie er es schon oft zuvor getan, beugte er sich vor und
legte sein Ohr dicht an Michels Mund. Der kleine Junge
legte den Arm um Coffeys Hals. »Was wünschst du dir?«
flüsterte er.

Das Wunschspiel. Wenn ihm ein Wunsch freistünde,
was würde er sich wünschen? Kein Abenteuer mehr, keine
Reisen, keinen Ruhm. Liebe? Hatte es irgendeinen Sinn,
sich Liebe zu wünschen? »Du bist zuerst dran«, sagte er.
»Fang an.«

»Ich wünsche mir«, hauchte die Kinderstimme in sein Ohr, »daß wir einen Haufen Spielsachen haben, und Sie und ich, wir können die ganze Zeit damit spielen. Ich habe Sie nämlich ganz furchtbar gern, *M'sieur*.«

Unbeholfen befreite Coffey sich aus der Umarmung und stand auf. Er blickte auf Michels Kopf hinab, den großen, verwundbaren Kopf auf dem dünnen Kinderhals. Ach, ein Junge sein . . .

Aber Kinder müssen erwachsen werden. »Auf Wiedersehen, Michel«, sagte er.

Er ging zur Arbeit. Es blieb keine Zeit für die Tatsachen seiner Lage, die Katastrophen dieses Tages. Die Nachrichten aus aller Welt warteten, wollten gelesen, korrigiert, abgezeichnet, zur Setzmaschine zurückgeschickt, noch einmal geprüft, freigegeben werden. Die Pressen warteten. Die Ausgabe drohte sich zu verspäten. Und doch erschien mitten in der Arbeit, um acht Uhr, ein Bürojunge, kam zwischen den Reihen der Linotype-Maschinen auf die schmutzigen Stahltische zu, an denen sich die Korrektoren mit ihren Fahnen abmühten, hastig, verbissen, viel zu spät dran. Umgekehrter Buchstabe (Fliegenkopf), deleatur, Einzug, doppelt gesetzte Zeile (Hochzeit), falsche Wortfolge, zusammenziehen, das mußte alles berichtigt werden, schnell, schnell, keine Zeit zum Reden! Verspätung!

»Telefon für Coffey!« rief der Bürojunge. »Gibt's hier einen Coffey?«

Coffey blickte auf, wartete darauf, ob Fox ihm erlauben würde hinzugehen, aber Fox war zu beschäftigt, sie waren alle zu beschäftigt, und da stand Coffey auf, ein Mann, der das sinkende Schiff verläßt, lief schuldbewußt zu dem

Korridor, in dem das Telefon hing, kam am Aufzug vor- über, der bereitstand, die Platten hinunter zu den Pressen zu befördern. Spät, spät war es.

»Ginger?« Veronica war am Apparat. Über dem Tele- fon war ein Schild angebracht:

KEINE PRIVATGESPRÄCHE WÄHREND DER DIENSTSTUNDEN

G. E. MacGregor
CHEFREDAKTEUR

»Ja, was ist los?« fragte Coffey.

»Madame Beaulieu ist gerade hiergewesen und hat Krach geschlagen. Du wolltest ihr doch sagen, ob wir die Wohnung noch behalten oder nicht.«

»Hör mal«, sagte er, »ich habe jetzt wirklich keine Zeit zum Reden, ich bin irrsinnnig in Eile...«

»Moment noch. Ich habe ihr gesagt, wir würden auszie- hen, und sie meint, in dem Fall müßten wir spätestens morgen früh draußen sein. Sie hat einen neuen Mieter...«

»Aber das ist doch unmöglich, Vera. Ich...«

»Doch, es ist möglich. Ich habe für Paulie und mich schon etwas arrangiert. Wir ziehen in eine Pension für Damen, heute abend noch.«

»Aber das ist nicht fair...«

»Paulie möchte mit mir gehen«, unterbrach sie ihn. »Und ich muß heute abend den Umzug erledigen, weil ich morgen früh zu arbeiten anfange. Gerry kommt in etwa einer Stunde und holt unser Zeug. Deshalb rufe ich dich an. Wir werden nicht mehr hier sein, wenn du zurück- kommst.«

»Nun warte doch mal, wohin geht ihr denn?«

»Ich sage dir die Adresse nicht«, erklärte sie. »Ich melde mich bei dir. Und noch etwas, ich habe zehn Dollar für dich vor dem Spiegel auf der Kommode gelassen ...«

»Du Luder!« schrie er. »Warten, bis ich aus dem Haus bin, und dann ...«

»Zehn Dollar ist alles, was ich dir geben kann. Ginger. Den Rest brauche ich, um Paulie zu versorgen.«

»Ich meine doch gar nicht das Geld. Vera? Hör zu, Vera, warte wenigstens bis morgen ...«

Aber noch während er sprach, sah er den jungen Kenny den Korridor entlang auf ihn zurennen. »Hitler«, keuchte er, gestikulierend, »mach schnell!«

MacGregor. Sofort, fast unbewußt, hängte Coffey den Hörer in die Gabel. In rasender Eile folgte er dem jungen Kenny in den Korrekturraum. Verspätung, Verspätung. *Keine Privatgespräche*. Er stürzte sich auf seine Fahnen und las, taub gegen alles, ohne Gedanken an das, was gerade geschehen war, wie hypnotisiert von MacGregors drohender Ankunft, nur darauf bedacht, nichts zu tun, was den Zorn des Alten wecken könnte. Erst später, in der Essenspause, wurde ihm klar, welche ungeheuren Konsequenzen sich aus dem Telefongespräch ergaben und wie seltsam er sich verhalten hatte. Und nicht einmal da konnte er daran glauben, daß es geschehen war. Sie und Paulie würden dasein, wenn er heimkam. Sie *mußten* dasein.

Aber als er in dieser Nacht die Wohnung betrat, waren sie fort. Sogar ihre Kleider waren nicht mehr da. Er ging zur Kommode, fand die zehn Dollar und sah sich nach einem Zettel um.

Aber da war keiner.

Am nächsten Morgen um acht Uhr klopfte Madame

Athanase Hector Beaulieu an die Tür. Als er öffnete, bückte sie sich, ergriff einen Eimer mit Putzmitteln und Scheuertüchern und kam hereinmarschiert.

»Die Miete war nur bis gestern bezahlt«, sagte sie. »Heute sollten Sie nicht mehr hier sein. Ich muß die Wohnung saubermachen, mein Mann bringt zur Lunchzeit einen neuen Mieter mit, der sie sich ansehen will.«

»Sein gutes Recht«, sagte Coffey. »Nur zu!«

Madame Beaulieu öffnete den Schrank in der Diele. Coffeys Regenmantel und sein kleiner Hut hingen einsam an der langen Kleiderstange. »Das ganze Zeug«, sagte sie, »muß raus.« Sie schloß den Schrank und marschierte den Flur hinunter zur Küche, schnüffelnd und spähend wie jemand von der Fürsorge in einer Mietskaserne. »Mein Mann hatte mich ja gewarnt«, sagte sie. »Er sagte zu mir, Bernadette, sagte er, diese Leute kommen von drüben, sie haben keine Empfehlungen, du weißt gar nicht, wer sie sind. Und ich sage zu meinem Mann, laß man, sagte ich, das sind nette Leute, du brauchst dir keine Sorgen zu machen. Aber nun sehen Sie mal, was passiert ist. Nie haben Sie mir gesagt, daß Sie die Wohnung nicht behalten wollen. Sie hätten es mir sagen sollen.«

»Es tut mir leid, natürlich, ich weiß schon, ich hätt's Ihnen sagen sollen«, meinte Coffey. »Tut mir wirklich leid. Vielleicht kann ich Ihnen ja ein bißchen beim Saubermachen helfen?«

»Nein.«

Er ging ins Schlafzimmer zurück und kleidete sich an. Er mußte packen. Er war es nicht gewohnt, allein für sich zu packen. Es schien ihm unmöglich, daß nicht jeden Augenblick Veronica und Paulie hereinkommen würden, um ihm zu helfen. Es schien unbegreiflich, daß er nicht wußte, wo sie waren. Oder: was er jetzt tun sollte. Oder: wohin er gehen sollte.

Eine Stunde später trug er zwei Koffer, die er kunterbunt vollgestopft hatte, in das Treppenhaus, das seine Wohnung mit der im oberen Stockwerk verband. Neben die Koffer stellte er, was nicht hineingegangen war: drei Papiertüten mit Socken und Taschentüchern und eine Lampe, die Veronica aus irgendeinem Grund stehengelassen hatte. Und dann, angetan mit Mantel und Filzhut, unter dem Arm ein mit Bindfaden zusammengeschnürtes Bücherpaket, ging er den handtuchschmalen Gang der kleinen Wohnung zum letzten Mal hinunter. Er legte seinen Schlüssel auf den Küchentisch. »Ich wollte Ihnen nur eben den Schlüssel hier bringen und alles Gute wünschen, Madame. Und danke für alles!«

Madame Beaulieu scheuerte den Küchenfußboden. Sie antwortete nicht, blickte nicht auf. Auch recht – ihren Anblick würde er nicht allzusehr vermissen.

Er ging hinaus und setzte sich, von seinem Hab und Gut umgeben, auf eine Stufe im Treppenhaus und wartete auf das bestellte Taxi. Da fiel ihm Michel ein. Still, damit Madame Beaulieu ihn nicht hörte, stieg er die Treppe zur Wohnung seiner Wirtin hinauf. Leise klopfte er an die Tür. »Michel?« flüsterte er.

Strahlend vor Freude öffnete der kleine Junge. Coffey hockte sich auf die Absätze nieder, grinste Michel an und zog das Kind in einem Anfall von Traurigkeit an sich, drückte einen stachelig-kitzelnden Schnurrbartkuß auf die weiche Kinderbacke. Michel riß Coffey das Hütchen herunter und setzte es sich lachend auf.

»Steht dir großartig«, sagte Coffey. »Und nun paß mal auf.« Er nahm den Hut von Michels Kopf, löste die beiden

Hirschhornknöpfe und den Gamsbart ab und überreichte das alles dem kleinen Jungen. »Und hier«, sagte er und schloß Michels kleine Pfote um einen Dollarschein, »damit kaufst du dir das Auto, das ich dir zum Geburtstag versprochen habe. So, und nun sei schön brav, ja, mein Kleiner? Ich muß jetzt gehen.«

»Bitte, bleiben Sie doch noch. Wollen wir spielen?«

»Muß gehen. Wiedersehen.« Sanft schob er Michel in die elterliche Wohnung zurück, schloß die Tür und rannte die Treppen hinunter. In seiner Brust schmerzte es. Wo soll das hinführen, dachte er, wenn ich in meinem Alter gerade dem einzigen Menschen, der mich liebt, für immer Lebewohl gesagt habe? Und was wird aus Michel? Was wird aus mir?

»Wohin?« fragte der Taxifahrer.

Er versuchte zu lächeln. »Bei Gott, ich habe keine Ahnung. Ich brauche ein billiges Zimmer in der Stadt. Wenn's nur sauber ist.«

»Wie wär's mit dem C. V. J. M.?« fragte der Chauffeur.

»Nicht schlecht. Also dann zum C. V. J. M.«

5

Im C. V. J. M. wies man ihm im Keller einen Schrank für seine Sachen an und forderte die Zimmermiete für eine Woche im voraus. Das machte zusammen neun fünfzig, so daß ihm genau sieben Dollar und fünfundvierzig Cent für die Zeit bis zu seinem ersten Zahltag blieben. Und wenn er diese Sorge auch aus seinem Gedächtnis verbannte, da sie nicht seine größte war, so dämmerte ihm gleichwohl, daß sein neues Leben nicht eben leicht sein würde.

Das Zimmer enthielt ein Bett, eine Bibel, einen Stuhl und eine Kommode. Wenn er sich auf den Stuhl setzte, stießen seine Knie an das Bett. Wenn er auf dem Bett lag, brauchte er nur die Hand auszustrecken, um die Tür zu öffnen, die Jalousie herunterzulassen, die Schubfächer der Kommode herauszuziehen oder nach der Bibel zu greifen; und das alles, ohne auch nur den Fuß auf den Boden zu setzen. Immerhin, ein Bett war da. Er streifte Schuhe und Jacke ab und streckte sich aus. Seinem Fenster gegenüber flammte alle acht Sekunden eine zwölf Meter breite Neonreklame auf:

BUBBLE BATH CAR WASH
TAG UND NACHT

Ging das etwa die ganze Nacht an und aus? Er zog die Jalousie herunter, und die Leuchtreklame schlug wie eine heiße rote Woge gegen die stumpfe Dunkelheit, die nun herrschte. Er schloß die Augen.

130

Er war allein: zum ersten Mal seit fünfzehn Jahren wußte niemand auf der Welt, wo Ginger Coffey steckte. Zum ersten Mal seit fünfzehn Jahren hatte er aufgehört herumzuhetzen. Er atmete aus, zwirbelte die Spitzen seines langen Schnurrbarts. Ja, es tat wohl, auszuruhen.

Selbstverständlich hätte er alles mögliche unternehmen sollen. Er hätte zunächst einmal das Versteck seiner Frau aufspüren sollen. Er konnte sich ja vor Paulies Schule herumtreiben und ihr auf ihrem Heimweg nachgehen. Aber wozu? War er nicht schon viel zu sanft mit den beiden umgegangen? Würde es ihnen nicht ganz recht geschehen, wenn er nie versuchte, sie wiederzufinden, wenn er ebenfalls verschwand, sich hier vergrub wie ein Maulwurf? Wäre gar kein so schlechtes Leben: morgens lange ausschlafen, in irgendeiner Cafeteria frühstücken, spazierengehen, ab und zu ins Kino, unten im Pool täglich schwimmen, und dann, abends um sechs, auf zur Arbeit! Keine Bindungen, keine Verantwortung, keine Ambitionen. Bei Gott, das wäre doch eine großartige Geste. Den Kampf aufgeben, wie ein Eremit leben, unbekannt und ungeliebt im fernen Land. Eremit, wie? Kein Sex?

Kein Sex. War das nicht der Gipfel der Freiheit, jeder Frau sagen zu können, sie sollte zur Hölle gehen? Jeder Frau, ganz egal, wie schön sie war, wie lieb sie bettelte. Alle wegschicken, alle Ambitionen aufgeben, das zufriedene Dasein eines Korrektors führen, bis zum Ende seiner Tage.

Aber hieße das nicht, nur aus Rache sein Leben ruinieren?

Gut, und wennschon, war es nicht eine imponierende Rache? Denn, weiß Gott, er kannte sie! Sie wartete natürlich darauf, daß er hinter ihr herrannte, sie anbettelte und beschwor und anbrüllte und zu überzeugen versuchte. Schön, zur Hölle mit ihr! Soll sie doch mal probieren, wie es ist, sich das tägliche Brot zu verdienen. Dann wird sie schon sehen, daß es nicht so leicht ist. Nein, das liebe Hundchen würde nicht länger betteln. Seit diesem Morgen war das liebe Hundchen ein einsamer Wolf. Ja, aber war es nicht ein Verbrechen, Weib und Kind im Stich zu lassen?

Bitte sehr, wer hatte denn wen verlassen? Haben die zwei sich nicht von mir getrennt?

Aber du wirst sehr allein sein, keine Freunde finden!

Na ja – Er würde sich eben an seine Kollegen halten. Und hin und wieder den Tag mit einer Kellnerin oder einem Wohngenossen aus der Nachbarschaft verbringen. Er würde ein geheimnisvoller Mann werden, der Eremit aus dem C. V. J. M. Nach dreißig Jahren oder so würde er im Schlaf sterben, und die Leute würden sagen: Hab' doch Mr. Coffey lange nicht mehr gesehen. Was wohl mit ihm los sein mag? Hab' nie viel von ihm gewußt, ein feiner Mann, hat ganz allein gelebt, ist immer für sich geblieben, wahrscheinlich gab es da mal irgendeine schreckliche Tragödie in seinem Leben. Ein sehr geheimnisvoller Mensch.

Na, wäre das nicht ein prachtvoller Abgang? Niemand hat ein böses Wort zum Abschied, niemand urteilt, ob du gut gewesen bist oder schlecht. Deine Geheimnisse werden mit deinen Gebeinen begraben.

In der Tagesdämmerung seines Zimmers begann er sich träumend dieses zukünftige Leben auszumalen. Ein Eremit in der Großstadt, die Zunge rissig von mangelndem Gebrauch, so lag er auf seiner schmalen Pritsche in der winzigen Zelle und lauschte auf das Radio, das über den Flur zu ihm herübertönte. Eine Frauenstimme sang:

Don't you be mean to Baby –
'Cause Baby needs lovin' too!
Embrace me –

Von nun an würden alle so sein wie diese ferne Frau, würden ohne ihn singen, gar nicht wissen, ob er lebte oder starb. Er dachte an alle die reichen und schönen Frauen der Welt; wie viele tausend reiche, schöne Frauen allein in dieser Stadt hier sein mußten, jetzt, in dieser Minute. Zur Hölle mit ihnen! Er hatte sich von ihnen abgekehrt. Mochten sie so reich und verlockend sein, wie sie wollten. Was bedeuteten sie ihm, was bedeutete er ihnen? Wenn er jetzt vom Schlag getroffen niedersänke, die Frau da würde weitersingen. Abstoßend war das, eine verdammte Unmenschlichkeit. Weitersingen, wenn da ein Toter lag!

Immerhin, man mußte gerecht sein: Der einzige Grund, warum sie weitersingen würde, war der, daß sie nichts von ihm wußte. Schließlich konnte er sich ja bekannt machen, konnte sie anrufen, wenn er Lust hatte. Doch angenommen, er tat es: würde sie überhaupt mit ihm sprechen? Angenommen, er wartete auf sie vor dem Funkhaus, trat auf sie zu, wenn sie herauskam, und sagte, mit einer Zunge, die aus Mangel an Gebrauch spröde geworden war: »Madam, seit Jahren ist Ihre Stimme die einzige Frauenstimme, die ich in meiner Klause gehört habe.« Würde sie stehenbleiben, stiegen ihr Tränen in die Augen, würde sie die behandschuhte Hand ausstrecken und ihn zu ihrer Limousine führen und dabei sagen: Bringen Sie mich zu Ihrem Zimmer und erzählen Sie mir alles über sich? Wie heißen Sie? Warum führt ein hübscher, intelligenter Mann wie Sie ein solches Einsiedlerleben? Warum? Ah, es war abscheulich von dieser Frau und dieser Tochter, Sie zu verlassen. Sie haben sie aufgegeben? Warum? Weil Sie auch Ihren Stolz haben, weil Sie sich weigerten, länger dort zu bleiben, wo Sie unerwünscht waren. Ach, Sie sind ein Heiliger, James Francis Coffey. Ein Heiliger, daß Sie es so lange mit den beiden ausgehalten haben.

Doch er würde ihr nie begegnen, jener unbekannten Sängerin. Und wenn er ihr nicht begegnete, ihr nicht und sonst auch niemandem von heute an, dann würde kein Mensch je etwas von seinem Verzicht auf alle Bindungen und Ambitionen erfahren. Was hatte es für einen Zweck, etwas zu tun, wenn niemand auf der ganzen Welt etwas davon merkte? Was war schrecklicher, als das ganze Leben lang allein zu sein, ohne eine Menschenseele, der etwas daran lag, ob man lebte oder starb. Wenn er den Rest seines Daseins als Korrekturleser verbrachte und in einem Zimmer wie diesem hier wohnte, würde er vielleicht nie mehr ein vertrautes Gespräch führen. Was für ein Mann war er, daß er so etwas überhaupt in Erwägung zog? Nimm dich zusammen! Hier herumliegen, allein, in diesem düsteren Loch. Und diese verdammte Sängerin. Ach, halt den Schnabel, Mädchen!

»Drehen Sie den verfluchten Kasten ab!« schrie er.

Doch der Gesang ging weiter. Niemand hörte ihn. Heiliger Strohsack, niemand hörte ihn, eingesperrt wie er war in dieser Zelle. Er konnte jeden Augenblick krepieren, um Hilfe rufen – ersticken – und niemand würde ihn hören!

Er erhob sich vom Bett, zog die Schuhe an und ging auf den Flur hinaus. Die Türen zu den anderen Zimmern standen offen. Niemand darin. Er war allein hier, er konnte hier verrecken, das hatten Vera und Paulie ihm angetan. Er ging den Flur hinunter. Eine Tür war zu. Eine Tür, hinter der dieses verfluchte Weib seinen Song jaulte.

In plötzlichem, blindwütigem Zorn stürmte er auf die Tür zu, schlug dagegen, brüllte. »Drehen Sie das ab! Stellen Sie's leiser, hören Sie nicht?«

Keine Antwort. Die schrecklichen Koseworte hörten nicht auf. 'Cause Baby needs lovin', yes Baby needs lovin' – to-oo! Er packte den Türgriff, und die Tür öffnete sich nach innen, zog ihn in pechschwarze Finsternis. Licht flammte auf. Einer der dünnsten Männer, die Coffey je gesehen hatte, stand in Unterhosen auf dem Bett, das lange Haar zerzaust wie ein Hahnenkamm. Die schreckliche Frauenstimme kam aus einem Miniaturradio, das dem Mann wie eine Kamera um den dünnen Hals hing. Der winzige Raum, der dem Coffeys aufs Haar glich, war ein einziges Chaos von Entwicklerschalen, Filmen, Expandern, einem zerlegten Funkgerät, einem Tonbandgerät, einer Judomatte auf dem Fußboden und einem hohen Stapel Männermagazine.

»Sie Knallkopp«, sagte der Mann. »Sehen Sie mal, was Sie angerichtet haben! Für fünf Eier Farbfilme kaputtgemacht.«

»Tut mir leid.«

»Leid reicht nicht. Kommen Sie rein. Wollen mal 'n bißchen natürliches Licht über die Szene werfen.«

Der Unbekannte riß ein Bettlaken vom Fenster, knipste das Deckenlicht aus, drehte das Radio ab und sank mit gekreuzten Beinen wie ein indischer Fakir auf das Bett nieder, wobei er den Haufen Magazine beiseite fegte, so daß die Hefte auf den Fußboden fielen. »Nehmen Sie Platz«, sagte er. »Wissen Sie, was Sie gemacht haben? Meine Teilnahme am Wettbewerb für Amateurfotografen verhindert. Zwei Stunden hab' ich in der Kabine von 'nem Kran gehockt, um diesen Schuß zu kriegen. Jetzt ist er hin.

Das mindeste, was Sie machen können, ist, mir den Film bezahlen. Fünf Dollar.«

»Aber – wissen Sie, ich bin gerade knapp bei Kasse«, sagte Coffey. »Ich kann mir das nicht leisten. Tut mir leid.«

»Moment mal, lassen Sie uns die Sache bereden«, sagte der dünne Mann. »Das ist ein Problem zwischenmenschlicher Beziehungen. Ich heiße übrigens Warren K. Wilson. Und Sie?«

»Ginger Coffey.«

»Okay, Ginger. Also, Sie haben doch einen Job, stimmt's?«

»Ja. Aber ich bin nur Korrektor. Ich verdiene nicht viel.«

»Schön, warum suchen Sie sich dann nicht 'nen anderen?«

»Das ist nicht so einfach«, sagte Coffey. »Ich hab's versucht.«

»Was meinen Sie damit, nicht einfach? Gibt genug Arbeit hier im Land, wenn man weiß, wo man sie suchen muß. Sie wohnen hier im Haus?«

»Ja.«

»Junggeselle?«

»Nein – äh – meine Frau ist zur Zeit nicht bei mir.«

»Oh, oh!« sagte Wilson. »Sie haben 'ne Frau? Schade. Ich kenne da ein paar gute Jobs, es geht nach Norden 'rauf, noch diese Woche. Ich fahr selber rauf, Montag morgen, nach Blind River. Aber ihr verheirateten Jungs seid natürlich angeschissen. Na, wollen mal sehen. Was haben Sie denn für Arbeitszeiten bei dieser Korrekturleserei?«

»Sechs Uhr abends bis ein Uhr morgens.«

»Sehr gut. Können Sie einen Lastwagen fahren?«

»Jawohl, kann ich. Ich hab' wenigstens mal einen gefahren, in der Armee.«

»Schön. Wie würde es Ihnen gefallen, hier in Montreal mit 'nem Lieferwagen 'rumzugondeln? Von acht bis vier, sechs Tage in der Woche, und dafür gibt's sechzig Eier.«

Coffey starrte auf die Judomatte auf dem Fußboden. Einen Lastwagen fahren? War er dafür nach Kanada gekommen?

»Sehen Sie, ich hab' den Job gerade gestern aufgegeben«, sagte Wilson. »Für *Tiny Ones*. Ist eine Firma für Babywindeln. Angenommen, ich sorge dafür, daß man Sie da nimmt? Ist Ihnen das fünf Eier wert? Sie schulden mir die Moneten sowieso.«

»Windeln?« sagte Coffey. »Ist das nicht ein ziemlich – ein ziemlich dreckiger Job?«

Wilson beugte sich vor, so daß sein Körper halb unter dem Bett verschwand und sein knubbeliges Rückgrat sich krümmte wie Charlie Chaplins Spazierstöckchen. Mit einem Päckchen Zigaretten kam er wieder hoch. Er zündete eine an und blies einen Rauchring in die Luft. »Ich hab' den Job zwei Monate lang gemacht«, sagte er und betrachtete Coffey durch den Rauchring hindurch. »Stinke ich vielleicht?«

»Entschuldigen Sie, nein, natürlich nicht, ich meinte bloß...«

»Wird desinfiziert«, sagte Wilson. »Jeder Sack, der zurückkommt, riecht wie Parfüm. Und davon mal abgesehen, wenn Sie es zu was bringen wollen in der Welt, müssen Sie sich umtun. Sehen Sie mich mal an. Ich geh' überall hin und nehme jeden Job, der mir was einbringt. Und wissen Sie, warum? Weil ich studiere. Sehen Sie sich das hier an.« Er zeigte auf die kleine Funkanlage. »Das

Gerät hier hat mir das American Home Radio and Televison Engineers College geliehen. Ist ein kleiner, nicht sehr starker Sender. Ich wette, Sie haben nicht gewußt, daß Radio- und Fernsehreparatur einer der am schnellsten wachsenden Wirtschaftszweige unseres Landes ist?«

»Nein, das wußte ich nicht.«

»Ist aber Tatsache. Wenn ich erst mein Diplom vom AHRT in der Tasche habe, kann ich allein in meiner Freizeit fünfzig die Woche verdienen. Wenigstens behaupten das die Leute da.«

»Klingt sehr gut.«

Wilson stieß mit dem Finger durch einen zweiten Rauchring.

»Stimmt. Aber wenn ich nun dieses Extrageld kassiere, wissen Sie, was ich dann mache? Lege die Moneten in deutschen Kameras an. Und dann fange ich einen neuen Kurs an. Wie wird man Zeitschriftenfotograf. Das ist das wahre Leben! Filmstars posieren für einen, man fliegt dauernd in Flugzeugen um die Welt, trifft alle möglichen Persönlichkeiten. Wie gefällt Ihnen das?«

»Ja«, sagte Coffey. »Ich glaube, das klingt interessant.«

»Sie *glauben*? Ich sag's Ihnen doch. Und das, sehen Sie, ist der Grund, warum ich überall hin kann, wo es mir gerade Spaß macht. Ich bin mobil, verstehen Sie. Und ich lasse nichts anbrennen. Immer, wenn mir gerade mal danach ist, nehm' ich mir ein Hotelzimmer, kauf mir 'ne Flasche Schnaps und sag dem Boy, er soll mir ne Nutte raufschicken.«

»Eine Nutte?«

»Klar. Warum gleich in den Ozean springen, wenn man mal trinken will? Was? Sie dagegen, sehen Sie sich mal an, Sie sind angebunden, Sie können nirgends hingehen, ohne

Ihre Alte mitzuschleppen. Und weil Sie angebunden sind, haben Sie auch keine Ambitionen. Stimmt's?«

»Meine Frau hat mich gerade verlassen.«

»Na schön, um so besser, worum machen Sie sich dann Gedanken? Ein großer Kerl wie Sie, warum kommen Sie nicht mit mir, nach Norden, dort nimmt man Sie sofort. Sehen Sie...« Wilson sprang aus seiner Hocke und nahm eine Athletenpose ein. Kräftige, knotige Muskeln spielten auf seinem Rücken. »Ich mußte mich abstrampeln, um so zu werden, wie Sie schon sind«, sagte er. »Hab ich in Toronto mit einem Heimtrainer geschafft. Hab mich vom Saftheini zu einer Junioren-Ehrenurkunde hochgearbeitet. Das meine ich mit Vorwärtskommen. Sehen Sie, ich habe einen Fernkurs mitgemacht, in meiner Bude. In Chicago gibt's einen Laden, da bekommt man ein Diplom, das garantiert einem einen Job als Privatdetektiv in den Staaten, wo immer man will. Tja, den Test habe ich glänzend bestanden, aber bei der körperlichen Prüfung bin ich durchgerasselt. Da hab' ich eben dieses Körpertraining angefangen und mich, wie ich schon sagte, zu 'ner Ehrenurkunde hochgekämpft. Ist das nichts, was?«

»Doch. Aber warum sind Sie dann nicht Privatdetektiv geworden?«

»Zeit verpaßt«, sagte Wilson. »Als ich wieder an das College in Chicago geschrieben habe, haben die gesagt, ich wäre zu spät dran. Alle Lizenzen für Privatdetektive waren für dieses Jahr vergeben, und deshalb sollte ich den Kurs wiederholen. Was soll's, scheiß drauf, hab ich mir gesagt. Und statt dessen mit diesem Fernsehkurs angefangen. Ich meine –« und er lehnte sich vor und ergriff Coffey am Arm –, »ich meine – hören Sie mal, Ihre Deltamuskeln sind wie tote Mäuse, die müssen Sie entwickeln – na ja, wie ich gerade sagte, man muß immer in Bewegung bleiben, nehmen, was gerade kommt. Also, wie steht's damit, kommen Sie mit mir nach Norden?«

»Tja, ich – ich – wie war das noch mit dem Fahrerjob, von dem Sie vorhin erzählt haben?«

»Ach, *den* Job meinen Sie. Wollen Sie lieber den nehmen? Sie könnten im Norden mehr Geld verdienen, wissen Sie.«

»Ja – aber meine Frau –, ich hab' hier auch eine kleine Tochter. Vielleicht sollte ich doch besser hierbleiben.«

»Okay, wie Sie wollen. Na, schau'n wir mal . . .« Wilson kramte wieder unter dem Bett herum und förderte einen Schreibblock und einen Kugelschreiber zutage. »Da-a haben wir's schon.« Emsig begann er zu schreiben, große, kindliche Buchstaben auf das Papier zu malen, wobei er seine Lippen bewegte.

Coffey betrachtete ihn. Er war ein Einzelgänger, ein freier Mann, der Montag nach Blind River aufbrechen würde; ein Mann, der immer noch den Träumen seiner Jugend nachhängen durfte, der sich selbst als Zeitschriftenfotograf in der ganzen Welt herumreisen, schöne Mädchen kennenlernen und ein aufregendes Leben führen sah. Das war auch ein alter Traum von Coffey; er hatte als Fünfzehnjähriger begonnen, ihn zu träumen. Und diese Männermagazine, die Fernkurse, das Gerede von Frauen, die man seelenlos und leichthin genoß wie einen Drink, dieses mit den Versatzstücken jungenhafter Pläne, jungenhafter Bemühungen vollgestopfte Zimmer – ja, es kam ihm vertraut vor: eine Spielzeugwelt.

Und doch war Wilson kein Junge mehr. Der dünne Hals zeigte die Klaue des Alters; graue Strähnen zogen sich durch das lange, schmutzige Haar; Adern traten an der

Händen hervor, die voll verräterischer Leberflecken waren. Hatte Wilson das Mannesalter einfach verpaßt?

»Das wär's«, sagte Wilson und faltete das Blatt zusammen. »Damit gehen Sie heute nachmittag zum Boss. Und schreiben Sie mir 'nen Schuldschein aus über fünf Eier. In Ordnung?«

Coffey nahm den Kugelschreiber und schrieb auf, daß er Mr. Warren K. Wilson die Summe von fünf Dollar schuldete, unterzeichnete J. F. Coffey. Sie tauschten ihre Zettel aus.

»Na, sehen Sie«, meinte Wilson. »Ich wußte doch, wir können ein Geschäft machen, wenn wir die Dinge bereden. Das sind eben die zwischenmenschlichen Beziehungen. Und hier ist meine Adresse im Norden. Ich verlasse mich darauf, daß Sie mir die Moneten schicken. Okay?«

»Geht klar.«

Sie gaben sich die Hand, Jungen, die sich etwas versprechen. Auf dem Korridor, wieder allein mit sich selbst, blickte Coffey auf das Stück Papier.

Mr. Mountain
TINY ONES/Auslieferung
1904 St. Donat Street

Lieber Mr. Mountain,
der Überbringer dieses ist ein Freund von mir, ein ausge-
zeichneter Fahrer, der besonders viel Praxis im Fahren von
Lkw und in der Auslieferung hat, und er hat einen Nacht-
job, so daß er für Sie in Frage kommt, wenn Sie ihn von
8 bis 4 meine alte Schicht nehmen lassen.
                    Freundliche Grüße
                    W. K. Wilson

Er steckte das Papier in seine Tasche. Wenigstens das stimmte; er konnte einen Lastwagen fahren. Es war einen Versuch wert. Mit zwei Jobs verdiente er genug Geld, um Paulie und sie zu ernähren. Und nur darauf kam es jetzt an. Denn nach einem Vormittag in der Freiheit war ihm einiges klar. Es war zu spät, um noch einmal von vorne anzufangen. Allein.

Das kleine Büro an der Rückseite des Auslieferungslagers von TINY ONES war mit einem großen Reklamekalender für Wäschestücke geschmückt; er zeigte eine junge Frau, deren Röcke an einem Angelhaken festhingen. Ihre Hände hatte sie hochgenommen, um das O des Entsetzens zu verdecken, das ihr hübscher Mund bildete, anstatt ihr Déshabillé wieder in Ordnung zu bringen. Coffey kam es so vor, als spiegele die Verlegenheit des hübschen Mädchens genau seine eigenen Gefühle wider.

Unter dem Kalender saß Mr. Stanley Mountain, und sein ungeheures Gewicht war eine ständige Prüfung für den kräftigen Drehstuhl. Der bemerkenswerteste Teil an ihm, der sich bewegte, war sein Bauch, umfangreich wie ein Basketball, der auf und nieder hüpfte und prall gegen das blendendweiße Hemd und die gelben Filzhosenträger drückte, die Mr. Mountain trug. Sein Kopf mit dem seifenschaumweißen Haar beugte sich über Wilsons Empfehlung.

»Zeigen Sie mir Ihren Führerschein«, sagte er. Coffey zeigte ihn.

»Alter Soldat?«

»Ja«, sagte Coffey. Es war so verdammt schwer, die Rolle der irischen Armee zu erklären.

»War selber Transportoffizier in der Royal Canadian

Air Force«, sagte Mr. Mountain. »Und lassen Sie sich von mir gesagt sein, ich bin noch genauso für Disziplin wie damals. Corp?«

Ein kleiner Mann in weißem Overall steckte den Kopf zur Tür herein.

»Corp, nehmen Sie diesen Mann auf den Hof raus, geben Sie ihm einen Wagen. Testen Sie ihn.«

»Jetzt gleich, Sir?«

»Jetzt gleich.«

Also folgte Coffey Corp in den Schnee hinaus zu einem kleinen geschlossenen Lieferwagen. Er zeigte ein Bild von Winston Churchill, sauber gewickelt, und darunter den Schriftzug TINY ONES. »Fahren Sie ihn über den Hof und parken Sie ihn zwischen den beiden Wagen da hinten«, sagte Corp.

Coffey brachte das ohne Schwierigkeit fertig und wartete, bis Corp wieder zu ihm stieß. »Hier, nehmen Sie 'ne Zigarette, Paddy«, sagte Corp. »Und keine Sorge. Sie haben schon bestanden.«

»Vielen Dank.«

»Wissense«, sagte Corp, »ich habe nämlich nichts übrig für diesen Kommißhengst. Wofür hält der sich eigentlich? Der Krieg ist vorbei, nicht wahr. Ich meine, man muß anderen Menschen doch entgegenkommen?«

Er wurde, so kam es Coffey vor, ganz aufgeregt, als er jetzt fortfuhr: »Ich meine, Sie sind gerade arbeitslos, was, Paddy? Haben wahrscheinlich 'ne Frau und Kinder, für die Sie sorgen müssen, was? Na, denn viel Glück! Hier, geben Sie ihm diese Karte. Und rauchen Sie ruhig erst zu Ende. Dann zu ihm.«

Coffey rauchte wie geheißen seine Zigarette zu Ende, überquerte wieder den Hof und gab Mr. Mountain die

Karte. Unbewußt nahm er Haltung an – stilll-stann! –, während er auf Mr. Mountains Urteilsspruch wartete.

»Geht klar«, sagte Mr. Mountain. »Sie werden eingestellt, drei Wochen auf Probe. Ihre Dienstzeit ist Montag bis Samstag. Dienststunden: acht Uhr nullnull bis sechzehn Uhr nullnull. Der Wagen wird um sechzehn Uhr zehn kontrolliert und Ihrer Ablösung übergeben. Inspektion morgens bei Ausgabe sieben Uhr fünfzig. So, und jetzt kehrt marsch zu Corp, und lassen Sie sich Ihre Uniform verpassen.«

»Jawohl, Sir«, sagte Coffey. »Vielen Dank, Sir.« Unwillkürlich hob er die Hand zum alten militärischen Gruß. Mr. Mountain schien das zu gefallen.

»Na, dann machen Sie man, Coffey«, sagte er.

Eine Art Feldjacke, eine Militärmütze mit einem Abzeichen, auf dem TINY ONES stand. Ein Apparat zum Geldwechseln. Ein Paar himmelblaue Hosen und ein Paar kniehohe Gummistiefel. Er quittierte den Empfang, folgte Corp in den Umkleideraum und probierte die Sachen an. Es fielen der Tirolerhut, die elegante Jacke, die grauen Tweedhosen und braunen Wildlederschuhe. Die Überreste von Ginger Coffey, da lagen sie. Und er zog die Uniform an, die anonyme, demütigende Kluft. Er dachte daran, wie er das erste Mal eine Uniform angelegt hatte, als Gefreiter im Regiment von Pearse: noch immer ein Junge, der von Kriegen, Schlachten und Auszeichnungen träumte. Und er dachte an den Tag, als er die Uniform ausgezogen hatte, an den Tag seiner Entlassung. An die Erleichterung, die er damals empfunden hatte, im Bewußtsein, daß alles verschwendete Zeit gewesen war und daß er nie mehr freiwillig eine Nummer werden wollte, ein Dienstgrad, etwas, das weniger war als ein Mensch.

Die Uniform paßte ihm wie angegossen.

»Okay«, sagte Corp. »Sie werden's schon machen. Ziehen Sie das Zeug wieder aus und hängen Sie's in den Schrank hier. Jetzt sind Sie ein ordentliches Mitglied der Scheißbrigade.«

6

Das Lager von TINY ONES lag im Ostteil der Stadt. Um zur *Tribune* zurückzugelangen, mußte er ein langes Stück Weg zu Fuß gehen. Als er aufbrach, sank die Sonne im Westen, und der dicke Wolkenmantel, der den ganzen Tag über dem zugefrorenen Fluß und der Stadt gehangen hatte, schien sie nicht durchlassen zu wollen. Die Thermometer außen an Banken und Tankstellen begannen zu fallen. Vier Uhr fünfundvierzig. Büroangestellte, denen der langsam auf die volle Stunde zurückende Minutenzeiger Feierabend ankündigte, blickten auf die Dunkelheit hinter ihren Fenstern und sahen, wie Eisblumen die Scheiben zu überziehen begannen. Und währenddem näherte sich unten, eilig dahinstapfend, um das Fahrgeld für den Bus zu sparen, Coffey dem Geschäftsviertel.

Fünf Uhr. Im Geschäftsviertel flammte die Straßenbeleuchtung auf. Die Angestellten kamen herunter, wurden auf die Straße ausgespien, freigelassen, stellten sich an die zugigen Bushaltestellen, machten sich bereit, die lange, durch häufiges Anhalten verlangsamte Heimfahrt anzutreten. Zu Hunderten fuhren sie aus der Innenstadt hinaus, während er auf sie zumarschierte, immer noch in Eile, ohne Pausenbrote für den Abend in der Tasche, und seine Nachtschicht hatte noch nicht begonnen.

Fünf Uhr dreißig. Es wurde noch kälter. Ein Polizist in Pelzmütze und schwarzem Umhang hampelte im grellen Manegenlicht einer Straßenkreuzung wie ein Tanzbär.

146

Eine weißbehandschuhte Pranke forderte Coffey auf, die Straße zu überqueren. Während er am äußeren Rand der Lichter hinüberging, hob er die Hand und grüßte den Polizisten mit dem alten Gruß.

Fünf Uhr vierzig. An einer Ecke, drei Häuserblocks von der *Tribune* entfernt, gebot rotes Licht Halt. Schnaufend wartete Coffey, er wußte, er würde rechtzeitig dasein. In einem Zeitungskiosk erhob sich eine alte Frau, die über ihrem Ölöfchen gehockt hatte, und bediente einen Kunden, nestelte mit rauhen roten Fingern, die aus einem Halbhandschuh aus Wolle ragten, Wechselgeld hervor. Beim hastigen Griff des Kunden nach der Zeitung sprang Coffey aus der Schlagzeile ein vage vertrautes Wort ins Auge, das ihn – er war schon bei Gelb losgegangen – veranlaßte, seinen Schritt zu verlangsamen und dann dicht neben dem Mann herzugehen, um nach Möglichkeit zu entziffern, was da stand. Auf dem Bürgersteig gegenüber entfaltete der Mann die Zeitung, und Coffey las und entfernte sich dann; letzte Runde: Er schob sich durch die Drehtür ins Innere des Zeitungsgebäudes.

Krüppelmord:
ICH TAT ES AUS LIEBE
EHEFRAU SAGT VOR GERICHT AUS

Der Fahrstuhl kam, und Coffey stieg mit ihm empor, wobei er dachte, der Ehekrüppel hätte eigentlich aussagen sollen, *er* habe es aus Liebe getan: jener Ehekrüppel, der sich morgen in eine Phantasieuniform zwängen und schmutzige Windeln einsammeln würde, um seine Liebe zu beweisen. Der Ehekrüppel, der an einem einzigen Tag seiner Einsamkeit seinen Verdienst mehr als verdoppelt hatte und der sie immer noch genug liebte, um sie sich zurückzuwünschen, ganz gleich, was sie mit einem langen Elend namens Grosvenor angestellt hatte. Ja, sie würde ihre Worte wieder zurücknehmen müssen, sie sollte ihn nie mehr einen Egoisten nennen.

»Vierter Stock, Redaktionen.«

Sieben Minuten vor sechs. Coffey raste in die Kantine und verzichtete auf sein Abendbrot, um telefonieren zu können. Er wählte Grosvenors Nummer, denn Grosvenor würde ja wohl wissen, wo sie zu finden war. Die Nummer war besetzt. Er wartete, wählte noch einmal. Besetzt. Eine Minute vor sechs war der Anschluß immer noch besetzt; immer noch besetzt, als die Klingel im Setzsaal schrillte und ihn erneut zwang, sich von den Tatsachen seines Lebens abzuwenden und den Anforderungen der Welt zu widmen.

Als die Zehn-Uhr-Pause begann, rannte er wieder zum Telefon in der Kantine und versuchte es noch mehrere Male. Er verbrachte die fünfzehn freien Minuten damit, Grosvenor zu Hause, im Presseklub und an den drei anderen Orten anzurufen, an denen er sich bevorzugt aufhielt. Kein Glück. Das Klingelzeichen schrillte. Zurück an die Arbeit. Und dabei hatte er sie immer noch nicht erreicht, ihr nicht seine Neuigkeiten mitteilen, ihr nicht zeigen können, wozu der Ehekrüppel imstande war.

Um ein Uhr früh, bei Arbeitsschluß, fuhr er mit dem Lift zur Eingangshalle hinunter, wartete, bis Fox und die anderen gegangen waren, und betrat eine Telefonzelle unter der großen Normaluhr der *Tribune*. Es war jetzt still in der Halle. Außerhalb der Zelle wischte ein alter Mann, der die Nachtreinigung besorgte, mit einem nassen Putztuch die

Steinfliesen, während Coffey zum zigsten Male in dieser Nacht seine Münze in den Schlitz warf und Grosvenors Privatnummer wählte. Die Nummer war besetzt. Hurra! Grosvenor war zu Hause, telefonierte gerade mit jemandem – mit ihr vielleicht? Ein kleines Liebesgeflüster zur Nacht; schlaf gut, mein Engel. Und unterdessen, bis das Geturtel vorüber war, stand sich der Ehekrüppel die Beine in den Bauch.

Ruhig Blut, ermahnte Coffey sich selbst. Warte volle fünf Minuten, um sicherzugehen. Und er wartete, seine letzte Kippe rauchend, sah dem alten Mann zu, der den schleimig-grauen nassen Mop über die Fliesen schob und die Buchstaben anfeuchtete, die darin eingelassen waren: THE MONTREAL TRIBUNE.

Um ein Uhr zehn sah er zu, wie der ruckende Minutenzeiger seine letzte Runde vollendete, und steckte wieder die Münze in den Schlitz. Brrp-brrp-brr-brrp. – So halt doch endlich dein geschwätziges, dämliches Maul! Bei Gott, es wurde Zeit, daß jemand diesem Zustand ein Ende bereitete. Er hängte auf, rief die Zentrale an und erkundigte sich, ob Fenrose 2921 gestört sei.

»Einen Augenblick, Sir, ich sehe nach.«

Wieder warten. »Ich fürchte, Sir, der Hörer ist abgenommen und nicht richtig wiederaufgelegt worden.«

Und warum wohl lag der Hörer neben dem Telefon? Damit ein gewisser Gerry Grosvenor nicht gestört würde. Nun, jeder Mann – *jeder Mann* – hatte das Recht, ihn *dabei* zu stören, ganz egal, wie spät es war. Und er rannte hinaus auf die eisige Straße, einen Häuserblock weit, einen zweiten, und dahinten – mit eingeschalteter Innenbeleuchtung, die Fahrer über Zeitungen gebeugt – wartete eine schwarze Schlange von Taxis in der Nähe eines Hoteleingangs auf Nachtvögel. Jetzt war keine Zeit zum Sparen. Schon stieg der Ehekrüppel ein und gab die Adresse an, setzte sich aufrecht, beugte sich vor, wie um stillschweigend den Fahrer zur Eile anzutreiben, während das Taxi mit knirschenden Schneeketten auf dem festgefrorenen Boden bergauf Grosvenors Wohnung entgegenfuhr.

Gerald Grosvenor wohnte in einem Apartmenthaus gegenüber einem großen Friedhof. Das Wohnhaus beherbergte zehnmal soviel Menschen wie der Friedhof, dessen Grundfläche sehr viel größer war. So schlitterte und rutschte Coffeys Taxi über die schneeigen Fahrbahnen zwischen einer Ansammlung neogeorgischer Gebäude dahin, und der Fahrer verfuhr sich zweimal. Es war fünf Minuten vor zwei, als Coffey endlich sein Taxi davongeschickt hatte und im Eingang zu Grosvenors Gebäude stand. Um ins Haus selbst zu gelangen, mußte er auf den Klingelknopf neben Grosvenors Namensschild drücken. Und Grosvenor mußte seinerseits auf einen Knopf drücken, der die Haustür automatisch öffnete. Aber wenn Coffey klingelte, gab er Grosvenor eine Chance, Veronica zur Hintertür hinauszulassen. Und wenn Veronica nicht dort war, weckte er Grosvenor auf und würde ihm wie ein Vollidiot vorkommen. So blieb er unentschlossen stehen. Vielleicht sollte er lieber abhauen. Verflucht! Er wollte Vera gar nicht hier antreffen. Und außerdem war sie nicht so eine, sie würde Paulie nie allein in irgendeiner Pension zurücklassen, während sie selbst... Oder vielleicht doch? Was wußte er schließlich schon von ihr?

In diesem Augenblick erschien hinter ihm ein spät heimkehrender Mieter und schloß die Tür auf. Coffey griff nach der Tür, begegnete dem mißtrauischen Blick des Bewohners mit einem entschuldigenden Lächeln und schlüpfte hinter ihm ins Haus, begann den langen Aufstieg zum vierten Stock und erinnerte sich daran, daß Neugier gefährlich war. Und daß er wie ein Idiot dastehen würde, wenn er sich irrte.

Doch in einer seltsamen Mischung von Zorn und Scham ging er weiter, ging immer weiter, zwang sich zu etwas, wogegen seine ganze Natur sich heftig wehrte. Spielte sich auf, benahm sich wie ein Irrer, setzte sich der Verachtung fremder Leute aus! Im vierten Stock blieb er stehen, schaute nach den Nummern. 81, 83, 85. Er drehte sich zur anderen Seite: 84. Da standen keine Überschuhe oder Gummistiefel vor der Tür, obwohl es üblich war, daß Besucher sie auf dem Flur ließen. Ach, sie war eben nicht hier, er hatte sich das nur eingebildet. Kehr um und geh nach Hause! Ruf Grosvenor am Morgen an. Dann wirst du sie schon ausfindig machen.

Aber gerade in dem Augenblick kam ein kleiner Mann im Morgenrock aus der Tür von Nummer 80, eine leere Ginflasche und die Überbleibsel einer Schachtel Kartoffelchips unter dem Arm. Der Mann ging zum Müllschlucker am Ende der Diele und streifte dabei Coffey mit einem mißtrauischen Blick, einem Blick, der besagte, daß Coffey wohl nichts Gutes im Schilde führe, daß Coffey hier nichts zu suchen habe, daß er offenbar in diebischer Absicht hier herumschleiche.

Und dieser Seitenblick eines Fremden brachte Coffey dazu, sich umzudrehen und auf den Klingelknopf von Nummer 84 zu drücken. Beruhigt kehrte der kleine Mann in seine Wohnung zurück. In Nummer 84 regte sich etwas. Jemand kam. Jemand fummelte an der Kette herum. Veronicas Stimme flüsterte: »Wer ist da?«

Coffey hatte nur aus Bammel geklingelt, aus Angst vor

einem Fremden. Jetzt fuhr er zurück, die Lippen unter dem Schnurrbart zusammengepreßt, als habe er einen Schlag ins Gesicht erhalten. Wieder flüsterte ihre Stimme: »Wer ist da?«

Aber Grosvenor – denn Grosvenor stand dort neben ihr, ganz bestimmt – Grosvenor wartete hinter dieser Tür, wahrscheinlich legte er ihr den Finger auf den Mund, um ihr Schweigen zu gebieten.

Ein lautes Summen ertönte hinter der Tür. Vier Stockwerke tiefer, in der nächtlichen Stille des Treppenhauses, ertönte dasselbe Summen. Sie dachten wohl, er stünde unten, das war es. Jetzt würde sie gleich die Tür öffnen, und Grosvenor würde herauslugen, um festzustellen, wer die Treppe heraufkam.

Die Tür blieb verschlossen. Noch einmal drückten sie auf den elektrischen Öffner, hatten wohl das große Zittern, die beiden! Er würde sie umbringen, alle beide, verdammt noch mal!

Und während er noch wartete, fiel ihm ein, warum er auf den Knopf gedrückt hatte. Ihm fiel ein, daß er gerade hatte gehen wollen. O Gott, war es ein Wunder, daß seine Frau mit einem anderen Mann hinter dieser Tür steckte? Was war mit ihm los, daß er schon wieder eine Szene vermeiden wollte? Was war nur mit ihm los?

Aber was ist eigentlich mit *ihr* los? dachte er. Warum bin immer ich der Schuldige? Herrgott noch mal, Weib, was hast du hier verloren? Komm nach Hause, um Gottes willen, komm, du Dummkopf! Wie konntest du mir und Paulie das antun? Du gehörtest doch mir, du hast es geschworen, in guten und schlechten Tagen, ob reich, ob arm, bis daß der Tod uns scheidet. Bis daß der Tod uns scheidet, verstehst du?

Und als hätte sie ihn verstanden, öffnete sie die Tür.

»Ginger!« sagte sie. »Ist dir klar, wie spät es ist?«

Ob ihm *was*? Also, das schlug dem Faß den Boden aus. In Morgenrock und Nachthemd, mit bloßen Füßen, und dann diese Dreistigkeit!

Er drängte sich an ihr vorbei. »Wo ist Grosvenor?« fragte er. »Versteckt er sich in der Küche?«

»Gerry ist nicht hier. Und sei still! Du weckst Paulie auf.«

»Paulie?«

»Psst!« sagte sie nur. Sie folgte ihm in Grosvenors Wohnzimmer, einen nüchternen Junggesellenraum mit weißen Wänden, Drucken von chinesischen Pferden und einem flachen, länglichen Tisch mit Hifi-Geräten. Sie wies auf einen Korbsessel mit Stahlrohrbeinen. »Setz dich. Psst! Gerry hat uns die Wohnung erst mal überlassen. Er übernachtet solange bei einem Freund. Das Zimmer, das ich für uns bestellt hatte, war noch nicht geräumt. Und jetzt hör um Gottes willen auf, so zu glotzen.«

»Wo ist Paulie?« sagte er. »Wo ist sie?«

»Da drin. Weck sie nicht auf!«

Doch er ging durch das Wohnzimmer und öffnete die Tür, auf die sie gezeigt hatte. Er drehte das Licht an. In einem fremden Bett schlief seine Tochter, Bunkie, ihre Puppe, fest im Arm.

Er beugte sich über sie, sah, wie sie blinzelte, erwachte und sich aufsetzte.

»Daddy? Was machst du denn hier?«

»Ich habe dir doch gesagt, du sollst sie nicht aufwecken«, sagte Veronica.

Er starrte in das Gesicht seiner Tochter, das noch benommen war vom Schlaf, auf ihr hellrotes Haar mit den kleinen Stahlspangen, auf ihre Brüste, die sich eng an den zugeknöpften Pyjama drückten. Bald würde auch sie eine Frau sein. Auch sie würde weggehen und sich zu einem Fremden ins Bett legen.

»Bist du nun zufrieden?« sagte Veronica. »Leg dich wieder schlafen, Paulie!«

Sie drehte das Licht aus und schloß die Tür. »Weißt du, daß es drei Uhr morgens ist und daß ich um neun zur Arbeit muß?«

Er folgte ihr wieder in das Wohnzimmer zurück. So, *sie* mußte also arbeiten, wie? Sie sollte sich erstmal anhören, wie *er* arbeitete!

»Vera, ich möchte dir gern etwas sagen.«

»Mitten in der Nacht, Ginger! Ich will wieder ins Bett.«

»Vera, ich habe jetzt zwei Jobs. Ich verdiene im ganzen hundert Dollar die Woche. Und, Vera – hörst du mir zu?«

»Was?« sagte sie barsch.

»Ich sagte gerade, ich habe zwei Jobs. Ich kann uns jetzt ganz gut ernähren.«

Sie seufzte verzweifelt auf.

»Und ich habe die Wohnung geräumt und bin in den C. V. J. M. gezogen.«

»Wie schön für dich. Und jetzt möchte ich wirklich schlafen, Ginger.«

»Warte doch – laß mich ausreden. Ich gebe dir nächsten Freitag beide Löhne. Jeden Penny, glaub mir. Du kannst jede Bedingung stellen. Ich würde nicht einmal von dir verlangen, daß du mit mir im selben Zimmer schläfst.«

Sie fing an zu weinen. Er stand auf, ging zu ihr, beugte sich über sie, streckte die Hand aus, um ihre Schulter zu streicheln. Sie rückte von ihm ab, so daß seine Hand in der Luft schweben blieb.

»Hör mir zu«, sagte er. »Ich war vielleicht egoistisch, früher, und ich habe wahrscheinlich nicht alles so gemacht, wie ich sollte. Aber, weißt du – wenn ich auch nicht gerade der beste Ehemann der Welt bin, eins steht fest: niemand liebt dich mehr als ich, Kindchen. Niemand. Ganz egal, was du glaubst, oder was Grosvenor dir alles vorerzählt, er kann dich nicht so lieben wie ich.«

»Du sagst, du liebst mich«, sagte sie. »Weißt du, warum? Weil du ohne mich nicht zurechtkommst. Ein Dienstmädchen würde dir genauso fehlen, wenn es seit fünfzehn Jahren hinter dir hergeräumt hätte. Das hat nichts mit Liebe zu tun.«

»Nein? Herrgott noch mal, Mädchen, was weißt du denn davon? Liebe hat auch nichts damit zu tun, daß man mit Leuten wie Gerry Grosvenor ins Bett geht.«

»Schön, dann erzähl du mir, was Liebe ist. Du scheinst ja ein Experte zu sein.«

»Na ja ... Also – verdammt noch mal, Veronica, wir sind doch eine Familie, du und ich und Paulie. Darum müssen wir zusammenhalten, ganz gleich, was geschieht.«

Er sah, wie sie den Kopf senkte. Ihre Hand hob sich vor ihr Gesicht; lange Finger beschirmten die Augen, sie schien zu beten. O Vera, dachte er. Wie und unter welchen Umständen konntest du je glauben, daß du und Grosvenor, daß ihr beide so sein könntet, wie du und ich waren? Wie konntest du jene Bindung fürs Leben vergessen, die wir vor fünfzehn Jahren in Saint Pat's in Dalkey eingingen, ich in einem geliehenen Cutaway mit steifem Kragen, der mich würgte, und zu Gott darum betend, daß Tom Clarke den Ring nicht verlegt hatte; und du in Weiß, den Kopf gebeugt, so wie jetzt, vor dem Altar kniend – Liebe – ach, komm, laß uns nach Hause gehen und mit all diesem Unsinn aufhören!

Sie zog die schützende Hand vom Gesicht, und er sah ihre Augen: glänzend, starr vor Haß. »Liebe heißt also, wegen Paulie zusammenzubleiben?« sagte sie. »Nein, danke, Ginger.«

»Nicht doch, das ist es doch nicht. Ich habe mich geändert, ganz ehrlich, das hab' ich. Hör zu – weißt du, um was für einen neuen Job es sich da handelt? Man muß eine Uniform anziehen und Babywindeln ausliefern und die schmutzigen einsammeln. Na bitte, wenn ich so ein Egoist wäre, wie du meinst, würde ich dann so etwas tun? Würde ich das wohl tun, Vera?«

»Ich habe keine Lust, dir weiter zuzuhören. Ich wußte ja, daß du mit irgendeiner Geschichte ankommen würdest. Ich wußte es genau. Es ist nicht fair.«

»Aber es ist keine Geschichte. Es stimmt.«

»Gut, gut«, sagte sie. »Dann stimmt es eben. Aber trotzdem, tut mir leid. Das ist das Schlimme.«

»Vera, würdest du bitte um Gottes willen aufhören, in Rätseln zu reden?«

»Ich meine, es tut mir leid für dich, Ginger. Aber damit hat sich's. Du kriegst mich nicht noch einmal herum. Du kommst zu spät damit, wie du immer mit allem zu spät gekommen bist.«

»Ich komme zu spät?« sagte Coffey. »Vielleicht bist *du* zu spät dran. Grosvenor ist fünf Jahre jünger als du. Wir werden ja sehen, wie lange das dauert.«

»Jawohl, er ist fünf Jahre jünger. Und warum? Weil du die besten Jahre meines Lebens verbraucht hast.«

»Und wie steht's mit meinen besten Jahren, Vera? Herr im Himmel! Was ist mit meinen besten Jahren?«

»Schön, gut. Warum versuchen wir dann nicht, wenigstens die Jahre zu retten, die uns noch bleiben? Warum lassen wir uns nicht scheiden?«

»Scheiden?« Er fühlte, wie sein Herz pumpte und schlug. »Du bist katholisch«, sagte er. »Was würde deine Mutter zu einer solchen Sünde wie Scheidung sagen?«

»Predige mir keine religiösen Gefühle, Ginger Coffey, ausgerechnet du, der noch keine Kirchenschwelle überschritten hat, seit er hier angekommen ist. Rede du mir nicht von Katholizismus! Was mit dir nicht stimmt, ist, daß du nie wirklich ein Christ *warst*; du warst immer viel zu egoistisch, um Gott oder sonstwem etwas von deiner kostbaren Zeit zu opfern. Oh, du denkst vielleicht, ich bin genauso wie du, und das bin ich auch, jetzt. Ich bete nie. Aber früher habe ich es getan. Früher war ich sehr fromm, erinnerst du dich? Ich habe geweint, Ginger, ich habe geweint, als Pater Delaney sagte, er müßte uns die Sakramente verweigern, wenn wir nicht mit der Empfängnisverhütung aufhören. Weißt du das noch? Nein, du denkst nie mehr daran, oder? Aber ich, ich tu es. Du hast mich umgekrempelt, Ginger. Was ich jetzt bin, das hat sehr viel mit dem zu tun, was du aus mir gemacht hast. Deshalb rede du mir nicht von Sünde, du nicht! Sünden – ach, ich will dir was sagen: wenn deine Seele einmal schmutzig ist, was macht es da noch für einen Unterschied, ob der Schmutz mehr oder weniger schwarz ist?«

Zitternd nahm sie eine von Grosvenors Zigaretten aus einem Behälter, und mit einer Bewegung, die ihm so vertraut war wie eine seiner eigenen, klopfte sie damit auf den Handrücken, ehe sie ein Feuerzeug vom Tisch nahm. In das Feuerzeug waren die Buchstaben G. G. eingraviert.

»Daddy?« sagte eine Stimme von der Tür. Paulie kam

ins Zimmer, mit verschlafenen Augen ins helle Licht blinzelnd, die Pyjamahosen in Ziehharmonikafalten zu den Waden hochgeschoben.

»Paulie«, sagte Veronica. »Du gehst augenblicklich in dein Bett zurück, verstehst du mich?«

»Nein.«

»Ob du mich *verstehst*, Fräulein?« sagte Veronica.

»Ich bin kein kleines Kind, Mammy«, sagte Paulie. »Ich hab' ein Recht, hier zu sein.«

»Geh ins Bett!«

»Nein, ich möchte mit Daddy reden.«

»Ja, Pet«, sagte Coffey. »Was ist?«

Paulie fing an zu weinen. »Ich will nicht hierbleiben. Ich will nicht bei ihnen bleiben.«

»Bei wem?« fragte Coffey. »Bei wem, Pet?«

Aber Paulie wandte sich, immer noch weinend, ihrer Mutter zu, Frau gegen Frau, bitter, betrogen. »Du hast gesagt, nur wir beide. Niemand sonst, nur du und ich. Du hast gesagt, ich wär' jetzt erwachsen. Und ich lasse mich nicht jeden Abend ins Bett schicken wie ein *Kind*, bloß weil du Gerry durch die Hintertür hereinlassen willst.«

»Du kleines Biest«, sagte Veronica. »Das genügt. Du wirst jetzt tun, was man dir gesagt hat.«

»Du hast nicht die Verantwortung für mich!« schrie Paulie. »Daddy hat sie. Daddy hat für mich zu bestimmen, nicht du. Ich will mit Daddy gehen.«

»So, jetzt willst du mit Daddy gehen?« sagte Veronica. »Schön, Daddy wohnt im C.V.J.M. Da sind keine Mädchen zugelassen, stimmt's, Daddy?«

Coffey sah sie nicht an. Er ging zu seiner Tochter und ergriff sie bei den Handgelenken. »O Pet«, sagte er. »Willst du wirklich mit mir kommen?«

158

Sie zitterte. Sie schien ihn nicht zu sehen, seinen Griff nicht zu spüren. »Ich kann mich für den entscheiden, den ich will«, sagte sie wild. »Du bist mein Vater, nicht Gerry Grosvenor. Ich lasse mich nicht ins Bett schicken, bloß weil sie mit Gerry zusammen sein will. Das ist nicht fair.«

»Natürlich nicht«, sagte Coffey. »Jetzt hör zu, Pet. Wenn du zu mir kommen magst, finde ich morgen eine Bleibe für uns. Ich versprech's dir. Ich finde eine Wohnung für uns, hab keine Angst.«

»Wirklich, Ginger?« sagte Veronica.

»Ja, wirklich. Lach nicht! Ich finde eine.«

Aber sie lachte nicht. Sie wandte sich an Paulie. »Du behauptest, ich habe mein Versprechen nicht gehalten«, sagte sie. »Aber wie steht's denn mit den Versprechungen deines Vaters? Das Versprechen jetzt, er wird's nicht halten. Frag ihn doch. Wie soll er euch morgen eine Wohnung beschaffen?«

»Ich brauche dir nicht zuzuhören«, sagte Paulie. »Daddy nimmt mich zu sich, nicht wahr, Daddy?«

Er blickte auf den Teppich, während er mit dem Daumen geistesabwesend über seinen Schnurrbart strich, er haßte diesen Dummkopf, der ihm wieder einmal den Spiegel vorgehalten hatte. Vera hatte ganz recht: Seine Versprechungen waren wertlos. Wie konnte er Paulie überzeugen, daß es ihm diesmal ernst war? »Hör zu, Pet«, sagte er. »Was deine Mutter da sagt, stimmt schon in gewisser Hinsicht. Aber ich habe jetzt zwei Jobs, und sobald ich mein erstes Gehalt bekomme, habe ich jede Menge Geld, jede Menge. Jetzt hör zu – wenn du bis Freitag warten kannst, gebe ich dir mein heiliges Ehrenwort, daß ich eine Behausung für uns finde. Eine hübsche Wohnung. Kannst du solange warten, Äpfelchen?«

»Natürlich warte ich«, sagte Paulie. Aber sie sah ihn nicht an; stolz auf ihre Rebellion, starrte sie Veronica an.

»Ich danke dir, Pet«, sagte er. »Würdest du jetzt bitte in dein Zimmer gehen? Ich möchte noch mit deiner Mutter reden.«

Paulie ging, man hörte, wie sich die Tür zu ihrem Schlafzimmer schloß. Er blickte Vera an und überlegte dabei, daß sie sich einfach verknallt hatte, daß es – nun, eine Art Krankheit war, die sie gerade durchmachte. Es lag an ihm, ihr den richtigen Weg zu zeigen, ehe es zu spät war. »Hör zu«, sagte er. »Wenn ich du wäre, würde ich heute nacht einmal gründlich nachdenken und mir klarmachen, was passiert, wenn du mit dieser blödsinnigen Geschichte weitermachst. Bitte denk daran, du kannst morgen zu mir zurückkommen, wenn du deine Meinung änderst. Ich verspreche dir, daß ich keine Fragen stellen und dir keine Vorwürfe machen werde. Wir werden einfach vergessen, daß das je passiert ist.«

»Ach, hau ab«, sagte sie. »Hau doch ab!«

Er nahm sein Hütchen vom Boden auf, wo es zwischen seinen Füßen gelegen hatte, ging etwas wackelig in die Diele und klopfte an Paulies Tür. Als Paulie öffnete, nahm er sie am Arm und führte sie zur Wohnungstür. Als er am Telefontischchen vorbeikam, sah er, daß der Hörer nicht richtig auf der Gabel lag. Darum also war immer besetzt gewesen. Er legte den Hörer auf, dann sagte er flüsternd: »Alles in Ordnung, Äpfelchen. Ich hol' dich nächste Woche.«

»Warte«, sagte Paulie. »Hier ist die Adresse und Telefonnummer von der Pension, wo wir hingehen. Wenn du so weit bist, daß du kommen und mich holen kannst, ruf an und hinterlaß mir 'ne Nachricht. Und, Daddy?«

»Was denn, Pet?«

»Daddy, versprich mir, daß du mich nicht sitzenläßt!«

Er nahm sie in die Arme und drückte sie an sich. Dort drin, im Wohnzimmer, saß seine Frau allein, von irgendeinem Wahnsinn gepackt, den er nicht begriff. Er hielt Paulie fest, und sie hob ihm ihre blasse Wange entgegen, damit er sie küßte. »Ehrenwort, Pet«, flüsterte er. »Ehrenwort.«

7

Als erstes: den Wagen parken. Und dabei darauf achten, daß er nicht neben einem Hydranten oder im Parkverbot steht. Dann das Notizbuch herausholen, Mrs. Wiehießsiedochgleich, wie viele Dutzend letzte Woche, wie viele diese Woche. Dann ihr Paket heraussuchen, auf die morgenkalte Straße springen, an der Tür klingeln, lächeln, wenn Madam öffnet, und aus der Ledertasche Wechselgeld herausgeben. Vielen Dank, Madam. Und dann bekommst du deinerseits ihr um Entschuldigung bittendes Lächeln geschenkt, während sie dir den langen, zugebundenen Beutel mit der Schmutzwäsche ihres Jüngsten überreicht. Dann den kleinen Fußweg zurück, den Beutel hinten auf den Lieferwagen werfen, und weiter zum nächsten Kunden.

Dieser erste Morgen war ein Samstag. Deshalb geriet er nicht in Panik, obwohl er mit der Auslieferung nur langsam vorankam und erst spät wieder beim Lager von TINY ONES eintraf. Keine Korrekturen diese Nacht. Und am Sonntag war zwar Fahnenlesen an der Reihe, aber nicht TINY ONES. Montag, nun, das war etwas anderes.

Zunächst einmal war er pleite. Deshalb streckte er, als er im Lager anlangte, um seinen Wagen in Empfang zu nehmen, seine Fühler aus. Aber Corp, bis dahin eine Seele von Mensch, sagte: »Warum sollte ich dir fünf Eier pumpen, Paddy? Wo ich dich, mal richtig überlegt, überhaupt nicht kenne. Nichts zu machen.«

Nichts zu machen. In Coffeys Tasche steckten noch genau zwanzig Cent. Er hatte keinerlei Frühstück zu sich genommen. Und was alldem die Krone aufsetzte, er geriet gleich bei der ersten Lieferung in Schwierigkeiten. Es war ein Apartmenthaus; modern, mit einer Glastür und einer Inschrift: AMBASSADOR HOUSE. Vier Dutzend, lautete der Auftrag. Er sprang ab, hob sein braunes Paket vom Wagen und ging durch die Glastür hinein, um nach der Nummer des richtigen Apartments auf der Namenstafel zu sehen.

»Suchen Sie etwas?«

Ein Türhüter in grünem Mantel und grüner Schildmütze tippte Coffey mit einem weißbehandschuhten Finger auf die Brust.

»Nummer vierundzwanzig«, sagte Coffey. »Eine Mrs. Clapper.«

Ärger lief wie eine Fieberwelle über die graukalten Züge des Portiers. »Wohl blind, was, Tiny? Lieferanteneingang is an der Seite. Was fällt Ihnen ein?«

»Entschuldigen Sie, das hab ich nicht bemerkt.«

»Komm Se schon, komm Se schon, blockier'n ja hier die Halle. Nehm Se Ihre verdammtn Windeln und gehn Se hinten rauf.« Wieder draußen angelangt, versuchte Coffey es mit Veronicas Trick, er zählte bis zehn. All dieses Schikanieren und Herumschubsen war schließlich nicht nötig, oder? Man nahm doch nur die Sachen wahr, auf die man auch achtete. Er erinnerte sich an die Zeit, als Veronica schwanger gewesen war; da hatte er Dutzende von schwangeren Frauen auf den Straßen bemerkt. Aber seitdem nicht mehr. Und mit Lieferanteneingängen war es genau dasselbe. Wenn man nicht darauf achtete...

Nachdem er sich auf diese Weise etwas beruhigt hatte, fand er den Seiteneingang, stieg vier Treppen hoch und drückte auf die Klingel an der Hintertür von Apartment 24. Ein Mädchen in Dienstmädchenkluft öffnete. »TINY ONES«, sagte er. »Guten Morgen.«

Das Mädchen nahm den Beutel.

»Das macht zwei zwanzig, wenn ich bitten darf«, sagte er.

»Augenblickchen«, sagte sie. »Die gnädige Frau möcht' Sie gern sprechen.«

Er betrat die Küche.

»Ziehen Sie Ihre Überschuhe aus«, sagte das Mädchen. »Meine Böden!«

»Ist schon gut, Anna«, sagte eine Frauenstimme. Eine gutangezogene Frau war das, und zu alt, um TINY ONES zu brauchen, so wie sie aussah. »Verleiht Ihre Firma auch Wiegen?« fragte sie. Mist! Sie stammte aus Dublin.

»Nein, Madam.«

»Verleihen Sie sonst irgendwelche Babysachen, können Sie mir das sagen?«

Er fühlte, wie sein Gesicht glühte. Sie war nicht nur aus Dublin, sondern aus der Stillorgan Road in Dublin, so sicher wie nur was. »Nein, Madam. Sonst nichts.«

»Sind Sie Ire?« sagte sie.

»Ja.«

»Dacht' ich's mir doch«, sagte sie. »Ihr Akzent klingt sehr nach Dublin. Sind Sie schon lange hier drüben?«

»Äh – so etwa ein halbes Jahr.«

In diesem Moment kam eine jüngere Frau (wahrscheinlich die Mammy des Windelbenutzers) in das Zimmer. Eine Blondine, in einem Tweedkostüm nach neuestem Schnitt. Sie warf einen Blick auf Coffey, und ihre Augen weiteten sich. »Oh!« sagte sie. »Oh, ich hätte schwören mögen – entschuldigen Sie bitte, daß ich Sie so anstarre. Aber Sie sind das genaue Ebenbild von jemand, den ich kenne.«

»Denk dir, der Mann stammt aus Dublin, Eileen«, sagte die Mutter. »Ist das nicht ein Zufall?«

»Ach ja? Und wie heißen Sie?« fragte die Tochter Coffey, der sie nicht nach ihrem zu fragen brauchte. Wenn der Boden sich auftun könnte und einen Menschen verschlingen – bei Gott, das war nicht nur eine Redensart, denn sie war Oberst Kerrigans Tochter, dasselbe Mädchen, mit dem er im letzten Winter getanzt hatte, beim Ball der Old Boys von Plunkett, im Shelbourne-Hotel. Und er hatte unter ihrem Alten in der Armee gedient.

»Ich heiße – Cu-Crosby«, sagte er.

»Wenn ich einen Apparat hier hätte, würde ich ein Foto von Ihnen machen und es diesem Freund von mir schicken«, sagte sie. »Sie sind sein Doppelgänger, bis hin zum Schnurrbart.«

»Wessen Doppelgänger?« fragte die Mutter.

»Veronica Shannons Mann, Mutter. Ginger Coffey, erinnerst du dich an ihn?«

»O ja, natürlich«, sagte die Mutter. »War er nicht Soldat bei deinem Daddy, früher mal? Und später hat er in einer Destillerie oder etwas Ähnlichem gearbeitet?«

»Stimmt, Mutter.«

»Aber die beiden sind nach Kanada gegangen!« sagte die Mutter. »Ich weiß noch, wie Mrs. Vesey etwas davon sagte, sie wolle Veronica Lebwohl sagen.«

Während die Mutter sprach, trafen sich die Augen von Eileen Kerrigan und Coffey. Jetzt wußte sie Bescheid. »Na, wie auch immer, wir dürfen den Herrn nicht den ganzen Tag aufhalten«, sagte sie, ihre Mutter unterbrechend. »Anna, wollen Sie bitte den Beutel holen.«

»Hier«, sagte das Mädchen, und – Herrgott im Himmel, nichts wie raus hier! – Coffey nahm ihn und verdrückte sich rückwärts aus der Küche.

»Halt! Ihr Geld.«

Er mußte einen Fünfdollarschein wechseln, und er stellte fest, daß Eileen Clapper, geborene Kerrigan, ihre Mutter mit einem Blick verständigt hatte. Das Mädchen schloß die Tür hinter ihm. Jetzt würde das Geklatsche beginnen. – O doch, Mutter, es ist möglich, und es ist wirklich so. Ich bin ganz sicher. – Und dann würden die Luftpostbriefe auf die Reise gehen. Nun konnte man es in Gath herumerzählen, und in Wicklow Lounge ausschmücken, in den Büros von Kylemore darüber kichern und in der Wohnung von Veronicas Mutter zerpflücken. Und was für ein prachtvoller Sturz aus den Wolken würde das sein, in den Augen all derer, vor denen er geflohen war, wie gierig und lustvoll würden sie jedes Detail auskosten: den angenommenen Namen, die alberne Uniform mit TINY ONES auf der Mütze, die niedrige Arbeit, die er verrichtete – das war das Endergebnis all seiner hochfliegenden Pläne. Sie brauchten gar nichts hinzuzufügen und würden es trotzdem tun. Wie alle Dubliner Geschichten würde auch diese beim Weitererzählen nichts verlieren. Ja, das ganze Land konnte ihn jetzt auslachen. Er stand auf der Treppe und sah, wie das ganze Land lachte.

Haha, brüllten all die Provinztrottel, mit denen er zur Schule gegangen war und die jetzt in Amt und Würden, den römisch-katholischen Kragen um ihren Hals, Laien über Politik und Liebe predigten. Haha! schrien die Politiker, in Nord und Süd, einig wie immer in ihren Bemühungen, das Volk dumm zu halten, weil sie nur dadurch ihre Macht behielten. Ha! schrien die Erzbischöfe, ihre mit der

Purpurkappe bedeckten Häupter von endlosen Hirten-
briefen hebend, in denen sie auf die Gefahren exotischer
Tänze und kurzer Sommerkleider hinwiesen. Ha! schrie
der selbstgefällige alte Geschäftsmann, stolz darauf, hinter
der Zeit herzuhinken. Ha, ha, ha! Emigrieren, was, wie?
Wir haben es dir ja gesagt!

Das Lachen erstarb. Was machte es schon aus? Was
bedeuteten sie ihm, solange er nicht in die Heimat zurückkehrte? Und in diesem Augenblick erkannte er, daß Kanada von nun an seine Heimat war und blieb, daß es hieß:
schwimm, oder geh unter! In guten und schlimmen Tagen,
bis daß der Tod...

Er ging die Stufen hinab, kletterte in seinen Lastwagen
und fuhr ab; die Ketten rasselten über den verharschten
Schnee. Was machte jetzt noch irgend etwas aus, abgesehen von seinem Ehrenwort, das er Paulie gegeben hatte.

Zum Lunch kaufte er eine Tüte Erdnüsse für zehn Cent
und ein Glas Milch. Nachdem er das zu sich genommen
hatte, fühlte er sich wie jemand, der verhungert. Er mußte
zu Geld kommen, um bis Freitag durchzuhalten. Seine
Kumpels von der Zeitung? Aber waren das nicht alles
Saufköppe, die mit ihren paar Kröten gerade von Zahltag
zu Zahltag kamen? Um bis Freitag durchzukommen,
brauchte er mehr als den einen Dollar, den sie ihm vielleicht pumpen konnten. Er brauchte mindestens zehn
Dollar. Und die zu verlangen, das kostete Nerven. Am
Ende des Arbeitstages ging er zu Mr. Mountain ins Büro
und bat nervös um einen Vorschuß.

»Vorschuß?« Mr. Mountains Bauch hob sich beunru-
higt. »Das geht nur über den Dienstweg, Coffey. Ich hab'
mit den Gehaltszahlungen nichts zu tun, das macht das
Hauptquartier. Macht der Chef selbst. Und ich kann

Ihnen gleich sagen, daß Mr. Brott so etwas nur sehr ungern macht.«

»Ich fürchte, ich muß es riskieren, Mr. Mountain. Ich brauche unbedingt etwas Geld.«

»Schön, es ist Ihr Bier«, sagte Mr. Mountain. »Es ist gegen alle Gepflogenheiten. Aber wie Sie wollen...« Er langte nach einem der zahlreichen Formulare, die er selbst entwarf. »Hier ist ein Personalbogen«, sagte er. »Der zeigt Ihren Dienstgrad, Dienstalter und Art der Beschäftigung in meiner Einheit. Wenn Sie es noch versuchen wollen, beeilen Sie sich besser ein bißchen. Hauptbüro schließt um fünf.«

Eile tat not, das stimmte. Das Büro lag zehn Straßen entfernt, und er mußte, wieder einmal, auf Schusters Rappen hintraben. So machte er sich auf den Weg, sein Zeugnis in der Hand, zwanzig Minuten Zeit, um hinzukommen, durch die dunkelnden Straßen, und er überlegte dabei, ob er die Lampe aus seinem Schrank verpfänden oder etwas von seiner Kleidung verkaufen sollte, falls es ihm nicht gelang, Mr. Brotts Mitgefühl zu gewinnen. Aber wie stellte man es hier an, wenn man etwas verpfänden wollte? Oder Kleider verkaufen? Kümmere dich erst mal noch nicht darum, sagte er sich. Laß die Dinge auf dich zukommen.

Es war fünf vor fünf, als er eine alte Straße in der Gegend der Docks entlangtrottete, vorbei an verkommenen Läden und Kaufhäusern, die Namen von unbekannten und unbedeutenden Unternehmen trugen: Pimlico Novelties; H. Lavalee Productions; Weiß & Schnee Imports; Wasserman Furs Ltd. Und jetzt, eine Minute vor fünf, trabte er in ein Gebäude hinein, fuhr in einem alten vergitterten Lift zum dritten Stock empor, eilte einen Flur entlang, der überwältigend nach Jeyes Fluid roch, zu einer Milchglastür mit der Aufschrift:

TINY ONES INC.
Bitte klingeln und eintreten

Er klingelte und trat ein. Hinter dem Schalter, der das Büropersonal vom Publikum trennte, waren die Tische leergeräumt, die Schreibmaschinen zugedeckt und die Aktenschränke verschlossen. Er kam zu spät.

Und doch, irgend jemand mußte noch hiersein, überlegte er. Das Büro war noch offen. Er klopfte mit den Knöcheln auf den Schalter, da er hinten am Ende des Büros einen abgeteilten Raum entdeckt hatte, in dem noch Licht brannte. Er klopfte noch einmal.

Ein kleiner Mann erschien in der Tür zu dem Extraraum. »Geschlossen«, sagte er. »Tut mir leid.«

»Aber...«, fing Coffey an. Aber was? Was, zum Teufel, konnte er vorbringen?

Der kleine Mann warf ihm einen warnenden Blick zu, dann schloß er die Tür zu seinem Kabuff. Auf der geschlossenen Tür las Coffey einen Namen, und dabei fühlte er, wie ihm das Herz heftiger in der Brust schlug. Denn war das nicht genau der Mann, den er sprechen mußte? *A. K. Brott, Dir.* Wieder trommelte er mit den Knöcheln auf den Schalter. Die Tür öffnete sich von neuem, der kleine Mann kam heraus, offenbar ärgerlich.

»Mr. Brott?«

»Ich habe doch gesagt, wir haben geschlossen.«

»Ich – äh – ich arbeite im Lager, Sir«, sagte Coffey. »Könnte ich Sie einen Augenblick sprechen?«

»In welcher Angelegenheit?«

»In – äh…«

»Kommen Sie, kommen Sie herein, ich kann Sie nicht verstehen«, sagte der kleine Mann, in sein Kabuff zurückkehrend.

Coffey hob die Schalterklappe und schritt zwischen den leeren Tischen hindurch. In dem abgeteilten Raum gab es mehrere schwarzgerahmte Fotos, Votivbilder aus dem Leben von A. K. Brott. Brott mit Gattin. Brott mit Kindern. Brott mit dem ersten Lieferwagen von TINY ONES. Brott mit der ersten Waschmaschine. Brott mit seinem Büropersonal. Brott auf einem Ausflug der Handelskammer. Coffey hatte reichlich Zeit, sie zu studieren, da A. K. Brott mit gebeugten Schultern ein Hauptbuch durchblätterte. Brott mit Büchern.

Endlich hob er den schmalen grauen Kopf. Wachsame Augen prüften Coffey. »Also, was haben Sie für Sorgen?«

»Ich habe gerade als Fahrer bei Ihnen angefangen, Sir. Ich wollte fragen, ob ich vielleicht einen Vorschuß auf meinen Lohn erhalten könnte.«

Ein Fahrer? Ungläubig wanderten A. K. Brotts kleine Augen von dem üppigen Schnurrbart des großen Burschen zu seinem Wollmantel, den Beinen in Tweedhosen und Schuhen aus Wildleder. Was für Leute stellte Mountain neuerdings bloß ein? Sieht aus wie ein Klamottenkomödiant. Und dieses rote Gesicht: ein Schnapsbruder? »Nein«, sagte A. K. Brott.

»Aber es handelt sich nur um zehn Dollar, Sir.«

A. K. Brotts Finger fand eine Zahlenreihe, fuhr an ihr hinunter bis zur Gesamtsumme. »*Nur* zehn Dollar?« sagte er. »Sehen Sie sich das an. Dreißig Prozent weniger als letztes Jahr. Und nicht etwa, weil die Geburtenzahl sinkt. Die sinkt gar nicht. Die steigt.«

Er blätterte um, fand eine andere Gesamtsumme, verzog das schmale graue Gesicht, als hätte ihn eine plötzliche Übelkeit gepackt. »Sehen Sie das hier«, sagte er. »Noch schlimmer. Und *Sie* wollen zehn Dollar haben. Wissen Sie, was hier passieren wird bei TINY ONES?«

»Nein, Sir.«

»Sie werden alle arbeitslos, das passiert hier. Fünfzehn Jahre habe ich gebraucht, um dieses Geschäft hochzubringen, und nun sehen Sie, was passiert. Überall dasselbe. Niedergang um zwanzig, dreißig, auf manchen Routen sogar fünfzig Prozent. Na bitte, Sie fahren einen Wagen. Also, woran liegt es, was stimmt da nicht?«

»Was – äh – was meinen Sie, bitte, Sir?«

»Windeln zum Wegwerfen, das meine ich. Papierwindeln, daran liegt es. Ich meine, es ist eine verdammte Schweinerei. Es sollte ein Gesetz dagegen geben. Und es *gibt* ein Gesetz, das Gesetz zum Schutz der Wälder, warum wendet man das nicht an? Und die Kinder bekommen Hautausschlag davon, lassen Sie sich das sagen; ganz egal, was diese neuen Firmen behaupten, Papier scheuert die Babyhintern wund. Fragen Sie irgendeinen Doktor, wenn Sie mir nicht glauben. Aber es ist etwas Neues, und das mögen die Leute, immer wollen sie etwas Neues haben. Etwas Einfaches. Nun, Sie treffen ja die Kunden auf Ihrer Route. Geben Sie's zu. Man fragt Sie nach Papierwindeln, stimmt's?«

»Nein, Sir.«

»Sie lügen.«

Coffey hatte das Gefühl, als hätte er eine Ohrfeige bekommen. »Ich bin kein Lügner«, sagte er.

»Nein? Schön, dann erzählen Sie mal, Sie kluger Junge. Was *wollen* die Leute?«

Ja, was wollten sie eigentlich? überlegte Coffey. Aber wenn er seinen Vorschuß kriegen wollte, mußte er mit diesem Irren ins Gespräch kommen. Irgend etwas sagen. Was war das noch, wonach Eileen Kerrigans Mutter ihn heute morgen gefragt hatte?

»Tja, es ist so, Sir«, sagte Coffey. »Was die meisten Mütter sich wünschen, ist, daß sie noch andere Sachen bei uns leihen können, nicht nur Windeln.«

»Was für Sachen?«

»Wiegen und – und Kindertragen und – und Kinderwagen und so weiter.«

»Setzen Sie sich«, sagte Mr. Brott. »Wie ist Ihr Name?«

»Coffey, Sir.«

»Gut, fahren Sie fort. Lassen Sie hören. Wenn es was taugt, soll's nicht Ihr Schaden sein. Das verspreche ich Ihnen.«

Coffey starrte Mr. Brott an, atmete voller Erstaunen aus, so daß der Hauch die Enden seines langen Schnurrbarts lüftete. *Jemand hatte ihn um seine Meinung gebeten.* Erinnerungen aus früheren Jahren: Das ungute Lächeln des Filialleiters von Coomb-Na-Baun Knitwear, der alte Cleery von Kylemore Destilleries, wie er seinen Neandertalschädel schüttelte, ach, so viele Obere, die keine Lust hatten, sich seine Ideen anzuhören. Und jetzt auf einmal, als er es am wenigsten erwartete, saß da vor ihm ein Chef, der sich etwas von ihm versprach. Was konnte er ihm erzählen? Er fing zu reden an, stürzte sich einfach hinein, die Gedanken würden schon folgen. »Ja, Sir, also«, sagte er, »es ist so. Heutzutage sind viele Familien klein. Ich meine, sie haben ein Kind oder zwei, und Tragen und Kinderwagen und Wiegen, das sind alles beträchtliche Ausgaben für sie. Ich weiß noch, wie es mir selbst ging, wir haben nur ein Mädchen, und so mußten wir das ganze Zeug weggeben, als die Kleine es nicht mehr brauchte. Sogar den Kinderwagen, der in ausgezeichnetem Zustand war. Ich denke, wir hätten viel Geld gespart, wenn es möglich gewesen wäre, diese Dinge zu leihen.«

»Mmm – hm...«, sagte Mr. Brott. »Weiter, bitte.«

»Tja – äh – wenn Sie all das verleihen würden, Sir? Eine Art Wiegeverleih schaffen...«

»Ein Wiegeverleih, Rent-a-Crib«, sagte Mr. Brott. »Ist Ihnen dieser Name selber eingefallen?«

»Äh – gewiß, Sir.« Von was für einem Namen redete er denn? »Rent-a Crib...« Mr. Brott schloß die Augen und saß eine Weile stumm da, als versuche er, irgendein mathematisches Problem zu lösen. »Ich will nicht behaupten, daß das ganz schlecht ist«, sagte er. »Wie war noch Ihr Name?«

»Coffey, Sir.«

»Und Sie sind Fahrer? Sie sehen nicht so aus.«

»Ich bin Neu-Kanadier, Sir. Es ist nur eine vorübergehende Arbeit. Ich habe auch einen Nachtjob. Aber die Schwierigkeit ist die, Sir, daß ich mit beiden gerade erst angefangen und daher noch keinen Lohn bekommen habe. Deshalb wollte ich Sie um einen Vorschuß bitten, Sir.«

»Vorschuß?«

»Zehn Dollar, Sir. Wenn das möglich ist.«

Mr. Brott schüttelte den Kopf.

»Ich meine, ich könnte eine Quittung unterschreiben. Ich habe jetzt schon mehr als zehn Dollar verdient. Könnten Sie das nicht vielleicht doch ermöglichen...?«

Immer noch mit dem Kopf schüttelnd, zog Brott seine Brieftasche hervor und reichte Coffey einen Zehndollarschein. »Vorschuß ist nicht«, sagte er. »Sie erhalten das als

Gratifikation. Sie arbeiten also in zwei Jobs, wie? Wissen Sie, das erinnert mich an die Zeit, als ich selber ein junger Bursche war. Ehrgeizig war ich, ja, ehrgeizig. Wie gefällt Ihnen Kanada, Coffey?«

»Sehr gut, Sir. Ein Land voller Unternehmungsgeist.«

»Und Sie werden hier gut vorwärtskommen, Coffey, wissen Sie das? Sie haben selbst Unternehmungsgeist. Neu-Kanadier, sagten Sie? Möchte wetten, daß Sie nie ein College besucht haben, was?«

»Doch, Sir, das habe ich.«

»Tatsächlich? Und trotzdem arbeiten Sie als Fahrer bei der Auslieferung. Das ist die richtige Einstellung! Die Kinder heutzutage, die gehen aufs College und denken, die Welt schuldet ihnen einen Lebensunterhalt. Aber das tut sie eben nicht. Das sag' ich meinem Sammy immer. Ich sage zu ihm, Sammy, du kannst alle Diplome der Welt haben, sie sind immer noch kein Ersatz für eine einzige gute Idee. Habe ich recht, Coffey?«

Coffey fand, daß A. K. Brott eigentlich gar kein so übler alter Knacker war.

»Ja, Leute wie Sie brauchen wir hier«, sagte Mr. Brott. »Natürlich, diese Idee von Ihnen funktioniert vielleicht nicht, kann schiefgehen. *Wird* wahrscheinlich sogar schiefgehen. Es fallen enorme Wartungskosten an, das ist schon mal ein Problem. Man muß die Wagen desinfizieren, neu streichen, reparieren, was?«

»Gewiß, Sir. Ich nehme an, das wird allerhand kosten.«

»Und dann die Einlage, die Kissen und Laken, die Wolldecke, all das Zeug. Denken Sie daran, das ebenfalls zu verleihen?«

»Na ja, warum nicht, Sir? Sie haben eine Wäscherei. Es wäre dasselbe wie mit den Windeln, nicht?«

»Das stimmt«, sagte Mr. Brott. »Reinigung eingeschlossen. Ja, Sie haben recht, Coffey, Sie sind in Ordnung, wissen Sie das? Wenn Sie noch mehr Ideen haben, dann kommen Sie einfach hier zu mir rauf, und wir bereden das. Okay? Hab' mich gefreut, Sie kennenzulernen.«

Erfreut, verwirrt, hungrig auf Abendbrot, in Eile, weil es jetzt schon halb sechs war und er zusehen mußte, daß er weiterkam, stand Coffey auf, lächelte Mr. Brott an und erhob die Hand zum alten Gruß. »Auf Wiedersehen, Sir«, sagte er. »Und vielen Dank, Sir.«

»Keine Ursache«, sagte Mr. Brott. »Und die zehn Eier, die behalten Sie einfach so. Das ist 'ne Gratifikation. So, und jetzt knipsen Sie das Licht im Hauptbüro aus und machen Sie die Tür hinter sich zu, wenn Sie rausgehen.«

Er knipste das Licht aus, schloß die Tür. Er rannte die Treppe hinunter, hungrig, aber zufrieden. Netter alter Knabe. Es stärkte den Glauben an Kanada, wenn man so einen Mann traf, einen Mann, der einen für einen Burschen voller Unternehmungsgeist hielt. Und er *war* ja auch einer, verdammt noch mal; er war kein besserer Sekretär, kein Laufjunge. Er hatte recht gehabt zu emigrieren, egal was passierte. Morgen würde er eine Bleibe für Paulie und sich finden, und Ende der Woche würde er MacGregor um eine Lohnerhöhung bitten. In einer oder zwei Wochen würde er befördert werden. Es gab überall eine Butterseite, man mußte nur nach ihr Ausschau halten, das war alles. Es ging aufwärts, noch war man längst nicht oben, aber mit einem kleinen Sieg hier und da konnte man weiterlaufen. Solange man noch Hoffnung hatte. Und er hatte noch Hoffnung.

8

»Miss Paulie Coffey?« sagte das Mädchen am Schreibtisch. »Ja, wenn Sie bitte dort drüben solange Platz nehmen wollen, Sir. Sie wird gleich kommen.«

»Danke sehr«, sagte Coffey. Er saß in der fremden Eingangshalle und sah zu, wie das Mädchen – ein niedliches Ding mit Pferdeschwanz und einem rosa Angorapulli – die Stufen hinaufstieg, um seine Tochter zu holen. Auf einem Schild im Treppenhaus stand: NUR FÜR PENSIONSGÄSTE. *Herren haben keinen Zutritt.* Was bedeutete, daß auch Grosvenor nicht hinauf konnte. Das freute ihn.

Und doch, war es nicht seltsam, sich vorzustellen, daß seine Frau und seine Tochter dort oben in diesem Haus wohnten und daß er, ihr rechtmäßiger Gatte und Vater, nicht zu ihnen gehen konnte? Nicht daß Veronica jetzt dagewesen wäre. O nein. Denn Veronica kam nie vor halb sechs von der Arbeit zurück. Nein, es war nicht unfair oder hinterhältig. Hatte Veronica Paulie nicht auf dieselbe Weise mitgenommen? Wie du mir, so ich dir.

Er hatte es Paulie versprochen. Und er hatte sein Versprechen gehalten. Es war Freitag; da saß er, vor der Tür wartete ein Taxi, eine kleine Wohnung war gemietet, alles wie geplant. Und wie er jetzt die Treppe im Auge behielt, sah er das Mädchen in dem flaumigen rosa Pulli wieder herunterkommen, mit zwei unordentlichen Bündeln unter den Armen. Hinter dem hübschen Mädchen erschien seine Paulie, sie trug ausgeleierte weiße Socken und altmodische Schuhe, und der Wintermantel war an den Ärmeln und am Saum etwas eingelaufen. Er beschloß, ihr einen neuen Mantel zu kaufen. Er ging zu ihr und küßte sie auf die blasse Wange. »Hallo, Äpfelchen!«

»Paß auf, Daddy, sonst fällt mir das Zeugs runter.«

»Gib her«, sagte er. »Ich hab' ein Taxi draußen.«

»Warte Daddy.« Sie stellte ihre Sachen in der Eingangshalle ab. »Wir können noch nicht gehen.«

»Warum nicht?«

»Mammy ist nach Hause gekommen. Sie hat's rausgekriegt, ich weiß auch nicht, wie. Sie ist oben und bügelt mein gutes Kleid. Sie wird gleich damit hier sein.«

»Ach ja?« sagte er.

»Ich verstaue mein Zeug schon im Taxi, Daddy. Bleib du hier. Ich glaube, sie will mit dir reden.«

»Schon recht, Äpfelchen.« Sie würde ihm sein Äpfelchen jetzt nicht wieder wegnehmen, nicht nachdem er die ganze Woche wie ein Wahnsinniger geschuftet hatte, um alles in Ordnung zu bringen. Sollte sie's nur versuchen!

Er ging zur Treppe, bereit, den Feind zurückzuschlagen, und in diesem Moment erschien der Feind oben auf dem nächsten Absatz, Paulies Sonntagskleid über dem Arm. Er beobachtete sie, wie sie herunterkam, und dabei sah er nicht seine Frau, sondern eine Fremde: eine Fremde, die erregender auf ihn wirkte als die Frau, mit der er verheiratet gewesen war.

Sie hatte ihre Frisur verändert, und das jetzt kurzgeschnittene schwarze Haar umrahmte ihr Gesicht wie ein Helm. Sie hatte Make-up aufgelegt und trug ein Kleid, das er nicht kannte. Er versuchte, sich den vertrauten Körper unter diesem Kleid vorzustellen, die vollen Brüste mit den großen bräunlichen Spitzen, die aus der schmalen Taille sich hervorwölbenden Hüften und Schenkel, den vertrauten kleinen Leberfleck unterhalb der Rippen. Aber es funktionierte nicht: Wie konnte er sich den Körper dieser Wildfremden vorstellen, die jetzt auf ihn zukam, nach einem unvertrauten Parfüm duftend? Hatte ihre Verliebtheit in Grosvenor das bewirkt, sie von einer Ehefrau in eine Schönheit verwandelt, um deren Besitz er jeden Mann auf der Welt beneidet hätte? Mit Beschämung erkannte er, daß, wäre sie nicht seine Frau, er jetzt balzen und mit ihr zu flirten versuchen, ja sich vielleicht sogar in sie verlieben würde.

Doch als sie sprach, war es Vera, unverändert. »Hallo, Ginger«, sagte sie. »Könnten wir einen Moment in den Gesellschaftsraum gehen? Ich möchte mit dir reden.«

Ja. Sie war Vera, und sie war es nicht. Eine Fremde, als er ihr in den kleinen Salon folgte und die Tür schloß, damit sie ungestört waren. Und wieder Vera, als sie ihm Paulies Kleid aushändigte und dabei sagte: »Ich habe es gerade gebügelt. Paß auf, daß du es nicht zerknitterst.« Er nahm das Kleid in Empfang. Er bemerkte, daß sie auch ihren Mantel bei sich hatte. Jetzt schwang sie ihn herum, wie ein Stierkämpfer seine Capa ausprobiert, und wirbelte ihn auf eine für sie typische Art um ihre Schultern. Aus der Tasche zog sie eine neue schwarze Mütze und setzte sie vor dem Spiegel auf, der über dem Kamin hing. Konnte eine Verliebtheit so etwas aus jemandem machen, etwas Aufregendes, etwas leicht Hurenhaftes? Was würde sie sagen, wenn er sie in diesem Augenblick küßte?

»Was hast du denn eigentlich für eine Wohnung gefunden?« fragte sie, immer noch vor dem Spiegel an ihrer Mütze herumzupfend.

»Eine hübsche kleine Bleibe«, sagte er. »Zwei Schlafzimmer, eine winzige Küche und ein Wohnzimmer. Der Preis ist auch ganz vernünftig. Siebzig im Monat.«

»Einschließlich Bettwäsche?«

»Na ja, ich – äh – ich habe doch die Laken und Kopfkissen von unseren alten Betten.«

»Ja, die hast du.« Nachdem die Mütze jetzt zu ihrer Zufriedenheit saß, fing sie an, sich die Nase zu pudern.

»Hör mal – äh – ich – äh – ich überlege gerade – du – du kannst dir nicht vorstellen, mit uns zu kommen?«

»Nein«, sagte sie, immer noch pudernd. »Wenn Paulie hiergeblieben wäre, wäre ich's auch. So wie es jetzt steht, ziehe ich um.«

»Wohin?« Kaum hatte er es gesagt, wußte er auch schon, es war ein Fehler.

»Ich habe mir ein billiges Zimmer genommen«, sagte sie. »Nicht daß mir das viel ausmacht. Ich werde ja doch nur selten dort sein.«

Sie sah in den Spiegel, um festzustellen, wie er es aufgenommen hatte. »Wenn du's genau wissen willst, meine Sachen sind schon draußen. Gerry fährt mich in seinem Wagen.«

Wieder blickte sie ihn im Spiegel an. »Natürlich bin ich bereit, hierzubleiben, wenn du Paulie bei mir läßt.«

»Das ist ja wohl die Höhe«, sagte er bitter. »Du Erpresserin.«

»Das ist keine Erpressung, Ginger. Ich fühle mich immer noch verantwortlich für Paulie. Sie ist kein Kind mehr, und ich glaube ehrlich gesagt nicht, daß du imstande bist, sie richtig zu beaufsichtigen.«

»Du hast es gerade nötig!« sagte er. »Ausgerechnet du. Du hast Nerven, davon zu reden, ein Kind zu beaufsichtigen!«

Sie wandte sich von ihm ab, Röte überflog ihr Gesicht, und sie ging zur Tür. Sie öffnete die Tür. »Da ist Paulie. Ich muß ihr noch Lebewohl sagen.«

Er sah ihr zu, wie sie durch die offene Tür des Salons schritt und, in der Rolle seiner Frau und Paulies Mutter, das Mädchen bei den Armen nahm und sich zurücklehnte, um Paulie von oben bis unten zu begutachten, wie sie es schon tausendmal getan hatte, ehe Paulie zu einer Party aufbrach.

»Du wirst bald den Saum herunterlassen müssen«, hörte er sie sagen. Wie konnte sie solche Worte von sich geben, diese unverschämte Fremde, die mit einem anderen Mann auf und davon ging? »Auf Wiedersehen, Liebling«, hörte er sie sagen. »Ich komme in ein, zwei Tagen einmal nach dir schauen. Und wenn du irgend etwas brauchst oder sonst Sorgen hast, du weißt ja, wo du mich findest.«

Ihre Hände nahmen Paulie bei den Schultern, und sie beugte den Kopf vor, um die blasse Wange des Mädchens zu küssen. (Ach, wenn diese Fremde doch ihn küssen würde!) Aber er, der auf der Schwelle zum Salon stand, sah, wie Paulie zu ihm hinblickte, während sie zurückwich, den Kuß ihrer Mutter duldend, nicht erwidernd. Armes Lämmchen, dachte er. Wir zwei Wölfe zerfleischen uns deinetwegen. Ach, Äpfelchen, ich werde das alles wiedergutmachen, von jetzt an sollst du der einzige Mensch sein, der zählt. Laß sie gehen, laß die fremde Frau gehen!

»Bist du soweit, Daddy?« rief Paulie.

»Ja, Pet.« Er ging zu ihnen. »Auf Wiedersehen, Veronica.«

»Moment«, sagte sie. »Ich habe deine neue Adresse noch nicht.«

Er erbat sich ein Stück Papier von dem Mädchen am Empfang und schrieb die Adresse darauf. Paulie ging zum wartenden Taxi hinaus. Er übergab Veronica das Papier, und sie faltete es zusammen und steckte es in die Handtasche. »Ich ziehe auch aus, Miß Henson«, sagte sie zu dem Mädchen. »Sie schicken mir freundlicherweise die Post nach, ja?«

»Gewiß, Mrs. Coffey.«

»Fertig, Ginger?«

Schweigend ging er voraus und hielt ihr die Tür auf. Schweigend gingen sie die Stufen zur Straße hinunter. Dort wartete das Taxi, die hintere Wagentür geöffnet, und Paulie saß im Fond. Ein Stück weiter die Straße hinauf, am anderen Bürgersteig, sah Coffey Grosvenors kleinen Sportwagen. Sie hatte nicht geblufft.

»Also?« sagte sie. »Du willst es dir bestimmt nicht anders überlegen?«

Er sah, daß sie sich fürchtete. Bis jetzt war es eine Drohung gewesen. Nun mußte sie die Straße überqueren und in Grosvenors Wagen steigen; mußte die Grenze zur Tat überschreiten. Sie fürchtete sich; sie hätte am liebsten wieder alles ausgepackt und wäre mit Paulie wieder nach oben gegangen, zurück in das Niemandsland der letzten Woche. Und Coffey wußte es: Er, der so selten ihre Motive erkannte, wußte, daß sie ihn bat, nachzugeben. Aber setzte sie ihn nicht schon wieder ins Unrecht, indem sie so tat, als zwinge er sie durch seine Hartnäckigkeit zur Untreue? Er wollte nicht, daß sie ging! Er wollte sie nicht in Grosvenors Bett. Aber, verdammt, er hatte mehr als genug von dieser Weibererpressung. »Nein«, sagte er. »Geh nur, wenn du das willst.«

»Gut. Auf Wiedersehen, Ginger.«

Und wirklich, sie tat es, Herrgott noch mal, ging kerzengerade zum Wagen dieses Lumpen. Verdammtes, verrücktes Frauenzimmer, überquert die Straße vor den Augen ihres Mannes und ihrer Tochter, um mit einem anderen Mann auszurücken. Und warum? Selbst jetzt noch glaubt sie, wenn sie nur durchhält, dann hole ich sie zurück, lasse ihr Paulie, gebe mich geschlagen. Verdammtes, verrücktes Frauenzimmer.

Sie kam bei dem Sportwagen an. Grosvenor öffnete die kleine rote Tür, und sie zeigte beim Einsteigen ihre Beine. Heiße Begierde durchrann Coffey, als die Tür vor dem Anblick des verrutschten Rocks zuschlug. Es war immer noch Zeit, sie zurückzurufen, Zeit, diese fremde Frau noch heute nacht in sein Bett zu holen, Zeit, ihr diese fremden Kleider herunterzureißen und darunter einen Körper zu finden, der wunderbarerweise nach dem Gesetz ihm gehörte. Ach, lieber Gott! War es nicht Begierde, die ihn wünschen ließ, sie möchte nicht weggehen? War es nicht Eifersucht, weil Grosvenor sie bekommen würde? Denn Mitleid war es nicht, und Liebe auch nicht. Nein, Liebe war es nicht.

Er rief nicht. Er stand da und sah zu, eine ungemein lächerliche Gestalt in seinem unförmigen Automantel und winzigen Hütchen. Der Motor von Grosvenors Wagen sprang an.

»Daddy? Kommst du? Daddy!« rief Paulie.

Er blickte zum Taxi hinüber: da war jemand, der ihn liebte, jemand, gegen den er nichts im Schild führte. Er kletterte in das Taxi und schlug mit einem Krach die Tür zu. Er legte seine Hand auf Paulies Knie und versuchte, ein Teddybärlächeln zustande zu bringen. Es fing an zu schneien. Sanfte Schneeflocken rieselten wie Federn auf die Scheiben des Taxis herab, als der kleine rote Sportwagen anfuhr und mit aufheulendem Motor an ihnen vorbeischoß. Coffey und seine Tochter sahen ihn davonsausen, folgten ihm mit den Blicken, als der Taxifahrer seine Scheibenwischer in Bewegung setzte. Tschik-tschik, machten die Scheibenwischer und wischten alles fort.

9

Und so begann Ginger Coffey in seinem vierzigsten Jahr, mit einer Vierzehnjährigen Haushalt zu spielen. Es erinnerte ihn an seine erste Zeit mit Veronica. Es dauerte eine Weile, sich aneinander zu gewöhnen. Daß sie glücklich war, darauf kam es an: Daß er ihr ab und zu eine kleine Freude machte. Und bald, wenn alles etwas besser aussah, wenn er einen guten Job hatte, an Stelle von zwei armseligen, wenn er sich nicht mehr ständig damit erschöpfte, von Pontius zu Pilatus zu rennen, wenn er nachts wieder schlafen konnte und nicht von dieser Frau träumen mußte – dann, bald schon, würden sie sich freisegeln.

Doch vorderhand empfand er manche Unsicherheit. Was brauchte Paulie zum Beispiel an Kleidung? Wenn er ihr Geld gab, damit sie sich selbst etwas besorgte, ging sie vermutlich hin und kaufte irgend etwas Erwachsenes, Unpassendes. Er bemerkte, daß sie neuerdings Nagellack benutzte. Er erwähnte es ihr gegenüber, und sie entgegnete, alle Mädchen ihrer Bekanntschaft täten es auch. Was wußte er schon? Es war falsch, fand er, aber er durfte deshalb nicht unfreundlich zu ihr sein. Sie war in der Wohnung viel allein, deshalb erschien es ganz natürlich, daß sie ihre Schulfreundinnen mit heimbrachte. Aber er war Tag und Nacht außer Haus. Was für Kinder waren das, diese Freunde und Freundinnen von ihr? Er sorgte sich, daß sie nicht genug lernte; doch es war schwer, mit ihr zu schimpfen. Er wollte doch gut Freund mit ihr sein.

Und deshalb überlegte er sich täglich auf seiner Liefertour, was für Dinge ihr wohl Spaß machen würden. Er machte Pläne. In ein oder zwei Wochen, wenn er erst Reporter war, hatten sie bestimmt viel mehr Zeit füreinander. Und dann: ›Hör mal, Pet, wie würde dir das gefallen, wenn wir anfingen, Ski zu laufen? Würdest du gern Ski laufen, Äpfelchen? Und vielleicht nehmen wir uns diesen Sommer eine kleine Hütte am See, nur wir beide. Wir können uns sogar ein Segelboot mieten. Ich wollte schon immer gern mal segeln, seit ich ein kleiner Junge war. Was meinst du, Äpfelchen? Würdest du nicht auch gern segeln?‹

Ach, wenn sie nur ein Junge wäre. Oder wenigstens etwas jünger. Weißt du noch, als sie ein kleines Mädchen war, was für einen Spaß wir hatten, in der Badewanne über den Ozean zu fahren.

»Ich hab' mir überlegt, ein Damespiel zu kaufen, was meinst du, Äpfelchen? Damit wir ein Spielchen machen können, wenn ich mal einen freien Abend habe.«

Doch sie war zum Schlittschuhlaufen verabredet. Macht nichts, dann ging er eben ins Kino. War eine Ewigkeit her, daß er einen Film gesehen hatte. Oder er legte sich vielleicht auch ganz früh schlafen. Zwei Jobs konnten einen schon fertig machen.

Wie fertig, das durfte er ihr gar nicht erzählen. Jede Nacht, wenn er die Tür seines Schlafzimmers hinter sich schloß und sich auszog, starrte er auf sein einsames Bett, als ginge es um eine Teufelsaustreibung, redete sich ein, wie schläfrig er sei, todmüde, und daß er es gar nicht erwarten könne, sich in die Falle zu hauen. Erschöpft streckte er sich aus; erschöpft versuchte er einzuschlafen. Aber er schlief nicht. Er konnte nicht.

Eine elegante, ihm wohlvertraute Fremde folgte einem

Mann in das Foyer eines Apartmenthauses, folgte ihm vier Treppen hinauf, wartete, bis er die Tür von Nummer 84 aufschloß, und trat mit vertrautem Lächeln über die Schwelle in ein Zimmer mit nackten weißen Wänden, Drucken von chinesischen Pferden und einem flachen, länglichen Tisch mit Hifi-Geräten. Der Mann ließ die Jalousien herunter. Musik klang auf, und die elegante Fremde begann, ihren Rock auszuziehen, ihre Bluse; in Strapsen und schwarzen Strümpfen ging sie zur Bar hinüber, beugte sich über die Flaschen, und ihre neue Kurzhaarfrisur verbarg nicht länger den weißen Nacken. Krank vor Erregung sah Coffey zu, wie der Mann zu ihr kam. Krank sah er, wie der Mann anfing, sich auszuziehen...

Und dann... nein, nicht doch, zähl Schafe, bist doch todmüde, denk an Paulie, denk an deine Beförderung nächste Woche. J. F. Coffey, von der *Tribune*, denk an deinen Bruder Tom in Afrika, wo mag er stecken, jetzt, in dieser Minute? Denk an den kleinen Michel und seinen Spielzeugroboter, möchte wissen, wie es dem Knirps geht. Hat jetzt keinen mehr, der mit ihm spielt. Denk...

Aber wer hätte je gedacht, daß dieser lange Lulatsch so ein Casanova ist? Sieh ihn doch an, nackt wie er da steht, lachend, und jetzt beugt er sein langes, knochiges Rückgrat, um auf einen Knopf zu drücken, damit das Couchbett aus der Wand herausgleitet, und jetzt steht er wieder aufrecht da und dreht sich zu ihr um, mit einem Gesicht, wie dieser Mann im C. V. J. M. es hatte, Wilson, der von Frauen nur als Nutten sprach. O Gott, guck nicht hin, was Wilson jetzt treibt, wenn er sie hinlegt. Wer ist sie überhaupt? Irgendeine Frau, die du nicht kennst, die du nie gekannt hast, also schlaf endlich ein! Natürlich ist sie eine

Fremde: Vera hat das da nie mit dir gemacht. Nie hast du die wirkliche Vera so erregt gesehen, eine Bacchantin, die seine haarigen Flanken küßt. Nein, das ist nicht Vera, das ist irgendeine Fremde mit einem schönen Körper, eine Hure in schwarzen Strümpfen, die sich mit diesem Mann da erniedrigt, ihm erlaubt, Wein über ihre Brüste zu gießen, und wie eine Verrückte darüber lacht...

Aber sie lacht ja gar nicht. Siehst du nicht? Sie weint. Erkennst du den braunen Leberfleck unterhalb der Rippen? Siehst du den weißen Nacken, das lange Haar? Vertraut, wie? Deine dunkle Märchenfrau.

Keine Chance einzuschlafen, denn jetzt mußte er alles genau beobachten, mußte alles hören, mußte ausharren durch all das Gelächter hindurch, die Musik, die lauten Tierschreie der Angst und Lust, bis ihre Stimme, in den letzten Stunden der Dunkelheit, dem Mann zu erzählen beginnt, wer sie ist und wie sie aus Liebe die Straße überquerte, um in seinen kleinen roten Wagen zu steigen, und wie das Geld für die Heimreise von ihrem törichten Mann vergeudet worden war, so daß ihr gar keine Wahl mehr blieb. Weiter und weiter erzählt sie, bis das erste Winterlicht die Decke seines Schlafzimmers mit Grau überzieht, einer falschen Dämmerung, die jene zwei in dem anderen Zimmer mit Schreien trunkenen Entzückens begrüßen, während ihre Gesichter verschwimmen und sie sich hin und her und übereinanderwälzen, und er liegt still da, hört sie Liebe, Liebe, Liebe schreien, bis sie, erschöpft, einer in des anderen Armen einschlafen. Dann endlich kann auch er schlafen, ein kurzer Schlaf, den der Wecker mit seinem Geschrill mordet. Und dann steht er auf, kocht Kaffee, röstet den Toast und weckt seine Tochter. Und sitzt verstört in der wirklichen Dämmerung der winzigen Küche, noch brennen die Lichter im Winterdunkel, einem Dunkel, das die nächste Nacht schon ankündigt und die Visionen, die auf ihn lauern.

»Daddy, hast du dich erkältet? Du siehst so blaß aus.«

»Nein, Pet. Bin nur müde.«

»Na ja, kein Wunder, wo du Tag und Nacht arbeitest.«

»Dauert nicht mehr lange, Pet. Ich mache mich nämlich ganz gut da bei der *Tribune*. Ich weiß, daß die Leute mit meiner Arbeit zufrieden sind. Ich bin fast sicher, der alte MacGregor macht mich demnächst zum Reporter. Dann kann ich den anderen Job aufgeben und mehr zu Hause sein. Will dir mal was sagen: Sowie ich befördert werde, führe ich dich aus und lade dich zu einem prima Dinner ein. Du ziehst dein bestes Kleid an und...«

»Ja, Daddy, aber du mußt dich jetzt beeilen. Es ist schon nach sieben.«

Kein Zutrauen. Ihre Stimme, wie die von Vera, schnitt ihm das Wort ab. Schön, sie würde ja sehen. Am Freitag. Freitag würde er das Große Los ziehen.

Am Freitag hastete er zur *Tribune*, sowie er seine Liefertour beendet hatte. Seine Lohntüte enthielt keinen Hinweis auf eine Veränderung. Also... da er doch nun den Stil der *Tribune* gelernt und zwei Wochen als Galeerensklave gedient hatte, war es nicht Zeit, MacGregor an die Beförderung zu erinnern? Das war es, weiß Gott. Er ging zu MacGregors Büro. Die Tür war wie üblich offen. Clarence, der Dicke, stand rechts von MacGregors Tisch, mit gezücktem Notizbuch. MacGregor hielt eine telefonische Konferenz mit dem Verleger der *Tribune* ab. »Ist recht, Mr. Hound. – Ja, Sir. Ganz klar, Mr. Hound. Auf Wiedersehen, Sir.«

Er legte den Hörer auf. Sein Auge erspähte Coffey im Türrahmen. »Kommen Sie rein. Sagen Sie, was Sie auf dem Herzen haben.«

»Ja, Sir. Also, ich habe jetzt zwei Wochen lang Korrekturen gelesen, heute auf den Tag genau.«

»Na und?«

»Sehen Sie, Sir, Sie meinten damals, ich sollte den Stil der *Tribune* lernen, und ich glaube, daß ich den Bogen jetzt raus habe.«

»Schön«, sagte MacGregor. »Freut mich zu hören, daß irrgendeiner in diesem Bummlerparradies arrbeitet. Guten Tag, Coffey.«

»Aber – aber ich wollte mit Ihnen sprechen, Sir, um zu sehen, ob jetzt vielleicht eine Möglichkeit besteht, als Reporter...«

»Wir sind immer noch knapp an Korrektoren, stimmt's, Clarence?«

»Jawohl, Chef.«

»Sehr knapp, was, Clarence?«

»Ja, Sir, sehr knapp.«

Mr. MacGregor sah Coffey an. »Wir haben nicht genug Korrektoren«, sagte er.

»Aber, Sir – ich habe mit dieser Beförderung gerechnet.«

»Sagen Sie ihm, wie viele Leute *Tribune*-Reporter werden wollen, Clarence.«

»Dutzende«, sagte Clarence. »Buchstäblich Dutzende, Mr. Mac.«

»Also, wir sind zur Zeit nicht gerade knapp an Reportern, Coffey. Werrrden sich gedulden müssen.«

»Aber, ich...« Coffey fühlte, wie sein Gesicht glühte. »Ich habe eine Familie, Sir. Ich meine, ich kann meine

Familie nicht auf unbegrenzte Zeit von dem Lohn fürs Korrekturlesen ernähren.«

»Was bekommen Sie denn jetzt?«

»Fünfzig Dollar die Woche, Sir.«

»Ich geb' Ihnen fünfundfünfzig. Und jetzt gehen Sie wieder an Ihre Arrbeit.«

»Vielen Dank, Sir. Ich würde doch lieber befördert werden, Sir. Ich meine, fünfundfünfzig Dollar pro Woche ist immer noch sehr wenig.«

»Haben Sie je im Leben so eine Unverschämtheit erlebt?« fragte MacGregor Clarence.

Clarence sah Coffey schockiert, vorwurfsvoll und verächtlich an. Aber Coffey wich nicht von der Stelle. Ein paar Sekunden verstrichen. »Nun, Sir, ich . . .«

»Bitte, *was*?«

»Ich möchte immer noch wissen, wann ich mit der Beförderung zum Reporter rechnen kann, Sir.«

»Woher, zum Teufel, soll ich das wissen?« brüllte Mac-Gregor. »Wenn ich einen Ersatzmann für Sie gefunden habe, dann! Vielleicht in einer Woche, oder zwei.«

»In zwei Wochen, Sir? Ich meine, ist das versprochen? Andernfalls sehe ich nicht viel Sinn darin zu bleiben.«

»In Orrdnung, zwei Wochen«, sagte MacGregor. »Sie haben mein Worrt.«

»Danke sehr, Sir.«

»Und jetzt schaffen Sie Ihren Arrsch hier raus! Ich habe auch zu arrbeiten.«

»Jawohl, Sir. Und vielen Dank, Sir.«

Noch zwei Wochen. Immerhin, es war besser, als in die hohle Hand gespuckt. Ein kleiner Triumph. Er lief in die Kantine der *Tribune*, aß rasch ein Sandwich, dann rief er Paulie an, um ihr die gute Nachricht mitzuteilen.

»Hör mal, Pet. Die Beförderung, von der ich dir erzählt habe. Wir müssen nur noch zwei Wochen durchhalten.«

»Ist ja prima«, sagte sie mit ungläubiger Stimme. »Daddy, Mammy war heute hier.«

»Wirklich?« Er hatte schon überlegt, wann *das* wohl losgehen würde.

»Ja, sie ist mit mir einkaufen gegangen«, sagte Paulie. »Sie hat zehn Dollar hingelegt, für einen neuen Parka für mich.«

»Aber ich hätte dir doch auch einen kaufen können, Pet. Warum hast du mir nicht erzählt, daß du einen brauchst?«

Paulie ging nicht darauf ein. »Jedenfalls, Mammy will morgen kommen und mich besuchen. Sie will dich auch sehen.«

»Ich hoffe, du hast ihr gesagt, daß wir ganz toll miteinander auskommen, Äpfelchen, ja?«

»Ja, Daddy. Daddy – ich muß jetzt aufhängen. Kessel pfeift.«

Er legte mit fahrigen Bewegungen den Hörer auf. Mit der Erwähnung von Veronica hatte seine Neuigkeit alles Erfreuliche verloren. Ach, was für ein Esel war er gewesen, sich vorzustellen, sie würde Paulie und ihn in Ruhe lassen. Jetzt würde sie dauernd um die Wohnung herumschleichen, hinter seinem Rücken Paulie Geschenke kaufen, mit Grosvenors Geld, das Kind gegen ihn aufhetzen.

Winzige Lichter tanzten vor seinen Augen. Er tastete nach der Tür der Telefonzelle. Eine Sekunde lang wurde alles schwarz um ihn, er taumelte, glaubte zu fallen. O lieber Gott, wenn ihm etwas zustieß, was wurde dann aus Paulie? Keine Lebensversicherung, gar nichts. Sein Kind würde mit den beiden leben, würde diese Sachen mit ansehen müssen.

Ruhig Blut, ermahnte er sich. Nur ruhig. Wenn du so weitermachst, werden sie bald mit einem kleinen blauen Wagen kommen und dich mitnehmen, ja, das werden sie. Ruhig Blut, Selbstbeherrschung! Schlag dir dieses Weib aus dem Kopf, ein für allemal. Du mußt es loswerden.

Aber wie? Sie war immer noch seine Frau, die Mutter seines Kindes. Laß dich scheiden! Laß dir das Sorgerecht übertragen. Laß dich scheiden!

»Paddy?« ertönte eine Stimme. »Was ist mit dir?«

Ohne zu begreifen, blickte Coffey auf, sah Fox an der Theke der Kantine Zigaretten kaufen.

»Bist du krank?« fragte Fox. »Du siehst komisch aus.«

»Nein«, sagte er. Er trat zu Fox an die Theke, krümmte die Finger zu dem alten Abzählspiel. *Das ist die Kirche . . .* Er war krank gewesen, das stimmte. Krank, weil er irgendwie immer noch geglaubt hatte, er werde sie zurückgewinnen. Krank, weil er sie zurückgewollt hatte.

Die Kur war ganz einfach: Scheidung.

»Komm, trink ein Bier«, sagte Fox. »Zahltag. Fühlst dich dann gleich besser.«

»Nicht nötig«, sagte er. »Ich werd' mich bald besser fühlen. Sehr bald.«

Diese Nacht legte er sich in Frieden nieder; er würde schlafen, das war sicher. Doch die elegante Fremde lächelte. Sie saß in einem Restaurant, Zigarettenrauch stieg in Spiralen an ihrem lächelnden Gesicht aufwärts. Coffey, der sie beobachtete, sah, wie sie jemandem ihr Glas hinhielt. Der Ring da an ihrem Finger, das war nicht sein Ring. Der Ring, den er ihr zur Hochzeit angesteckt hatte, war golden; er hatte seiner Mutter gehört. Dieses hier war ein dünner Platinreif, am dritten Finger der Linken, ein

Geschenk, küß die neue Braut! Freunde umgaben die Frischvermählten. Eine ältere Frau beugte sich an der Hochzeitstafel vor und sagte: »War er nicht früher Soldat unter meinem Mann? Und war dann irgendwas in einer Destillerie?« Und die Fremde, die einmal Veronica gewesen war, antwortete: »Nein, er war nur ein gutes Hundchen.« Jemand sagte: »Eine Uniform, nicht zu fassen, und auf der Mütze stand TINY ONES. Ja, Windeln, ganz recht. Er liefert sie uns jede Woche frisch gewaschen ins Haus. Natürlich, nach der ersten Woche habe ich es so eingerichtet, daß ihn immer das Mädchen empfängt. Man will doch die arme Kreatur nicht in Verlegenheit stürzen!« Die Hochzeitsgäste schüttelten voll Mitgefühl die Köpfe und beglückwünschten die Braut ob ihrer Rettung. Sie hielten sie für eine reizende Frau: Sie hatten sie nicht gesehen, wie er sie kannte, nackt und hemmungslos mit all diesen Männern in all den Zimmern. Sie hatten sie nicht vor den Augen von Ehemann und Tochter über die Straße gehen sehen und die Beine zeigen, als sie in den kleinen roten Wagen ihres Liebhabers stieg. In den Augen der Hochzeitsgäste war sie eine Frau, die ihre besten Jahre als Weib eines besseren Sekretärs vergeudet hatte; eine Frau, die sich gerade noch, ehe es ganz zu spät war, gerettet hatte. Sie und ihr neuer Ehemann würden bald mit Madame Pandit Nehru Tee trinken. Sie würden von Louie, dem Premierminister Kanadas, zum Dinner eingeladen werden. Der Premierminister würde um das signierte Original eines G. G.-Cartoons bitten. Am Rande dieser Zeichnung konnte man ein braves kleines Hundchen erkennen.

Er lag im Dunkeln und wartete auf jenes erste trügerische Licht, das sie verbannen und ihm Schlaf bringen würde. Scheidung und dann Frieden haben! Hörst du mich, Vera? Lach nicht! Ich werde mich von dir scheiden lassen.

Doch als am Samstag die Türklingel schrillte und Paulie öffnen ging, wartete Coffey mit trockenem Mund im kleinen Wohnzimmer ihrer Behausung, und sein hoffnungsvolles Lächeln verriet ihn. Und als sie, einen neuen, ihm ungewohnten Hut auf dem Kopf, hereinkam, wurde er noch einmal von einem schmerzlichen Gefühl des Verlustes gepackt. Sieh, wie fremd wir einander sind, wir alle. Sogar Paulie, Paulie, die ihrer Mutter den Mantel abnimmt und ihn in den Schrank hängt und, ganz Gastgeberin, fragt, ob wir etwas Tee möchten.

»Ja, das wäre reizend«, sagte Veronica. Und Paulie, die Dame des Hauses, zog sich zurück, während Veronica, die Besucherin, darauf wartete, unterhalten zu werden.

»Ein bißchen klein, wie?« sagte sie, sich umblickend.

Er antwortete nicht.

»Und wie geht es dir so, Ginger? Ich meine, bei deiner Arbeit?«

Er bemerkte steif, daß er eine Gehaltserhöhung bekommen habe, daß er in zwei Wochen zum Reporter aufsteigen würde. Alles ging großartig, danke der Nachfrage.

»Aber vorderhand lassen dir diese beiden Jobs wohl wenig Zeit für Paulie, oder?«

»Wir kommen schon hin«, sagte er. »Und es ist ja nicht für lange. Wie geht es *dir* denn, Veronica?«

»Oh, mein Job gefällt mir sehr. Die Besitzerin des Ladens spricht französisch, aber ihr Englisch ist recht dürftig. So ergänzen wir uns. Tatsächlich habe ich letzte Woche einschließlich Gewinnanteil über sechzig Dollar verdient. Deshalb habe ich Paulie einen neuen Mantel gekauft.«

»*Ich* hätte ihn auch kaufen können.«

»Sicher, aber du hast es nicht getan, oder? Und außerdem, es macht mir Spaß, Sachen mit meinem eigenen Geld anzuschaffen, Ginger. Nach all diesen Jahren ist es ein herrliches Gefühl, etwas flüssig zu haben.«

Er gab keine Antwort, da Paulie gerade mit dem Teetablett hereinkam. Er bemerkte eine Dose mit einer Keksmischung neben der Teekanne. Veras Lieblingskeks. Hatte Paulie, seit er mit ihr zusammenlebte, ihm je eine seiner Lieblingssüßigkeiten besorgt? Nein, das hatte sie nicht, und wie er ihnen jetzt zuhörte, den weiblichen Stimmen, und die beiden betrachtete, fühlte er sich allein, ausgeschlossen, der plumpe Mann. Hör doch, wie sie schwatzen, als wären sie zwei alte Freundinnen bei einem Wohltätigkeitsbasar; Veronica ließ sich über den dämlichen Hutladen aus, in dem sie arbeitete, und Paulie beglückte sie ihrerseits mit Geschichten über die Lehrer in der Schule; es schien ihr gar nicht klar oder aber völlig gleichgültig zu sein, daß ihre Mutter eine Fremde geworden war, die Paulies Schule überhaupt nichts anging. Während er – die ganze Woche über hatte er gehofft, Paulie werde ihm von ihren kleinen Erlebnissen erzählen. Er hätte mit Vergnügen ihrem Geplapper zugehört.

»Noch etwas Tee, Mammy? Daddy, ob du uns wohl noch heißes Wasser holen könntest?«

Er ging in die Küche und setzte den Kessel wieder auf. Er hielt den Blick darauf gerichtet, und das Wasser kochte nur allzu rasch. Als er das heiße Wasser ins Wohnzimmer zurücktrug, gluckten sie immer noch eng zusammen wie Hühner. Von ihnen unbemerkt, setzte er sich in die andere Ecke des Raumes und wünschte, sie ginge.

Aber nein. Nach zwei weiteren Tassen Tee lehnte Vera

sich bequem im Sofa zurück und zeigte dabei ihre langen, schlanken Beine. Er hatte sich schon früher immer geärgert, daß sie sich so sorglos den Blicken darbot. Sorglos? Wahrscheinlich war es Absicht, schon immer gewesen. Sie blies Zigarettenrauch in die Luft und sagte zu Paulie: »Weißt du, Liebling, ich überlegte mir gerade, ob du nicht deinen Vater und mich ein paar Minuten allein lassen solltest. Daß wir uns kurz unterhalten können.«

»Gut«, sagte Paulie. »Ich muß sowieso noch schnell in das Geschäft unten laufen. Ich seh' dich dann ja noch, wenn ich zurück bin.«

Paulie nahm ihren Mantel und verschwand ohne einen heimlichen Blick zu ihm hin, nichts dergleichen. Und sobald das Mädchen draußen war, setzte die Fremde sich aufrecht hin, schlang die Hände mit den Spitzenmanschetten um ihr Knie, wobei sie zerstreut den Rock zurückrutschen ließ, und sagte: »Ich habe über Paulie nachgedacht. Du und ich, wir müssen zu einer Einigung über sie kommen.«

»Was für eine Einigung?« sagte er.

»Nun, zunächst einmal, was die Ausgaben betrifft: ihre Schulsachen und Kleider und so weiter. Und dann ist da das Problem, daß sie so viel allein sein muß. Ich könnte sie doch abends besuchen?«

»Könntest du?« sagte er säuerlich, immer das leicht pendelnde schmale Bein vor Augen.

»Gewiß. Ich könnte an den meisten Abenden um Viertel vor sechs hier sein, für das Essen sorgen und eine Weile bleiben und...«

Sie erzählte. Er betrachtete die sich bewegenden Lippen, dieselben Lippen, die nachts die haarigen Flanken eines fremden Mannes küßten. Erzählte, gab mütterliche

Laute von sich, dieser Mund da, den er Nacht für Nacht in Begierde aufschreien hörte. Er fühlte, wie sich sein eigener Mund öffnete. Diese Lippen küssen, in diesen weißen Nacken beißen, sie nehmen, jetzt, sie zurückwerfen, die Kleider von dem fremden Körper reißen, den er die ganze Woche lang nicht hatte berühren können.

»Also, was meinst du dazu, Ginger? Hörst du überhaupt zu?«

...

»Ginger? Was ist mit dir?«

Das Tablett klapperte, eine Tasse fiel um, lag auf der Untertasse. Schwerfällig kam er durchs Zimmer auf sie zu, seine Hände packten ihre Schultern, mit seinem ganzen Gewicht drückte er sie aufs Sofa nieder. Er versuchte, sie zu küssen, während er mit einer Hand ihren Rock hochschob und mit der anderen ihre Hände festhielt, die sich gegen ihn stemmten. Er spürte, wie ihre Brust im Kleid freikam, als ein Träger an ihrer Schulter riß, und er hörte sich selbst keuchen beim Bemühen, ihren stoßenden, sich wehrenden Körper zu bändigen.

Ein plötzlicher Schmerz trieb ihm Tränen in die Augen. Er ließ sie los. Sie hatte beide Enden seines Schnurrbarts zu fassen gekriegt und zerrte an ihnen. Sie zerrte sie grausam nach oben, dann abwärts, so daß er vom Sofa wegtaumelte und neben ihr auf die Knie fiel. Seine Hände griffen nach ihren Gelenken, um den Schmerz zu beenden.

»Laß los, Vera. Laß los!«

Sie ließ los. Tränen in den Augen, starrte er sie an, der dumme Schmerz hatte endlich seine Gier verdrängt.

»Bist du verrückt?« sagte sie. »Du hast mir mein Kleid und den BH zerrissen. Mein Gott, Ginger, was ist nur los mit dir? Was fällt dir denn ein?«

Was ihm einfiel? Langsam erhob er sich von den Knien. Sie hatte ihr Kleid vorne aufgeknöpft und suchte nun, eine weiße Schulter entblößt, nach dem Träger ihres Büstenhalters. Das Haar war ihr über die Augen gefallen, und an ihrem Hals war eine rote Strieme, als wäre sie dort gekratzt worden. Als sie, das Kleid ganz aufgeknöpft, eine Brust hob, um den zerrissenen Büstenhalter darüber zu schieben, blickte er mit Anstrengung auf den Teppich nieder. Und die ganze Zeit über schimpfte sie auf ihn ein. »Fällst hier über mich her wie ein Irrsinniger! Und wenn Paulie dich so gesehen hätte? Um Himmels willen, nimm dich zusammen!«

»Entschuldige bitte«, sagte er.

»Ja, entschuldige dich nur. Sieh dir das an. Das Kleid ist auch kaputt. Und ich habe es noch nicht einmal abbezahlt.«

»Grosvenor wird es bezahlen«, brüllte er los. »Laß ihn doch bezahlen!«

»Das reicht, Ginger. Ich bin hierher gekommen, um zu sehen, was ich für Paulie tun könnte. Das gibt dir kein Recht, über mich herzufallen.«

»Kein Recht? Ich bin dein Mann.«

»*Gewesen.* Du dreckiges Schwein versuchst hier, versuchst einfach... Bloß um deine schmutzige Gier...«

Sie weinte, man stelle sich vor. »Ach, hör auf zu wimmern«, sagte er. »Ich möchte wetten, das war nichts gegen das, was dein Liebhaber jede Nacht mit dir macht.«

Sie stand auf, knöpfte ihr Kleid zu, versuchte verstört, sich das Haar glattzustreichen. »Ich bleibe keinen Augenblick länger hier, um mir das anzuhören. Ich will Paulie helfen. Ich bin ihre Mutter, vergiß das bitte nicht. Ich habe ein Recht, ihr beizustehen.«

»Du hast kein Recht«, sagte er. »Geh doch zurück zu deinem Mister Kanadischer Standpunkt. Du hast Paulie im Stich gelassen und mich auch. Ich werde mich von dir scheiden lassen, verstehst du? Und wenn ich das tue, bekomme ich das Sorgerecht für Paulie, verlaß dich darauf.«

Sie stand regungslos da. Nur die Augen in ihrem Gesicht bewegten sich, als sie ihn von oben bis unten betrachtete. Augen, in denen etwas glänzte, was er früher für ihre schlechte Laune gehalten hatte und was, wie er nun wußte, ihr Haß war. »Scheidung?« sagte sie. »Na prima. Ich sehne mich danach genauso wie du. Sogar noch mehr.«

»Wirklich, Vera? Dann kannst du dich ja an den Kosten beteiligen.«

»Gerry wird das erledigen«, sagte sie. »Ich sag ihm, er soll sich mit dir in Verbindung setzen.«

»Warum soll Gerry dafür bezahlen?«

»Weil er mich heiraten will.«

Er blickte auf seine Hände, verschränkte sie zum Abzählspiel. Stimmte das? Würde Grosvenor sie heiraten? Vera hatte sich wieder hingesetzt. Beide hockten schweigend da, als sich ein Schlüssel in der Wohnungstür drehte und Paulie mit einer vollen Einkaufstasche und der Abendzeitung erschien. »Du kommst gerade recht, Pet«, sagte er. »Deine Mutter will aufbrechen.«

»Schon?« Paulie drehte sich ihm zu, und plötzlich blinzelte sie.

Veronica sah das Blinzeln. Sie stand auf, ging zum Schrank in der Diele und zog ihren Mantel an. Dann wandte sie sich um, versuchte, ihre Würde zu wahren, zu lächeln und das zu sagen, was ein Gast so sagt. »Paulie, meine Liebe, du bist ja eine richtige Hausfrau geworden! Alles ist so sauber und ordentlich. Also dann, auf Wiedersehen, Ginger. Auf Wiedersehen, Paulie. Und danke für den Tee.«

Dieses Mal versuchte sie nicht, Paulie zu küssen. Sie öffnete sich selbst die Wohnungstür und sah ihn angelegentlich an. »Gerry wird sich wegen dieser anderen Sache am Montag mit dir in Verbindung setzen. Einverstanden?«

»Einverstanden«, sagte er. Die Tür schloß sich. Er blickte sich im Wohnzimmer um, sog noch einmal den ungewohnten Duft ein, sah die Kekskrümel auf ihrem Teller, die Zigarettenstummel mit dem roten Schminkrand im Aschenbecher. Er trug den Aschenbecher hinaus und öffnete Tür und Fenster, um den Geruch zu vertreiben. In der Fensterscheibe sah er sein Gesicht gespiegelt. Der erbärmliche Betrüger sah ihn prüfend an, erwog die Würdelosigkeit in den Handlungen dieses unseligen Narren. Sieh dich doch an! Hattest du denn keinen Stolz, keine Selbstachtung, daß du über sie herfielst und dich von ihr demütigen ließest?

Er stand und starrte sein Ebenbild an. War dieser Mann da wirklich er selbst?

»Daddy? Was war das mit Grosvenor, und daß er sich mit dir in Verbindung setzen soll?«

Der Spiegelmann beobachtete aus der Fensterscheibe, wie er zum Sofa ging, sich hinsetzte und geistesabwesend in einen mit Creme gefüllten Keks biß, den seine Frau so liebte. Winzige Krümel puderten seinen roten Schnurrbart. »Komm einen Augenblick her, Pet«, sagte er. Er wartete, bis Paulie neben ihm auf dem Sofa saß. »Deine Mutter und ich, wir werden uns scheiden lassen.«

»Aber Katholiken dürfen sich doch nicht scheiden lassen, Daddy!«

Er seufzte. »Deine Mutter und ich, wir sind keine richtigen Katholiken mehr. Das weißt du doch.«

»Ach so.«

»Sieh mal«, sagte er. »Grosvenor möchte deine Mutter heiraten. Und sie will ihn heiraten.«

Paulie glitt vom Sofa, setzte sich zu seinen Füßen auf den Boden und schlang die Arme um seine Knöchel. Es war eine so seltene, kostbare Geste, daß er nicht wagte, ihr zu sagen, er verdiene sie nicht. »Mach dir nichts draus, Daddy«, sagte sie. »Ich kümmere mich schon um dich.«

Ungeschickt strich seine Hand über ihren Kopf. »Macht dir das auch wirklich nichts aus?«

»Natürlich nicht, Daddy.«

Er berührte ihr blasses Gesicht. Sie liebte ihn, ja, sie hatte ihn lieb. Sie gehörte ihm, nicht Vera; sein eigenes, einziges Kind. War das nicht genug für einen Mann, war das nicht ein Sieg? Er mußte sich dieser Liebe würdig erweisen. Aber noch während er das beschloß, bekam er Angst. Wie konnte er sich ihre Liebe erhalten, ohne ihr dies oder das zu versprechen? Voller Angst fing der blöde, erbärmliche Betrüger an zu reden. »Oh, Pet«, sagte der Betrüger. »Wir werden es herrlich haben miteinander, das verspreche ich dir. Du wirst schon sehen, Pet, warte nur ab, du wirst schon sehen.«

»Ja, Daddy.« Aber warum drehte sie den Kopf zur Seite, weg von seiner Berührung? Ach ja, lieber Gott. Auch sie hatte genug von seinen Versprechungen.

10

Montag sollte Grosvenor von sich hören lassen. Coffey
nahm an, das bedeutete einen Telefonanruf. Doch als er an
diesem Nachmittag um vier Uhr seinen TINY ONES-Liefer-
wagen ins Depot zurückfuhr, parkte Grosvenors kleiner
roter Sportwagen vor Mr. Mountains Büro. Sein erster
Gedanke war: Grosvenor durfte ihn nicht in dieser Uniform sehen. An dem kleinen Auto vorbei lenkte er den
Lastwagen bis zum äußersten Ende des Hofes. Er stieg auf
der anderen Seite aus und schlich sich, gedeckt von der
Reihe parkender Fahrzeuge, zum Umkleideraum zurück.
    Etwa zwanzig Schritte vom Umkleideraum entfernt
hatte er keine Deckung mehr. Er stand gebückt hinter
einem Lastwagen und überlegte, wie er am geschicktesten
vorging, als ein Schritt hinter ihm ihn herumfahren ließ.
    »Hallo, Ginger. Ich dachte doch, daß du das bist.«
    Glühend vor Wut und Demütigung, tat Ginger sinn-
loserweise so, als habe er seine Schuhe zubinden wollen.
Dann richtete er sich auf, unfähig, Grosvenor ins Gesicht
zu sehen, und wandte sich zum Umkleideraum. »Ich hab's
eilig«, sagte er. »Muß mich umziehen.«
    »Ich komme mit, wenn ich darf.« Ohne die Erlaubnis
abzuwarten, folgte Grosvenor Coffey über den Hof in das
Zimmer mit den vielen Schränken, wo verschiedene andere Fahrer der Tagschicht ihre Zivilkleidung anzogen.
»Ich bin hierhergekommen, um dich sicher zu erwischen.
Es ist zur Zeit schwer, dich zu treffen.«

202

Ohne an eine Antwort denken zu können, riß Coffey sich die Uniform herunter und stand im Hemd da; seine Beine fielen in den roten Unterhosen, die man den Fahrern zur Verfügung stellte, fürchterlich auf. »Ich wollte mit dir wegen der Scheidung reden«, sagte Grosvenor. »Veronica meint, du bist bereit, die Sache hinter dich zu bringen. Ich finde, das ist sehr klug von dir.«

Die anderen Fahrer hörten zu. »Würde es dir etwas ausmachen, dein Maul zu halten und nicht von meinen privaten Angelegenheiten zu reden, bis wir hier heraus sind?« flüsterte Coffey wütend.

»Oh – entschuldige!«

Mit vor Zorn fahrigen Bewegungen knöpfte Coffey seine Unterwäsche auf und stand nackt vor seinem Gegner; er mußte daran denken, daß er sich Grosvenor jede Nacht nackt vorstellte. Eilig schlüpfte er in seine eigenen Sachen.

»Vielleicht können wir, wenn du soweit bist, irgendwohin gehen und etwas trinken?«

»Du kannst mich zur *Tribune* fahren«, sagte Coffey, »aber ich denke nicht daran, mit dir zu trinken.«

»Tut mir leid, daß du das so siehst, Ginger.«

Coffey gab keine Antwort. Er zog sich fertig an und ging dann über den Hof, um die Liste über den heutigen Eingang abzugeben. Als er wieder aus dem Büro kam, wartete Grosvenor in dem kleinen roten Wagen auf ihn, mit einladend offener Tür. Er stieg ein und setzte sich, wobei ihm die Knie fast an die Brust stießen, und gleich fiel ihm wieder ein, wie sie an jenem schrecklichen Tag ihre Beine entblößt hatte. Es war nicht absichtlich geschehen. In diesem Wagen konnte sie gar nicht anders als ihre Beine zeigen. Er hatte unrecht gehabt.

Unrecht. Grosvenor ließ mit lautem, dumpfen, Röhren den Motor anspringen. Sie schossen durch das Tor von TINY ONES und auf die Straße hinaus.

»Was wir klären müssen«, sagte Grosvenor, »ist, wer als der schuldige Teil gelten soll. Du wirst natürlich der Meinung sein, das müßte sie sein. Aber wenn Veronica der schuldige Teil ist, wird die Scheidung nicht so einfach über die Bühne gehen. Unsere kanadischen Scheidungsgesetze...«

»Hör um Gottes willen auf, Vorlesungen zu halten!« sagte Coffey. »Sag mir, wie es am schnellsten geht.«

»Der einfachste Weg ist, eine Ehebruchszene zu stellen«, sagte Grosvenor. »Ich kenne einen Anwalt, der macht solche Dinge. Die sorgen für alles. Mädchen, Detektiv, alles, was dazugehört. Du gehst mit dem Mädchen in ein Hotel, eine halbe Stunde später kommt der Detektiv ins Zimmer. Der Fall wird vor dem Scheidungsgericht in Ottawa verhandelt. Ein Kinderspiel.«

»Und Vera bekommt das Sorgerecht für Paulie zugesprochen«, sagte Coffey. »Nein, vielen Dank!«

»Nein, nein«, erwiderte Grosvenor. »Vera und ich wollen doch heiraten und selbst Kinder haben, wenn möglich. *Ich* jedenfalls will ganz bestimmt keine vierzehnjährige Tochter.«

Unwillkürlich legte Coffey den Finger in die Mitte seines Schnurrbarts, wo die beiden Enden sich teilten. Wollte sie deswegen Grosvenor heiraten? Um die Kinder zu bekommen, die sie beide nicht gehabt hatten?

»Da ist noch etwas, worüber wir gesprochen haben«, sagte Grosvenor. »Die Scheidungskosten. Veronica meint, daß es nur fair ist, wenn wir diese Kosten tragen, da du ja die Verpflichtung mit Paulie hast. Ich bin ihrer Meinung.

Schließlich geht es dir im Augenblick auch nicht gerade blendend. Es wäre nicht fair, dir gerade jetzt noch eine zusätzliche finanzielle Last aufzubürden.«

Mit rotem Gesicht starrte Coffey auf das Armaturenbrett des Wagens. Die Nadel des Drehzahlmessers zuckte hin und her, wick, wack, von einer Seite zur anderen. Sie zuckte von ihm zu Grosvenor, von Grosvenor zu ihm, erzählte jedem, was sie wußte. Der arme Ginger ist zu schlecht dran, um zahlen zu können, weißt du. Also, Gerry, wenn du das mit ihm bereden willst. Und dann sag mir, wie er es aufgenommen hat.

Letzte Nacht hatte er bis zum Morgengrauen nicht geschlafen. Letzte Nacht hatte er sie beobachtet, wie sie mit Grosvenor im Bett lachte und ihm die köstliche Geschichte von dem armen Ginger erzählte, der versucht hatte, sie zu vergewaltigen. Und Grosvenor hatte ebenfalls gelacht. Grosvenor, der hier neben ihm saß, kannte vermutlich jeden geheimen Gedanken, jede Handlung, die er Vera in fünfzehnjähriger Ehe anvertraut hatte. Miststück!

»Einverstanden«, sagte Coffey mit rauher Stimme. »Ich will sie nur loswerden. Du bezahlst die Scheidung, und ich mache die Zielscheibe. Wann können wir's durchziehen?«

»Wie wäre es mit Samstag nacht?« sagte Grosvenor. »Du arbeitest Samstag nacht nicht, sagt Vera.«

Coffey nickte nur. »Wo?« sagte er. »Und wie?«

»Es gibt da ein Hotel, das heißt Clarence, dort nimmt man es nicht allzu genau. Ich werde versuchen, es mit dem Anwalt für Samstag nacht zu arrangieren. Du gehst um zehn Uhr hin. Ich werde es so einrichten, daß ein Mädchen in der Halle auf dich wartet. Der Detektiv kommt dann später.«

»Nicht viel später«, sagte Coffey. »Ich möchte um Mitternacht zu Hause sein. Ich muß an meine Tochter denken.«

»Natürlich. Es wird alles in allem nicht länger dauern als eine Stunde. Ich rufe dich noch an und gebe dir die Einzelheiten durch. Okay?«

Wieder nickte Coffey. Den Rest des Weges legten sie schweigend zurück. Als sie bei der *Tribune* anlangten, streckte Grosvenor die Hand aus und legte sie auf Coffeys Knie. Coffey starrte die Hand an. Es war eine sehr weiße Hand, mit sehr schwarzen Haaren auf dem Rücken. Er sah die haarigen Flanken vor sich, die sie in jenen nächtlichen Szenen küßte. Rasch zog er das Knie weg.

»Ich wollte mich nur bedanken«, sagte Grosvenor. Es klang gekränkt.

Zum ersten Mal, seit er in den Wagen gestiegen war, blickte Coffey Grosvenor voll ins Gesicht. Es war ein gewöhnliches Gesicht. Noch vor einem Jahr hatte er nichts von seiner Existenz gewußt, und doch war es seinem eigenen jetzt durch eine Gemeinsamkeit verbunden, die stärker war als Bruderschaft, eine Intimität, die er mit seinem wirklichen Bruder nie geteilt hätte.

Welche Alchimie von Wünschen und Begierden brachte Grosvenor dazu, einem verbitterten Ehemann gegenüberzutreten und mit ihm über die Einzelheiten seiner Scheidung von Veronica zu diskutieren? Was brachte ihn dazu, für diese Scheidung zu bezahlen, die Frau eines anderen Mannes zu heiraten, eine Frau, die älter war als er selbst? Coffey wußte es nicht. Er wußte nur, daß es die gleiche heftige Krankheit war, die plötzlich, nach fünfzehn Ehejahren, seine eigene Begierde hatte wiederaufflammen lassen, so daß er bereit war, jede Dummheit zu begehen. Er konnte Grosvenor nicht hassen, denn Grosvenor würde

206

seinerseits das gleiche weibliche Ritual von Vertrauen und Betrug erleiden. Er empfand Mitgefühl für Grosvenor. Er selbst war geheilt von seiner Krankheit: Grosvenor hatte sie geerbt.

»Auf Wiedersehen«, sagte er und streckte die Hand aus.

Überrascht ergriff Grosvenor sie und schüttelte sie. »Bis Samstag also?« fragte er.

»Bis Samstag.«

Nach dieser Entscheidung ging Coffey in der Überzeugung zu Bett, daß sein Fieber endgültig vorüber war. Er legte sich schlafen und schlief. Traumlos. Am Morgen hörte Paulie ihn in der Küche singen.

»Da ist aber jemand gut in Form«, sagte sie, als sie hereinkam, das Haar auf Lockenwickler gedreht und ihre Zahnbürste in der Hand.

Immer noch singend, wendete Coffey ein Ei in der Pfanne. »Warum nicht?« sagte er. »Jetzt sind es keine zwei Wochen mehr, Pet. Ich denke so drüber nach, was ich wohl für einen Journalisten abgeben werde. Ich frage mich, werden sie mich weit wegschicken? Das ist das Großartige bei diesem Beruf, du weißt nie, wo du dabei landest. Man ist da so ziemlich sein eigener Herr, verstehst du? Tja, da sieht man's mal wieder, nicht wahr?«

»Was sieht man?« fragte Paulie.

»Daß das alte Sprichwort stimmt. Wenn die Nacht am dunkelsten ist, beginnt die Dämmerung. Das mußt du dir immer ins Gedächtnis rufen. Hoffnung, das ist's, was du brauchst. Solange man hofft, lebt man.«

»Da ist jemand in sehr philosophischer Stimmung heute morgen.«

»Und warum auch nicht? Weißt du, woran ich noch

gedacht habe, Pet? An den anderen alten Spruch: Es ist nicht gut, daß der Mensch allein sei. Weißt du, das ist ziemliches Gequatsche. Immer war der Mensch allein, und je eher er dieser Tatsache ins Auge sieht, desto besser.«

»Heißt das, du willst mich loswerden?« fragte Paulie.

»Nie im Leben!« Er küßte sie auf die Stirn, an der noch Cold Cream klebte. »Übrigens«, sagte er. »Daß ich's nicht vergesse. Ich muß Samstag nacht weg. Und ich werde kaum vor Mitternacht wieder zu Hause sein.«

»Aber das paßt wunderbar«, sagte Paulie. »Ich wollte sowieso ein paar von meinen Freunden einladen. Vielleicht könntest du ein bißchen früher gehen und uns die Wohnung überlassen?«

Gewiß, er konnte ja ins Kino gehen, dachte er. Ach, er war nicht so wie manche Menschen: Er wußte, daß Kinder es haßten, wenn Erwachsene bei ihren Parties herumstanden. »Gute Idee«, sagte er herzlich. »Das werde ich machen. Mir einen Film ansehen, oder irgend so etwas, und dir das Feld überlassen.«

Als er am Freitag von seiner TINY ONES-Tour zurückkam, händigte Mr. Mountain ihm eine Nachricht aus, die im Lauf des Tages eingetroffen war: er möchte Mr. Grosvenor vor sieben Uhr anrufen. Also rief Coffey, sowie er im Gebäude der *Tribune* angekommen war, Grosvenor in dessen Wohnung an.

»Ginger? Sehr gut, ich hatte schon versucht, dich zu erreichen. Es ist alles klar für morgen nacht. Du müßtest um Viertel vor zehn ins Clarence gehen, und zwar an die Bar, und da wird ein Mädchen sein, das trägt einen grünen Mantel und eine schwarze Pelzmütze. Sie heißt Melody Ward. Hast du das alles mitgekriegt? Melody Ward. Trink etwas mit ihr und geh dann mit ihr nach oben. Um zehn Uhr vierzig bekommt ihr Besuch. Und, Ginger – du brauchst nicht einmal die Hotelrechnung zu bezahlen. Dafür ist gesorgt.«

»Nicht mehr als recht und billig«, sagte Coffey und hängte auf. Er kam sich vor wie ein Mann in einem Thriller. Es war kein bißchen schmutzig, es war ein Abenteuer. Melody Ward. Er ertappte sich sogar bei der Überlegung, ob sie wohl hübsch war. An Veronica dachte er nicht. Denn mit alldem war er fertig, und zwar endgültig. Er war geheilt.

Am Samstagabend kehrte er in glänzender Laune von seiner Tour zurück. Um halb acht war er mit seinem Essen fertig; fest entschlossen, nett zu sein, zog er Mantel und Hut an und ging aus, um den Kindern die Wohnung zu überlassen. Paulie sagte er, er würde etwa um zwölf wieder zu Hause sein.

Es war ein klarer, kalter Abend, spannungsgeladen, Erwartungen weckend. Als Coffey im Zentrum aus dem Bus stieg, verschluckte ihn sofort der Trubel des Samstagabendrummels. Neonlichter warben, versprachen Vergnügungen, vollführten Tricks. Ein Schotte aus Neonlicht tanzte in seinem Kilt über einem Bekleidungsgeschäft, ein komisches Hühnchen steckte immerzu den Kopf in das Q von Bar-B-Q und zog ihn wieder heraus, ein Neon-Hokkeyspieler schwang seinen Schläger über dem Eingang einer Kneipe. Unter den strahlenden, millionenwattstark erleuchteten Decken der Vorhallen zu den großen Kinopalästen trippelten erwartungsvolle Mädchen unruhig hin und her, in Erwartung ihrer Kavaliere; und sie wirkten verkleinert und unbedeutend inmitten all der riesigen Plakate, die die laufenden Attraktionen anpriesen. Einsame Jünglinge blickten auf ihre Armbanduhr und sogen hastig an einer Zigarette, oder sie überprüften ihre mit Brillantine in Form gebrachte Tolle in den Spiegeln der Tageskasse. Und indem Coffey, langsamer als die Menschenmenge, dahinschlenderte, unentschieden, was er tun solle, geriet er in den Sog eines Vorstellungswechsels und wurde in einen dieser Eingänge geschwemmt. Unschlüssig stand er unter den unzähligen Lampen, beobachtete, wie die erwartungsvollen Mädchen lächelten und in plötzlichem Erkennen winkend die Hand hoben, wie die Burschen ihre Zigaretten ausdrückten und vorstürzten: Er sah, wie es die Welt zu Paaren trieb, wie sie zueinander fanden und zu zweit weitergingen.

Und wie er so stand und schaute, kratzte er sich unwillkürlich in der Mitte des Schnurrbarts, empfand eine ungewisse Traurigkeit. All die Tausende, die einander trafen, aber er war allein. Samstagabend, und sie kamen zu Tausenden, um zu lachen, zu tanzen, Hand in Hand im Dunkeln zu sitzen, auf eine bunt flimmernde Leinwand zu starren, sich gemeinsam zu vergnügen. Während er die Zeit abwarten mußte, worauf er dann irgendeine unbekannte Frau in einer fremden Bar treffen, die Fremde in ein unbekanntes Zimmer begleiten und sich vielleicht sogar mit ihr auf ein Bett legen würde, um eine Intimität vorzutäuschen, die er mittlerweile mit niemandem mehr teilte. Und wenn das vorüber war, hatte er niemanden mehr; nicht einmal Paulie. Denn Paulie hatte ihn heute abend vor die Tür gesetzt, damit sie mit anderen jungen Leuten lachen und tanzen und Musik hören konnte.

Er hatte niemanden. Er war dreitausend Meilen von seiner Heimat entfernt, jenseits eines halben vereisten

Kontinents und des ganzen Atlantischen Ozeans. Nur ein Mensch in dieser Stadt, ein einziger Mensch auf der Welt kannte ihn jetzt wirklich: kannte den Mann, der er einst gewesen, und den, der er jetzt war. Ein Mensch auf der ganzen Welt, der vor fünfzehn Jahren in der Kirche des heiligen Patrick in Dalkey mit einem weißen Schleier neben ihm gestanden und gelobt hatte, in guten und in bösen Tagen, in Krankheit und Gesundheit, bis daß der Tod... Ein Mensch hatte ihn gekannt; jedenfalls weitgehend. Würde ihn noch einmal ein Mensch so kennen?

Schluß jetzt, genug davon, tu endlich etwas!

Er ging zu dem kleinen Glaskasten, in dem die Kassiererin saß, legte einen Dollar in die Öffnung. Die Kassiererin drückte auf einen Knopf, und eine Aluminiummaschine spie eine Eintrittskarte für ihn aus. Die Kassiererin gab Wechselgeld heraus, indem sie eine andere Maschine betätigte. Eine Münze fiel in die kleine metallene Schale. Er nahm sie an sich. So ging es zu auf dieser Welt. Du siehst jemanden in einem Glaskasten, gehst zu ihm hin, tauschst etwas aus, aber nie kommt es zu einer Berührung. Nun hör aber auf. Genug davon, hab' ich gesagt!

Hinter dem Zuschauerraum, von einer Samtkordel zu einer Zweierreihe geordnet, warteten Leute. Die Platzanweiserin, ein Mädchen, das kaum älter als Paulie war, kam auf ihn zu. »Einen Einzelplatz, der Herr? Wir haben noch etwas in den ersten sechs Reihen frei.«

Irgend etwas war mit ihr: ach ja, der Akzent klang nicht kanadisch. Er lächelte ihr zu, angezogen von der Gemeinsamkeit der Einwanderer, und folgte ihr von dem hellerleuchteten Vorraum in die Dunkelheit des Kinos. Armes Kindchen. Ihr Schulterblatt drückte sich scharf durch den kastanienbraunen Stoff der Uniform. Neu-Kanadier:

Tausende wie sie kamen jedes Jahr hierher, Tausende fingen ganz von unten wieder an, in bescheidensten Verhältnissen. Man hörte viele solche Geschichten: Rechtsanwälte, die gezwungen waren, als Kassierer zu arbeiten, Ärzte als Laborassistenten, Lehrer als Lastwagenfahrer. Und trotzdem kamen immer wieder neue, aus jedem Land Europas, und fuhren in den alten Waggons aus den Kolonistenzeiten bis in die entferntesten Gebiete dieses kalten, abgelegenen Staates. Warum taten sie das? Um ihrer Kinder willen, hieß es. Na bitte, fuhr er jetzt nicht auch einen Lieferwagen um seiner Tochter willen? War er nicht einer von ihnen? War er nicht auch ein Mann, der hier immer ein Fremder bleiben würde, nie ganz heimisch in diesem Land, in dem er nicht aufgewachsen war? Ja, auch er gehörte dazu.

Die Taschenlampe des Mädchens wies auf eine fast leere Reihe, dann senkte sich der Lichtstrahl, wartete, bis er seinen Platz eingenommen hätte. Er wollte stehenbleiben, sie am Arm nehmen, sie zurück in das Licht der Vorhalle führen und sagen: »Ich bin auch ein Einwanderer.« Und dann hätte man Eindrücke, Erinnerungen austauschen und sich die Dinge erzählen können, die Einwanderer sich zu sagen haben. Doch das Licht der Taschenlampe erlosch. Er sah sie nicht länger. Er setzte sich, geblendet von den riesigen Farbbildern auf der Leinwand vor ihm. Er blickte sich um. Hier saßen die Einzelgänger. Manche schliefen, manche waren in trübe Betrachtung der meterlangen Beine versunken, die die Filmriesin da vorne durch die Luft schwang, und andere wieder verschmähten ihren Anblick und sahen sich, wie er, in der Hoffnung auf einen Blick, ein bißchen Gemeinschaft nach den Besuchern im Halbdunkel um.

Wie lange war es her, daß er in so einem Raum gesessen hatte? Jahre, so kam ihm vor. Doch er erinnerte sich: lange Schulnachmittage hatte er in den Kinos abseits der O'Connell Street geschwänzt, tief in seinen Sitz gedrückt, aus Furcht, irgend jemand könnte ihn erkennen und es seinen Eltern sagen. Und später, als er studierte, die einsamen Samstagabende auf den billigen Sitzen im ersten Parkett, und die Hoffnung, daß ein Produkt aus der amerikanischen Traumfabrik für eine Weile sein Elend bannte, die Misere, daß er kein Mädchen hatte und keinen Ort, wo er hingehen konnte. Denn wenn er Veronica jetzt verlor, wer würde ihn noch haben wollen, einen Mann von fast vierzig Jahren mit einer erwachsenen Tochter am Hals? Würde er nicht auch hier unter den Einsamen enden?

Genug, genug. Er bemühte sich, dem Film zu folgen, doch das gefilmte Amerika überzeugte ihn nicht mehr. Er konnte an dieses Amerika nicht glauben, von dem die halbe Welt auf den dunklen Parkettsitzen der Kinos in den Städten und Dörfern, die eine halbe Welt entfernt waren, träumte. Was hatten diese Bilder mit seinem wirklichen Amerika gemein? Denn Kanada war Amerika; der Unterschied nur eine Linie auf einer Landkarte. Was hatten diese Hollywood-Träume mit den Lebenstatsachen in einer kalten Neuen Welt zu tun?

Um halb neun ging er, unfähig, sich den Film länger anzusehen, in die Vorhalle hinaus und setzte sich dort hin, um so lange zu warten, bis er ins Clarence-Hotel gehen konnte. Um dort ein Mädchen in grünem Mantel und schwarzer Pelzkappe zu treffen. Er dachte an sie, diese Miß Melody Ward. Wie viele ihrer Klienten gingen tatsächlich mit ihr ins Bett? Berechnete sie einem das extra?

Darüber mußte er lächeln. Teufel auch, es wäre ein Riesenjux, Grosvenor dafür blechen zu lassen.

Um neun Uhr fünfzehn verließ er den Kinopalast und bummelte in Richtung Windsor Street. Er dachte an Veronica und überlegte, ob sie wohl jetzt, wo er daranging, ein Ende zu machen, auch an ihn dachte. Und wenn sie jetzt an ihn dachte, fühlte sie dann nicht auch wie er, empfand sie nicht ein Bedauern, daß es heute nacht endete, nach all den Jahren? Bestimmt empfand sie Bedauern, entschied er. Jeder würde das tun.

Das Clarence war ein kleines Hotel gegenüber dem Hauptbahnhof der Canadian Pacific Railway. Die Neonschrift über dem Seiteneingang lautete *Montmorency Room*, und ein Aushang mit Fotos von leichten Mädchen verhieß pausenlose Unterhaltung. Er ging hinein. Die Hotelhalle lag rechts und enthielt nichts weiter als einen Empfangsschalter mit Rauchwaren und drei Sessel, die zum Straßenfenster ausgerichtet waren. Am Schalter stand ein Angestellter, der während der Nacht als Empfangschef fungierte, und in den Sesseln saßen drei alte Männer und starrten durchs Fenster auf das Schneetreiben und den Verkehr. Links, im Montmorency Room, sang eine blasse Frankokanadierin ein sentimentales Cowboylied, und acht vor sich hin trinkende Männer hörten zu. Coffey trat ein, setzte sich an ein Tischchen und bestellte einen Rye. Kein Mädchen in grünem Mantel und schwarzer Pelzkappe ließ sich blicken. Er war ganz froh darüber. Das Ganze war doch völlig bekloppt. Warum sollte er sich überhaupt darauf einlassen? Fremd oder nicht: Veronica war seine ihm angetraute Frau. Seine, nicht die von Grosvenor. Warum sollte Grosvenor sie bekommen? Warum sollte gerade er, Coffey, allein bleiben?

Doch die Uhr der Bar zeigte neun Uhr siebenunddrei-
ßig, und es war jetzt zu spät, Grosvenor anzurufen und
alles abzublasen. Das Mädchen mußte jeden Moment erscheinen, der Detektiv war vermutlich auch schon unterwegs, der Rechtsanwalt hatte alles vorbereitet.

Und – und sein Leben lang hatte er Szenen gehaßt, hatte
es gehaßt, Theater zu machen. Es war jetzt zu spät, viel zu
spät, um noch etwas zu ändern, denn – denn in dem
Augenblick kam das Mädchen herein. Ja, sie trug den
grünen Mantel und die schwarze Pelzkappe. Sie trat an die
Bar, sprach mit dem Barmann, dann drehte sie sich um und
blickte in die Runde. Sie sah ihn an. Und weiß Gott, sie
war nicht der Typ, der mit sich spaßen ließ. Sie war groß,
hübsch und knallhart. Und sie kam geradewegs auf ihn zu!

»Sie sind Mr. Coffey, nicht wahr?« sagte sie.

»Ja.« Und er stand auf.

»Der Schnurrbart«, erklärte sie. »Man hat mir gesagt,
ich soll danach Ausschau halten.«

Ja, meinte er, und ob sie nicht bitte Platz nehmen wolle.
Und was sie trinken möchte? Einen Brandy? Er rief den
Kellner. Unter dem Tisch verschränkte er die Finger ineinander. *Das ist die Kirche* – Wie kam er nur wieder heil aus
dieser Sache heraus? *Und das ist der Kirchturm* – Denn sie
war nicht der Typ, der ihn so ohne weiteres davonkommen
lassen würde – *Nun öffne das Tor –*, sah auch noch gut aus,
unter anderen Umständen hätte er gar nichts dagegen…

Der Kellner brachte den Brandy, und Coffey zahlte.
Die Frankokanadierin sang ein Chanson über Parii, Parii.
Das Mädchen schlürfte den Brandy und hörte dem Lied
zu. *Und hier kommt der Pfarrer die Treppe herauf.* Zu
spät, nicht wahr? Natürlich zu spät. Außerdem, nicht er
hatte diese Idee gehabt, sondern Grosvenor, es war alles

Grosvenors Schuld . . . *Und hier tritt der Pfarrer* – Grosvenors Schuld. Er erinnerte sich, wie er im Ritz gesessen hatte, die Hände wie jetzt zum Auszählspiel verschränkt. Es fiel ihm ein, was Veronica im Ritz gesagt hatte: Gerrys Schuld? Natürlich nicht deine. Es ist ja nie deine Schuld, Ginger, nicht wahr?

Er löste die Hände voneinander und blickte nervös zu dem Mädchen hin. Was für ein Mann würde sich wohl mehr Gedanken darüber machen, eine fremde Hure zu kränken, als darüber, seine Frau zu verlieren? Ach, lieber Gott. Ein Mann, der eines Nachts, aus Furcht vor einer Szene, bereit gewesen war, von Grosvenors Wohnungstür wegzulaufen, und der dann nur geklingelt hatte, weil ein völlig Fremder ihm einen mißtrauischen Blick zugeworfen hatte. Der erbärmliche Betrüger, der jetzt, als er sah, wie Miß Melody Ward die Hände hob, um der Sängerin zu applaudieren, ebenfalls klatschte.

Die Sängerin verbeugte sich und verschwand hinter einem Vorhang. Das Deckenlicht flammte wieder auf. »Na?« sagte das Mädchen und stellte das Glas auf den Tisch. »Ich glaube, wir gehen besser hinauf, wie?«

Wer war er, von guten und schlimmen Zeiten zu reden, bis daß der Tod euch scheidet? Er, der vor einer halben Stunde daran gedacht hatte, mit dieser fremden Hure ins Bett zu steigen, nicht etwa an seine fünfzehn Ehejahre? Wer war er, Veronica zu verurteilen?

Miß Melody Ward erhob sich. Sie schritt vor ihm her durch den Raum und wartete in der Halle auf ihn. In den spiegelnden Fensterscheiben beobachteten die drei Alten, wie er zu ihr trat.

»Okay«, sagte sie. »Jetzt tragen Sie uns als Mr. und Mrs. ein. Und zwar unter Ihrem richtigen Namen, ja? Aber geben Sie eine Adresse in einer anderen Stadt an, zum Beispiel Toronto, hm? Und spielen Sie den Besoffenen, dann erinnert sich der Angestellte besser an Sie.«

Plötzlich geriet seine ganze, zitternde Würde durch ein hartnäckiges Stottern in Gefahr: »Nn-nein«, sagte er, »nein – ich – ich kann nicht.«

»Na, na«, sagte sie. »Nur keine Angst.«

Er vermied ihren Blick, sah auf die Vierecke aus Linoleum, die den Fußboden der Halle bedeckten.

»Nun, hören Sie mal zu«, sagte sie. »Das passiert dauernd, so etwas. Viele Burschen sind nervös, also, was soll's? Ich meine, Sie brauchen ja gar nichts zu tun, oder? Ich meine, wir gehen einfach rauf und trinken etwas zusammen im Zimmer, und dann nehme ich eine Dusche. Wenn dann der Mann von dem Anwalt kommt, bin ich unter der Dusche.«

Die drei alten Männer saßen schweigend in ihren Sesseln, mit starren, leeren Gesichtern, in der Haltung von Menschen, die heimlich lauschen.

»Also los«, sagte sie. »Ich fresse Sie schon nicht auf.«

Wenn sie nur wüßte: mitkommen wäre so einfach. Sie warteten ja alle darauf, daß er es tat: das Mädchen, der Detektiv, der Mann vom Empfang, Veronica. Alle versuchten, ihn dazu zu bringen.

»Nein«, sagte er. »Ich gehe nach Hause.«

»Jetzt machen Sie aber einen Punkt!« Miss Melody Wards Stimme kletterte empor, wurde schrill und drohend. »Was stellen Sie sich eigentlich vor? Was? Da komme ich den ganzen langen Weg hierher, hab' auch noch eine andere Verabredung abgesagt, und nun...«

»Sie bekommen Ihr Geld«, sagte er. »Gute Nacht.«

Und wandte sich ab, seine militärische Haltung fiel

völlig in sich zusammen, als er, unter dem neugierigen Blick des Mannes am Empfang und dem Geäuge und Geflüster der alten Männer, auf die rettende Zuflucht der Hoteltür zustürzte. Draußen stand er einen Augenblick lang im Matsch des Rinnsteins und hob das Gesicht zum Himmel. Schnee fiel, benetzte seine Wangen. Er fühlte, wie sein ganzer Körper zitterte. Ja, das *war* ein Sieg.

Er ging heimwärts. Er hatte Paulie versprochen, wegzubleiben, bis ihre Party vorbei war, aber in seiner Siegesstimmung vergaß er das alles. Irgendwie mußte er Veronica zurückgewinnen. Das war alles, woran er jetzt denken konnte. Und so blieb er um zehn Uhr fünfzehn ein paar Sekunden vor seiner Wohnung stehen, während von drinnen das laute Rockabilly-Gedudel zu ihm drang, das Paulie so liebte. Er zögerte, aber war er hier nicht genauso zu Hause wie sie, Herrgott nochmal? Warum sollte er in dieser Nacht nicht gleich zweimal den Stier bei den Hörnern packen? Er schloß auf und trat ein.

In dem winzigen Wohnzimmer waren die Möbel an die Wand gerückt worden; zwei Jungen tanzten Wange an Wange mit zwei Schulfreundinnen von Paulie. Die Mädchen kannte er; wie Paulie waren es Kinder, die so taten, als wären sie schon Frauen, die kindlichen Körper mit tief ausgeschnittenen Blusen und wippenden Röckchen herausgeputzt; die Gesichter von Lippenstift und Wimperntusche unnatürlich gealtert.

Die Jungen waren älter. Sie trugen lederne Windjacken, Cowboyhemden, Schnürsenkelkrawatten. Ein eigenartiger Haarschnitt und viel Pomade gaben ihnen das Aussehen nasser Seevögel. Wo war Paulie?

Er drehte sich um. In dem kurzen Schlauch von Küche sah er einen dritten Seevogel, dessen Gesicht, mit ge-

schlossenen Augen, ihm zugewandt war und dessen
Hände sich an Paulies Körper zu schaffen machten; die
eine lag an ihrer schmalen Schulter, die andere tiefer am
Rücken, und beide preßten Paulies Brüste dicht an den
Oberkörper des Jungen. Paulies Körper bewegte sich im
Rhythmus der Musik, aber ihre Füße standen still. Mit
geschlossenen Augen, das bleiche Gesicht der Lampe ent-
gegengereckt, wiegte sie sich auf der Stelle und rieb ihren
Körper gegen den des Jungen.

Coffey trat mit drei großen Schritten in das Wohnzimmer und schlug den Tonarm des Plattenspielers aus der
Rille. Augen öffneten sich. Die Tänzer blieben stehen. In
der Stille kratzte die Nadel über den Plattenrand, glitt
immer wieder ab.

»Daddy?« sagte Paulie, aus der Küche herauskommend.
»Wie spät ist es denn?«

Doch Coffey sah sie nicht an. Er deutete auf den Jungen
hinter ihr. »Wie heißen *Sie*?« fragte er.

»Bruno«, sagte der Junge. Seine Augen hatten einen
leicht schrägen Schnitt, was ihm ein betrübtes Aussehen
verlieh. »Warum? Sind Sie Paulies Dad?«

»Gehen Sie zur Schule?« fragte Coffey.

»Ich?« Den Jüngling schien diese Frage zu verblüffen.
Er wandte sich Paulie zu. »*Was* soll ich tun?« sagte er.

»Nein, Daddy, Bruno geht nicht zur Schule. Er arbei-
tet.«

»Du hast doch gesagt, es wären alles Schulkameraden
von dir, Äpfelchen?«

Eines der Mädchen kicherte. Die Jungen wechselten
Blicke und blinzelten sich zu. »Äpfelchen?« sagte einer zu
Paulie. »Nennen sie dich zu Hause so?« Alle lachten, bis
auf Paulie.

»Ist daran etwas komisch?« fragte Coffey den Jungen.

Von Coffeys Blick festgehalten, schwieg der Junge. Die Mädchen retteten ihn, indem sie erklärten, es sei spät, und sie müßten nun wirklich gehen. Die Jungen schlugen vor, sie in ihren Wagen nach Hause zu bringen. Sie übersahen Coffey, genau wie Paulie, die herumrannte und den anderen half, ihre Sachen zu finden, wobei sie betonte, wie leid es ihr tue, es sei ja noch ganz früh, und wie schade, daß sie nicht noch länger bleiben könnten.

»Nacht, Kleine«, sagte der Junge, der mit ihr getanzt hatte.

»Auf Wiedersehen – Äpfelchen«, sagte ein anderer.

»Gute Nacht, Mr. – äh – Coffey.«

»Gute Nacht.« Paulie schloß die Wohnungstür und ging in die Küche, um das Durcheinander von leeren Flaschen und benutzten Tellern wegzuräumen, und ihr Vater begann unterdessen, die Möbel wieder an ihren ursprünglichen Platz zu rücken.

»Warum hast du mich vor ihnen Äpfelchen genannt?« sagte eine wütende Stimme von der Küche her.

»Tut mir leid, war nicht böse gemeint.«

»Und warum kommst du schon nach Hause, wo du doch gesagt hast, es wird spät? Du hast meine Party verdorben.«

Er schob das Sofa an die Wand und hielt inne, die Lippen unter dem Schnurrbart fest zusammengepreßt. Nach allem, was er heute nacht durchgemacht hatte. »Komm mal einen Moment her«, rief er.

Sie kam aus der Küche, blieb auf der Schwelle stehen. Ihr Gesicht war noch blasser als sonst. Ihre Augen glänzten. Wut? Sie war sein Mädchen; sie sah ihm ähnlich. Aber – er sah auch Veronica dort stehen. Keine Wut, nein. Haß.

220

»Diese Burschen«, sagte er. »Das waren keine Schulfreunde. Es sind alles ältere Jungen, stimmt's?« – »Ja.«

»Halbstarke Rowdies«, sagte er. »Wenn du mich fragst.«

»Niemand hat dich gefragt, Daddy.«

Arbeitete er etwa dafür Tag und Nacht? War das alles, was für ihn übrigblieb, diese – Unverschämtheit? Er schlug seiner Tochter ins Gesicht. Es war die erste Ohrfeige, die er ihr je gegeben hatte. Tränen bildeten sich in Paulies großen Augen. Sie starrte ihn an, als wäre sie blind geworden, und dann fing sie, aufheulend vor Wut, zu weinen an. »Laß mich in Ruhe! Rühr mich nicht an! Du – du – jeder wird mich jetzt durch den Kakao ziehen. Ich bin nicht dein Äpfelchen, verstehst du mich? Du und dein Äpfelchen! Ich bin fast fünfzehn!«

»Eben«, sagte er. »Warum puderst und malst du dich an wie eine alte Frau? Geh und wasch dir die Schmiere sofort ab!«

»Ich denke gar nicht daran!« schrie sie.

Er packte sie beim Arm. »Tu, was ich dir gesagt habe, Miss, oder ich lege dich übers Knie und bringe dir Manieren bei.«

»Untersteh dich!« Sie wand sich los, rannte in die Küche und erschien wieder, mit einer Aluminiumpfanne in der Hand. »Komm mir bloß nicht nahe!«

»Leg das hin, Paulie. Paulie, leg das hin!«

Sie schmetterte die Pfanne auf den Fußboden, das Metall schepperte auf dem Linoleum. Dann drehte sie sich um, lief ins Badezimmer und schloß sich darin ein. Ach, du lieber Gott! Zerknirscht ging er hinter ihr her und klopfte an die Tür. »Paulie? Hör doch mal, Pet...«

»Ich bin nicht dein Pet, dein Liebling! Mich wirst du

nicht so tyrannisieren, wie Mammy. Ich laufe auch mit jemandem weg. Ich kann mit Bruno weglaufen. Vergiß das nicht!«

Mit Bruno weglaufen? Ihm wurde ganz schwindlig. Er rückte von der Badezimmertür ab, zog sich ins Wohnzimmer zurück, setzte sich auf den ersten Stuhl, dessen Lehne er in die Hand bekam. In seinem Inneren sagte eine Kinderstimme: Magst du große Elefanten am liebsten, oder magst du Pferde am liebsten? Ja, so hatte sie gefragt. Oder: Warum behält meine Puppe die Augen auf, wenn sie schläft? Unterhaltungen, die jedesmal damit endeten, daß er ihr etwas erzählte, was sie noch nicht wußte. Jetzt hatte sie ihm etwas erzählt, was er noch nicht wußte.

Paulie kam aus dem Bad. »Ich geh ins Bett«, sagte sie. »Machst du dann das Licht aus?«

Er hörte, wie sie die Tür ihres Schlafzimmers schloß und den Riegel vorschob. Auch sie konnte mit irgendeinem Kerl weglaufen. Früher einmal, als Daddy große Elefanten am liebsten mochte, da mochte Paulie große Elefanten auch gern. Aber jetzt...

Er schlug die Hände vor die Augen, seine Finger drückten auf die Augäpfel unter den Lidern, bis es schmerzte. Jetzt war sie nicht mehr sein Äpfelchen. Große Elefanten spielten keine Rolle mehr.

11

Glocken riefen zur Mittagsmesse in die Basilika, läuteten in klaren, frostigen Tönen über die Stadt hin, weckten ihn aus erschöpftem Schlaf, brachten ihn zurück in eine Welt ohne Ende, Amen. Langsam gewannen sie an Schärfe, traten deutlich hervor, die Tatsachen seines Lebens. Jemand war verschütt gegangen, ihm ausgespannt worden, vom rechten Weg abgekommen. Doch eine lebenslang geübte Morgengewohnheit ließ sich nicht verleugnen: Es kam darauf an, das Gute und das Schlechte gegeneinander abzuwägen. Das Denken des logisch Denkenden mußte auf Hoffnung gründen. Also, mal sehen! Zumindest hatte er schon einmal einen kleinen Sieg errungen, als er gestern abend davongerannt war. Und zumindest waren ihm gestern nacht die Augen über Paulies wahre Absichten aufgegangen. Es war immer noch Zeit, ihrer Verwahrlosung einen Riegel vorzuschieben. Also...

Und so setzte Coffey, der keinen Gott kannte, dem er vertrauen konnte, seine Hoffnungen notgedrungen auf die Menschen, als die Glocken zu läuten aufhörten und die Gläubigen die Kirchenstufen emporstiegen, um zu beten. Kraft logischen Denkens wurde MacGregor zu seiner Hoffnung. MacGregor hatte versprochen, ihn aufrücken zu lassen. Und wenn er erst aufgerückt war, J. F. Coffey, der Journalist, dann würde er auch Zeit finden, seine Tochter zu beaufsichtigen und ihre Erziehung richtig in die Hand zu nehmen. Als J. F. Coffey, Journalist, würde er endlich einen Beruf haben, auf den er stolz sein konnte. Kein Bürojunge, kein Galeerensklave, kein Laufbursche, sondern ein Herr von der Presse.

Deshalb hatte er doch recht daran getan, nach Kanada auszuwandern. Er hatte einen Gewinn gezogen, keine Niete. Und als Gewinner erschien es ihm aufgrund seiner gewohnten Denkweise ganz selbstverständlich, daß Veronica unter seine Fahnen zurückkehren würde.

Also, eins – zwei – drei, hoch mit den faulen Knochen, du Gewinner! Auf! Und er stand auf, fühlte ein Stechen im linken Bein, humpelte schwerfällig und langsam in die Küche, wo Paulie saß.

Er ging gerade aufs Ziel los.

»Hallo, Pet. Wegen heute nacht – tut mir leid, weißt du. Aber jetzt hör mal zu . . .«

Das Telefon klingelte und unterbrach seine Waffenstillstandsverhandlungen. Er nahm den Hörer ab und meldete sich. Es war Veronica. »Ginger? Ich wollte fragen, ob ich heute nachmittag kommen und Paulie sprechen kann.«

»Natürlich kannst du das«, sagte er.

»Aber wenn ich komme, will ich nicht, daß sich so etwas wie das letzte Mal wiederholt. Ich hätte es lieber, wenn du gar nicht zu Hause wärst.«

»Ich muß aber auch mit dir reden.«

»Worüber?«

»Ja, weißt du, wegen – also gestern nacht, ich meine, gestern nacht habe ich die Sache nicht zu Ende gebracht.«

»Nein? Warum denn nicht?«

»Na ja, das will ich dir ja eben erklären, wenn du hier bist. Ich möchte auch über Paulie mit dir reden.«

»Was ist denn mit Paulie?«

»Kleine Kinder spitzen stets die Ohren.«

»Ach, sei doch nicht albern«, sagte sie. »Hast du Krach mit ihr gehabt? Laß mich mit ihr sprechen.«

»Nein, warte doch, laß dir erklären...«

»Gib mir Paulie ans Telefon!«

Er seufzte, legte den Hörer hin und winkte Paulie heran, die in der Küchentür stand und zuhörte.

Er ging in die Küche und lauschte jetzt selbst, versuchte sich zusammenzureimen, was die beiden verhandelten.

»Nein, Mutter. Nein. – Wir haben gestern nacht Krach gehabt. Er hat mich geschlagen. – Ja, das hat er. Weil, na ja, das erzähl' ich dir, wenn wir uns sehen. Ja, ich komme jetzt gleich.«

Paulie kehrte in die Küche zurück. »Kommt deine Mutter nicht hierher?« sagte Coffey.

»Nein. Ich treffe mich mit ihr in der Stadt zum Kaffee. Wenn du mich jetzt entschuldigen willst, Daddy, ich muß mich umziehen.« Sie ging hinaus. Er sah zum Herd hinüber. Zum ersten Mal, seit sie hier zusammen lebten, hatte sie ihm sein Sonntagsfrühstück nicht zubereitet. Er stand auf, tat einen Löffel Kaffeepulver in eine Tasse, setzte sich wieder und wartete, bis das Wasser kochte. Ein paar Minuten später hörte er Paulie das Haus verlassen. Er saß allein da, in Gedanken bei ihrer Begegnung mit Vera in irgendeinem Restaurant, und er wußte, daß sie ihm mit ihrer Weiberlogik die ganze Schuld an den Vorfällen der Nacht geben würden.

In den Eingeweiden der Wohnung keuchte die Heizungsanlage und erwachte zum Leben. Er trank seinen Kaffee. Im oberen Stockwerk klopfte jemand an einen Heizkörper, und das Geräusch setzte sich durch die Rohre bis hinunter ins Erdgeschoß fort. Das Zischen und

Keuchen hörte auf. Die Heizung verstummte. Ja, es war schwer, die Hoffnung nicht zu verlieren.

Um zehn Minuten vor zwei klingelte das Telefon. Er nahm an, daß es Grosvenor war, der sich erkundigen wollte, warum die Sache gestern nacht schiefgegangen war. Doch es war Veronica.

»Ginger«, sagte sie. »Paulie ist gerade weggegangen, sie ist auf dem Heimweg. Ich möchte dich sofort sehen, es ist sehr wichtig. Nach dem, was sie mir erzählt hat, müssen wir beide einen Entschluß fassen.«

»Gut«, sagte er.

»Kannst du in mein Zimmer kommen?«

»Wann?«

»Jetzt gleich. Paulie hat doch einen Schlüssel, nicht wahr? Du mußt nicht auf sie warten, oder?«

»Nein.«

»Um so besser. Dann mach schnell. Hier ist die Adresse.«

In seinen Träumen, die keine Träume waren, hatte er zuweilen ihr Zimmer gesehen. Sie verbrachte nicht viel Zeit darin, doch es war groß und elegant, mit zierlichen skandinavischen Möbeln und einem breiten, unbenutzten Bett. Es war ganz in der Nähe von Grosvenors Wohnung.

Die Wirklichkeit war ein Pfefferkuchenhaus aus der Jahrhundertwende, auf der Grenzscheide zwischen dem französischen und dem englischen Teil der Stadt, ein Elendsquartier, dessen windschiefe Veranden und Balkone unter der Last eines winterlang angesammelten, verkrusteten, schmutzgesprenkelten Schnees seufzten. Der Eingangsflur war kahl, ohne Läufer, die Treppengeländer fühlten sich locker an. Auf jedem Absatz standen Geschirrsätze der Volksküche und bei jeder Treppenbiegung Abfalleimer.

Sie wohnte im dritten Stock. Sie wartete schon auf ihn, vor der Tür, als er nach oben kam; sein Gesicht war von der Kälte rotgepeitscht, sein Automantel aufgeknöpft, und in der höflichen Art, wie er sein kleines grünes Hütchen abnahm, um sie zu begrüßen, verriet sich sein Status als gewesener Ehemann. Und sie, immer noch die Fremde, in einem marineblauen Kleid, eine weiße Kette um den Hals, mit gerader Strumpfnaht. Er dachte daran, daß manche Trinker ihre Schwäche durch peinlich sorgfältige Kleidung zu verbergen suchen. Gewisse Damen verbergen so vermutlich ihre nächtlichen Orgien...

»Komm rein«, sagte die Dame ohne Umschweife. »Ich bin selber gerade erst gekommen. Paß auf die Stufe da auf.«

Groß? Modern? Das Zimmer erschreckte ihn. Es war kleiner als die Zelle, die er beim C. V. J. M. kurzzeitig innegehabt hatte. Es gab nicht einmal einen Schrank, ihre Kleider hingen an Haken überall an der Wand. Das sperrige Doppelbett nahm zwei Drittel des Zimmers ein. Ein kleines Waschbecken in der Ecke, das Email braun geworden vor Alter. Ein kleines Fenster, die Scheiben mit kariertem Papier bedeckt.

Natürlich war sie nie hier; natürlich benutzte sie das Zimmer nur, um ihre Sachen darin aufzubewahren. Aber warum stapelten sich dann Konservenbüchsen unter dem Ausguß? Warum stand Milch auf dem Fensterbrett, wozu der Stapel Teller in der Ecke? Er setzte sich auf den einzigen Stuhl, sah ihr zu, wie sie zu dem Spiegel ging, der über dem Waschbecken angebracht war, und ihre Halskette abnahm. »Scheußliches Zimmer, nicht wahr?« sagte sie. »Die Leute machen es nie sauber. Ich ziehe mir mein gutes Kleid aus, wenn du nichts dagegen hast. Ach, ich bin ganz durcheinander wegen Paulie. Ich wußte doch, daß sie mit Jungs herumzieht. Ich habe es einfach gespürt.«

Die begehrenswerte Fremde zog sich das Kleid über den Kopf. Ihr weißer Unterrock rutschte mit hinauf, er sah den Rand der langen Strümpfe und die Strapse. Es war der Beginn einer seiner nächtlichen Szenen. Er stellte das grüne Hütchen zwischen seine Füße auf den Boden. Der Boden war nicht sauber. Wie konnte sie hier so sauber bleiben?

»Wie ich höre, heißt er Bruno«, sagte sie. »Und er ist Mechaniker.«

»Er ist ein kleiner Ganove«, sagte Coffey. »Und sie noch ein Kind.«

»Also, das muß aufhören«, sagte sie. »Da gibt es keine andere Möglichkeit. Es muß aufhören, und zwar sofort.«

Im Unterrock ging sie an ihm vorbei und streckte den Arm nach der Tür aus, um ihren Morgenrock vom Haken zu nehmen. Er wenigstens, dieser Morgenrock, war ihm vertraut. Er hatte ihn ihr vor hundert Jahren in der Grafton Street als Weihnachtsgeschenk gekauft. Sie setzte sich auf das Bett und griff über die Decke nach ihren Zigaretten, während er, der sich erhoben hatte, nun riesig und klobig in dem winzigen, schlecht beleuchteten Zimmer vor ihr stand und ihr mit leicht zitternden Fingern ein brennendes Streichholz hinhielt.

»Danke.« Sie nahm einen tiefen Zug, der ihr die Wangen höhlte, blies den Rauch wieder aus und lehnte sich in die Kissen zurück. Ein Knie zog sie hoch, hielt es mit verschlungenen Händen fest. Er blickte darauf nieder, dann beiseite, weg von dem nackten weißen Stück Schenkel, vom lohfarbenen, etwas dunkleren Rand des Strumpfes. Hurenhafte Schönheit, bedecke dich! Aber war ihm diese Geste, wie sie das Knie hochzog und die Hände darumschlang, nicht seit vielen Jahren vertraut? Natürlich. Warum hatte er sie dann in all diesen Jahren nie richtig angesehen? Warum war es jetzt so beunruhigend? Er nahm kein Wort von dem wahr, was sie sagte. Beschämt und verwirrt von seiner Begierde, rutschte er auf dem Stuhl herum.

»... und Aufsicht«, sagte sie. »Man kann sie nicht mehr jeden Abend allein lassen. Was machen wir also, damit das anders wird?«

Wir. Wir, das heißt du und ich. Er blickte wieder auf die Büchsen mit Nahrungsmitteln unter dem Ausguß. Vielleicht hatte er sich das mit ihr und Grosvenor doch nur eingebildet? Vielleicht...

»Vera«, sagte er. »Wenn du doch nur zurückkommen wolltest. Ich meine, wenigstens vorübergehend, bis ich den neuen Job habe. Hör doch, Vera...«

Hören? Als er das Wort aussprach, sah er ihr Gesicht. Natürlich würde sie nicht zuhören. Wie eh und je wartete sie nur darauf, selbst wieder etwas sagen zu können.

»Paulie benutzt zum Beispiel einen Lippenstift und Puder«, sagte er jetzt, »und ihre Nägel sind orange. Na ja, ich verstehe nicht viel von diesen Dingen. Sie behauptet, die anderen Mädchen in ihrer Klasse machen es alle so. Woher soll ich das wissen?«

Veronica drückte ihr Gesicht in die Kissen. »O Gott! Hört das denn nie auf? Kann ich denn nie mein eigenes Leben führen? Ihr beide! Man könnte meinen, ihr hättet das so geplant. Du kannst nicht für Paulie sorgen, und natürlich weigert sie sich, mit mir zu leben. Und natürlich unternimmst du nichts wegen der Scheidung, o nein. Das wäre ja viel zu einfach, das würde mir helfen, damit würdest du mir entgegenkommen, nicht wahr? Warum auch? Und natürlich kann Gerry nicht ewig warten.«

Sie drückte seufzend ihre Zigarette aus, eine Frau jenseits aller Hoffnung. »Meinetwegen«, sagte sie. »Ich kehre zu euch zurück, bis du diesen anderen Job hast. Meinetwegen. Es wäre ja wohl auch zuviel erwartet, ein bißchen eigenes Leben, nach all den Jahren, in denen ich euch beide trockengelegt habe.«

Er vermied ihren zornigen Blick. Er sah weg und wurde von einem anderen Blick überrascht, dem seines Ebenbildes im Spiegel über dem Waschbecken. Der Spiegelmann sah verlegen und schuldbewußt drein. Na, was denn, Junge, hast du das eben gehört? Sie kommt zurück, für eine Weile. Nicht, weil sie es möchte, wohlgemerkt, sondern weil sie verhindern muß, daß du Paulies Leben kaputtmachst. Kannst du mir darin folgen, mein *alter ego*? Willst du sie wiederhaben?

Er sah sie an. Ja, er sehnte sich nach ihr, er wollte sie wiederhaben, ganz gleich unter welchen Bedingungen.

»Und wenn ich wirklich zurückkomme«, sagte sie, »dann nur vorübergehend. Ich behalte meinen Job. Und ich habe über Paulie zu bestimmen, verstehst du?«

Er nickte.

»Und noch etwas«, sagte sie. »Ich möchte mein eigenes Schlafzimmer haben.«

Der Spiegelmann beobachtete seine Bestürzung. »Ja – aber – da sind nur zwei Schlafzimmer«, sagte er. »Und in meinem Zimmer stehen zwei Einzelbetten.«

Sie seufzte, leicht verzweifelt. »Soso. Na ja«, sagte sie. »Dann wollen wir mal. Hol mir meine Koffer, ja? Sie sind unter dem Bett.«

Der Spiegelmann sah zu, wie er niederkniete.

So kam sie heim. Als er in der Nacht vom Korrekturlesen nach Hause kam, fand er sie schlafend in dem Bett neben dem seinen vor. Schnell begann er sich auszuziehen, all die Wachträume aus den Tagen ihrer Abwesenheit stiegen in ihm auf, und kurz näherte er sich groß, nackt und verwundbar ihrem Bett. Noch zögerte er, dann beugte er sich über sie und drückte einen kratzigen Schnurrbartkuß auf ihren Nacken. Augenblicklich – sie konnte nicht geschlafen haben – setzte sie sich im Bett auf und drehte das Licht an. Sie starrte ihn an. Bei seiner Nacktheit war es deutlich, was ihm fehlte.

»Geh in dein Bett«, sagte sie.

»Nun stell dich nicht so an, Vera...«

»Entweder du gehst zurück in dein Bett, oder ich ziehe mich an und verlasse noch heute nacht das Haus.«

»Herrgott im Himmel!« sagte er. Doch er zog sich zurück, in sein eigenes Bett. Er schlief. Und träumte von ihr. Und erwachte am nächsten Morgen zu neuer Qual. Verstohlen sah er zu, wie sie aus dem Bett stieg. Sie trug einen Flanellpyjama, der nicht gerade aufreizend war, trotzdem jedoch plötzlich sein Verlangen anstachelte. Er wandte sich ihr zu, die Schnurrbartenden hoben sich zu einem hoffnungsvollen Lächeln.

Sie schmetterte ihn mit einem Blick nieder. Wortlos ergriff sie ihre Kleider und ging ins Bad, ließ ihn allein zurück, so daß seine Sehnsucht zu trüber Traurigkeit zusammensank. Unrasiert und ohne Frühstück (denn sie blieb im Bad) entfloh er zu einem neuen Tag voller Windeln.

Aber war es nicht trotzdem besser, sie im Haus zu haben, ganz gleich, wie abweisend sie war, als sich mit Einbildungen zu quälen? Sie würde bald auftauen, das Schild »Zutritt verboten« würde fallen, und Grosvenor würde in Vergessenheit geraten. Bald würden sie sich wieder miteinander vertragen. Auch Paulie würde sich wieder mit ihm vertragen. Bald würde MacGregor ihn befördern. Bald würde alles in Ordnung kommen. Bald . . . Ja, er legte alle Hoffnungen zusammen in einen Korb, einen alten Korb namens MacGregor. Und als er an diesem Abend in der *Tribune* zu arbeiten begann, machte er sich wie ein Verrückter über seine Fahnen her. Und als in dieser Nacht MacGregor bei seinem üblichen Inspektionsgang vorbeimarschierte, blickte Coffey nicht ängstlich, sondern voller Hoffnung von seinem schmutzigen Stahltisch auf, stolz auf den großen Stapel korrigierter Fahnen, den er schon auf den Haken gespießt hatte; er hoffte, MacGregor würde in ihm einen Mann erkennen, der eine Beförderung wohl wert war.

Doch MacGregor hielt sich nicht bei ihm auf. MacGregor ging vorbei.

Na schön. Vielleicht morgen nacht?

Morgen war Dienstag. Als er Dienstag abend zum Essen nach Hause kam, war Veronica nicht da. Auch Paulie nicht. Nicht daß das einen großen Unterschied machte, Paulie hatte seit der Rückkehr ihrer Mutter keine zwei Worte mit ihm geredet. Trotzdem, so konnte es nicht weitergehen, oder?

Er ging an die Arbeit. Noch einmal trieb er sich dazu an, die größte Anzahl korrigierter Fahnen zu produzieren,

Noch einmal nährte er seine Hoffnungen. Und, hurra! Um Viertel vor zehn, kurz vor der Essenspause, erschien ein Laufjunge im Setzsaal und sagte, Coffey solle in die Lokalredaktion kommen.

»Hast du das gehört?« sagte Coffey zum alten Billy Davis. »Die Lokalredaktion. Na, ich sag's ja immer, Mac-Gregor ist gar nicht so'n übler Kerl, alles in allem. Er hat die Anweisung gegeben, und der Lokalredakteur wird mir jetzt ein Plätzchen einräumen.«

Old Billy zupfte an seinem Ziegenbärtchen. »Wenn's nur keinen Ärger gibt«, sagte er. »Das Beste, was man erwarten kann, ist, daß es keinen Ärger gibt. Paß bloß auf dich auf!«

Der arme alte Sack, was wußte der schon? In fröhlicher Herablassung warf sich J. F. Coffey, der Journalist, in seine Jacke und eilte in die große Höhle der Lokalredaktion, in der Gewißheit, daß jetzt sein Schiff endlich um die Mole bog und in den Hafen einlief.

Blinder Alarm. Ein paar Schritte vom Schreibtisch des Redakteurs entfernt, an einen Pfeiler gelehnt, wartete ein Besucher auf Coffey. Er wartete in leicht aufgelöstem Zustand, als habe der Schaufensterdekorateur des Herrenausstatters, dem er entsprungen zu sein schien, gerade Mittagspause gemacht und ihn halb fertig stehenlassen.

»Tag!« sagte er. Er drehte sich zu dem Lokalredakteur um und sagte mit betrunkener, die Worte verwischender Stimme: »Okay, wenn'ch mir den Jungma ausborge?«

»Nur zu, Gerry-Boy«, sagte der Redakteur.

Gerald Grosvenor hob dankend die Hand, dann löste er sich von dem Pfeiler und kam auf Coffey zu. »Kommit in die Kantine«, sagte er. »Möcht' mit dir reden, Meister.«

Er war betrunken, kein Zweifel. Mit gemischten Gefühlen begleitete Coffey ihn den Korridor hinunter zur Kantine und betete insgeheim darum, daß MacGregor sie nicht erwischte. Unbehaglich saß er da und wartete, während Grosvenor, nach geräuschvoller Begrüßung zweier Reporter und des Mannes hinter der Theke, dampfende Becher mit Kaffee an den Tisch brachte. MacGregor hatte noch nicht seinen nächtlichen Rundgang gemacht, und Coffey sollte jetzt eigentlich an seinem Tisch sitzen, nicht hier. »Paß auf«, sagte er zu Grosvenor, »ich habe zu tun, und noch ist nicht Essenspause. Also, was ist los?«

»Will mit dir reden«, sagte Grosvenor. »Bin gerade vorner halben Stunde von Veronica weggegangen. Du Mistkerl! Du machstas Mädchen noch kaputt.«

Verlegen sah Coffey in die Runde. Der Mann hinter der Theke hörte offensichtlich zu.

»War in Tränen aufgelöst«, sagte Grosvenor mit lauter Stimme. »Am Ende, verstehstu? Gott verdammt, ich liebe das Mädchen! Und sie mich auch. Jawohl, das tut sie.«

Zu Coffeys ungeheurer Verlegenheit fing Grosvenor zu weinen an. Schlimmer noch, es schien ihm ganz gleich zu sein, ob ihn jemand dabei sah. »Was bistu eigentlich für ein Mensch?« sagte Grosvenor weinerlich. »Ein Neidhammel, oder was? Du ruinierst Veras Leben.«

»Halt endlich die Klappe!« flüsterte Coffey eindringlich. »Sprich leise und hör auf zu heulen!«

»Gezwungen, daß sie zurückkommt, hastu sie«, sagte Grosvenor. »Hast deine Tochter als Köder verwendet. Siehstu nich, was du mit ihnen machst, allen beiden? Is ein Verbrechen!«

»Halt's Maul. Halt's Maul, oder ich stopf' es dir!«

»Nein, ich hab' keine Lust, das Maul zu halten. Du bist

ein Widerling, Ginger, ja, das bistu. Du bist so einer, du scherst dich 'nen Dreck um irgendwen, außer um dich selber. Veronica haßt dich wie die Pest, das weißt du.«

»Ach was«, sagte Coffey, unklugerweise.

»Nein? Sie's nur zurückgegangen, weil du Paulies Leben auch noch kaputtgemacht hast, oder weswegen sonst? Hat sie mir vorhin noch gesagt. Ich meine...« Und Grosvenor griff über den Tisch, seine haarige schwarze Hand umklammerte Coffeys Handgelenk. »Ich meine, ich lass' dich nicht einfach so davonkommen. Ich bring' dich noch um, du, du Dreckskerl!«

Rasch befreite Coffey sein Handgelenk. Bis jetzt war Grosvenor in seiner Vorstellung nur ein bedeutungsloser Wicht gewesen, ein eingebildeter Tropf, den Veronica aufgegabelt hatte, um ihm, Coffey, wehzutun. Aber jetzt bot er ein ganz anderes Bild. Weinend, racheschnaubend, schämte er sich nicht, aus Liebe einen Idioten aus sich zu machen. Liebt ihn Veronica deshalb? Weil sie ihm wichtiger ist als er sich selbst, weil er, anders als ich, imstande ist, in aller Öffentlichkeit zu heulen? Plötzlich, und zum ersten Mal, fürchtete Coffey diesen Grosvenor, fürchtete die Rücksichtslosigkeit von Grosvenors Liebe.

»Nun hör mir mal gut zu«, sagte er, in Grosvenors Gesicht starrend. »Hör zu. Veronica ist meine Frau, und ich habe nicht vor, mich von ihr zu trennen, damit das ganz klar ist. Ich bin ein Neuankömmling in einem neuen Land, und ich hatte so meine Schwierigkeiten, festen Boden unter die Füße zu bekommen, wie jeder andere auch. Aber jetzt hat sich das Blättchen gewendet. Jetzt sitze ich im richtigen Zug. Ich werde bald eine bessere Stelle kriegen, und wir werden uns wieder zusammenraufen. Also verpiß dich, Grosvenor. Ich warne dich. Wenn ich dich nochmal dabei erwische, wie du um Vera herumschleichst, dann bist du derjenige, der umgebracht wird.«

»Du kannst mir nich imponieren«, sagte Grosvenor betrunken. »Du blöder irischer Affe. Du und Veronica, ihr seid fertig mitnander, verstehstu? Sie liebt *mich*. Sie kommt zu *mir* zurück. Weißtu, was ich mache? Ich schlag' dir in die Fresse, daß dir die Pisse zu'n Ohren 'rauskommt, du Schwein, du!«

Damit stand Grosvenor auf, wischte sich mit dem Handrücken die feuchten Augen und rückte vom Tisch ab, so daß die noch vollen Kaffeebecher überschwappten. Er stand im Durchgang und hob in der übertriebenen Pose eines Jahrmarktsboxers die Fäuste. Betrunken begann er Coffey zu umtänzeln, der zögernd dastand, verstört sah, wie sich rasch ein Kreis von Reportern und Bürojungen um sie bildete, voller Angst, MacGregor könnte jeden Augenblick hereinkommen; und trotz allem juckte es ihn, Gerry auf die Bretter zu schicken.

»Komm, los!« höhnte Grosvenor. »Schlag zu! Ich mach' dich fertig, ich bring' dich um, du Stück Dreck! Hätte schon längst wer tun sollen.«

Das Gesicht vor Zorn gerötet, duckte Coffey sich unter dem langen Schwinger weg, den Grosvenor zu landen versuchte. Dann rückte er ihm auf den Leib. Er stieß Grosvenors rechten Arm beiseite und traf ihn mit einer schweren Geraden auf den Mund. Grosvenor taumelte, stieß an einen Stuhl und setzte sich darauf, seine Hände fuhren zum Mund. Nach einer Sekunde rann ein Blutfaden über eine Hand bis zum Gelenk. Er nahm die Hände herunter und starrte auf den blutigen Speichel auf seinen Handflächen. Es lagen ein paar Zahnsplitter darin. Die Zuschauer blickten Coffey mit neuem Respekt an, und einer der älteren Reporter trat vor und verstellte ihm den Weg. »Halt«, sagte er. »Der Junge ist angeschlagen.«

Coffey brauchte diese Mahnung gar nicht. Sein Zorn verwandelte sich in Scham, als er Grosvenor da hocken sah: ein erbärmlicher Anblick, ein Geschlagener, Besiegter, den die Menge verhätschelte. Während er, der Mann mit dem Recht auf seiner Seite, als Rohling dastand. Er ließ die Arme sinken, und im selben Augenblick schrillte auf dem Korridor die Klingel für den Setzsaal, als verkünde sie das Ende des Kampfes. Essenspause. Jetzt schadete es nichts mehr, wenn MacGregor hereinkam. Ein Sieger, der von den Zuschauern als fairer Sportsmann gewürdigt werden wollte, ging er zu Grosvenor hinüber und versuchte, ihm aufzuhelfen. »Komm«, sagte er. »Du bist nicht in der Verfassung, dich zu schlagen. Geh lieber nach Hause.«

Grosvenor stieß ihn von sich. Er stand auf, von allen Kantinenbesuchern beobachtet, und hielt sich leicht schwankend die Hand vor den Mund, als wolle er sich gleich übergeben. Er stürzte in den Korridor hinaus, Coffey auf den Fersen.

»Wenn du zur Herrentoilette willst«, rief Coffey ihm nach, »die ist in der anderen Richtung!«

»Zum Teufel mit dir«, murmelte Grosvenor. Er schlurfte, eine Hand vor dem Mund, über den Korridor, mit der anderen Hand tastete er sich an der Wand entlang. Am Ende des Flurs hielt ein Lastenaufzug mit offenem Gitter, der Fahrer hockte auf seinem Stühlchen. Grosvenor schlurfte hinein, drehte sich dann noch einmal um und sah dabei auf merkwürdige Weise wie ein Schauspieler auf einer winzigen, hell erleuchteten Bühne aus. Einen Finger anklagend ausgestreckt, brüllte er Coffey zu:

»Du kriegst sie nicht! Sie kommt zu mir. Du hast dich ge-schnitten, irischer Affe du! Sie gehört mir, hörst du? Mir!«

Die schreiende Stimme, der blutbeschmierte Mund, der anklagend ausgestreckte Finger, der ganze Anblick, den Grosvenor in dem kleinen, hell erleuchteten Liftkäfig bot: das alles erfüllte Coffey mit maßlosem Schrecken. Es war, als hätte jemand feierlich einen Bannfluch über ihn gespro-chen. Und in diesem Augenblick erschien MacGregor, Jehova, am anderen Ende des Korridors, von Clarence begleitet, seinem fetten Erzengel. In plötzlicher Panik rannte Coffey vor, versuchte, das Gitter des Fahrstuhls zu schließen. »Fahr ab mit ihm«, flüsterte er dem Fahrstuhl-führer zu, »los, schnell, schnell!«

Verdutzt schloß der Fahrstuhlführer das Gitter. Der Lift sank klappernd in den dunklen Schacht hinab. Coffey drehte sich um und ging den Korridor zurück, MacGregor entgegen; ein Mann, der sich dem Altar seiner Hoffnun-gen nähert. In dieser Minute mußte sein Geschick sich doch wenden? In dieser Minute mußte MacGregor doch den Fluch auflösen, den Grosvenors Haß geschleudert hatte?

Sein Notizbuch durchblätternd, sagte Clarence: »Elf-hundert Zeilen, Sir.«

»Genau«, sagte MacGregor. »Die Eröffnung der Schuh-ausstellung. Sagen Sie der Lokalredaktion, sie sollen einen Mann hinschicken. Gute Gelegenheit für Annoncen.«

»Jawohl, Chef«, sagte Clarence.

Coffey war jetzt auf derselben Höhe wie sie. Mit dem Gesicht eines sehnsüchtigen Kindes wandte er sich Mac-Gregor zu.

»Ein paar Zeilchen Bericht im Lokalteil«, sagte Mac-Gregor.

»Da frreuen sich die Firrmen und annoncieren.«

»Stimmt, Chef.«

Sie gingen an ihm vorüber. Sie hatten ihn nicht bemerkt. Er existierte nicht. *Irischer Affe, du hast dich geschnitten!*

Als er nachts heimkam, saß Veronica im Bett und las in einem Buch. »Was hast du mit Gerry gemacht?« fragte sie.

»Er hat angefangen. Ist betrunken angekommen und hat sich aufgeführt wie ein kompletter Idiot.«

»Du hast ihm zwei Schneidezähne ausgeschlagen!«

»Das war Pech, Liebling. Und überhaupt, er hat es ja so gewollt.«

»Pech?« sagte sie. »Ich will dir mal was sagen: du verschwendest deine Zeit.«

»Was meinst du damit?«

»Wenn du Gerry verprügelst, was hast du davon? Gerry ist männlicher, als du je sein wirst. Gerry liebt mich. Darum hat er sich heute abend so aufgeregt, als ich ihm erzählt habe, ich müßte noch etwas hier bei euch bleiben. Darum hat er sich betrunken.«

Coffey begann sich auszuziehen.

»Und noch etwas«, sagte sie. »Ich habe nicht die Absicht, eine Minute länger zu bleiben als unbedingt nötig. Heute habe ich mit den Müttern von den Mädchen geredet, mit denen Paulie herumzieht. Wir haben vereinbart, daß diese Bande von Rowdies nicht mehr zur Tür hereinkommt. Wir werden dafür sorgen, daß Paulie und die anderen mehr Abende zu Hause verbringen. Ich kann zum Beispiel zwei- bis dreimal die Woche herüberkommen und sie beaufsichtigen. Ich muß deswegen ja nicht ständig hier wohnen.«

»Ja, sicher, aber, weißt du, Kindchen – na ja, also Ende

dieser Woche habe ich bestimmt meinen neuen Job, und dann könnten wir doch vielleicht...«

»Deinen neuen Job«, sagte sie. »Ach du meine Güte!«

»Doch, doch, Liebling. Bestimmt.«

»Wollen wir wetten?« Sie streckte den Arm aus und knipste das Licht aus. »Gute Nacht«, sagte sie. »Ich muß morgen arbeiten.«

Langsam streifte er die letzten Kleidungsstücke ab, zog den Pyjama an. Wenn sie jetzt wieder ging... Er trat zu ihrem Bett, setzte sich auf eine Ecke, streckte die Hand aus. Sie schwebte über ihr, senkte sich auf ihre Schulter. »Vera?«

»Was denn?«

»Vera, ich weiß, daß Grosvenor dich liebt. Aber ich liebe dich auch.«

»Haha!«

»Lach nicht, Vera. Ich liebe dich, wirklich. Ehrlich.«

»Hör mal«, sagte sie. »Du weißt ja überhaupt nicht, was Liebe ist. Es ist nämlich so, Ginger: Liebe ist selbstlos, sie bedeutet, daß man etwas für andere tut und nicht dauernd erwartet, daß andere etwas für einen tun. Wenn du mich wirklich liebtest, würdest du mich gehen lassen. Du würdest in die Scheidung einwilligen. Du würdest an mein Glück denken und nicht an deines. Gerry tut das. Und jetzt geh in dein Bett. Gute Nacht.«

Er stand auf. Schwerfällig schritt er wieder durch das Zimmer, zu seinem Bett zurück, legte sich auf die Seite, spähte im Dunkeln zu ihr hin. *Selbstlos.* Darauf also kam's ihr an. Ein Liebesbeweis, der größer war als alle Selbstsucht. Würde das sie zurückgewinnen? Ja? Er drehte sich auf den Rücken und starrte zur unsichtbaren Zimmerdecke empor. Liebe ist selbstlos. Hatte sie das in seiner

Liebe zu ihr vermißt? Hatte Grosvenor, der zwar heulte, aber bereit war, auf sie zu warten, sie deshalb gewonnen? Wenn er das nur bis zu Ende durchdenken könnte! Wenn sein Verstand nur fähig wäre, richtig zu fassen, was sie meinte, und eine Antwort darauf zu finden, die absolute Antwort, der er ganz nahe war, das fühlte er genau.

Es war ermüdend nachzudenken. Er hatte keine Übung darin, in abstrakten Begriffen zu denken. Aber wie dem auch sei – war es Selbstlosigkeit, was ihm fehlte? Und war *das* die wahre Liebe? Wäre es der größte Beweis seiner Liebe zu ihr, wenn er bereit wäre, sich für sie zu opfern, wie Jesus sich für die Menschheit geopfert hatte? Jesus hatte dies für die höchste Form der Liebe gehalten, nicht wahr? Na bitte, da haben wir's.

»Vera?« sagte er.

»Schlaf endlich!«

»Hör zu, Vera«, sagte er. »Ich habe es mir überlegt. Wenn ich am Wochenende diese Reporterstelle nicht bekomme, geb' ich auf. Wenn ich sie nicht bekomme, kannst du zu Grosvenor zurückkehren und du kannst Paulie mitnehmen. Und die Scheidung geb' ich dir obendrein, als Zugabe. Na, ist das etwa nicht selbstlos von mir?«

Er wartete auf eine Antwort. Es kam keine Antwort. »Ich meine es ganz ehrlich«, sagte er. Er meinte es ehrlich.

12

Am nächsten Morgen erwachte er, gleichsam ans Kreuz seiner neuen fixen Idee geschlagen. Er stand auf und ging zur Arbeit, ein Mann, der sich entschlossen hatte, alles auf eine Karte zu setzen. Er begann den Mittwochmorgen in aller Frische, überzeugt, daß alle Sorgen enden würden, wenn er nur den Job bekam. Veronica würde bleiben, Grosvenor verschwinden. Paulie wäre wieder sein Äpfelchen, und die Zukunft war gesichert.

Und wenn er den Job nicht bekam? Wenn er ihn nicht bekam, würde er seine Niederlage hinnehmen wie ein Mann. Einsam und stolz, würde er sich dann von allen abwenden, die ihn kannten, alle Brücken hinter sich abbrechen. Er war entschlossen, ihr zu beweisen, daß man sich auf sein Wort verlassen konnte, daß er der selbstloseste Liebende der ganzen Welt war, ein Mann, der etwas viel, viel Größeres zustande brachte, als es Grosvenor je möglich wäre. Nicht daß er glaubte, es werde soweit kommen. Nein, denn den Job bekam er, das stand fest. J. F. Coffey, Journalist, Coffey von der *Tribune*, das war jetzt nur noch eine Sache von Tagen, beinah von Stunden. Und so begann er an diesem Mittwochmorgen, an das Kreuz seiner fixen Idee geschlagen, die Stunden zu zählen. Während er durch die Stadt fuhr und Windeln auslieferte und einsammelte, vollzog er innerlich den Übergang von der Hoffnung zur vollendeten Tatsache. Bis zum Nachmittag hatte er sich eingeredet, daß er keine Zeit mehr verlieren

242

durfte. Denn wenn er diese Stelle am Freitagmorgen antrat, war es doch besser, gleich jetzt mit den Vorbereitungen zu beginnen, nicht wahr? Na also. Er hatte keine Zeit zu verlieren.

Um vier Uhr dreißig, nachdem er seine Tour beendet hatte, betrat er das Lager von TINY ONES und kündigte.

»Was?« Mr. Mountain hob sich alarmiert halb vom Stuhl, so daß sein schwerer Bauch die Schlachtordnung der Aktenordner überragte. »Wieso denn, Coffey, behandeln wir Sie nicht anständig?«

»Daran liegt's nicht, Sir. Nur, daß mir dieser andere Job mehr liegt. Das hier bei Ihnen war doch mehr oder weniger zur Überbrückung.«

»Teufel auch«, sagte Mr. Mountain. »Reporter, wie? Was für'n Blatt?«

»Die *Tribune*, Sir.«

»Die *Tribune*, so?« Verstört fuhr sich Mr. Mountain mit vier plumpen Fingern durch die weiche Dichte seines gebleichten Haares. »Das bringt mich ganz schön in die Klemme«, sagte er. »Was soll ich dem Boss erzählen?«

»Wieso?«

»Na ja, es ist noch streng geheim, Coffey, aber tatsächlich sollten Sie befördert werden.«

»Ach ja?«

»Mr. Brott liegt sehr viel daran. Hat mir gesagt, ich soll Sie bei Laune halten. Meinte, er würde einen Platz im Büro für Sie finden. Wirft ein schlechtes Licht auf meine Abteilung, wenn Sie jetzt einfach so weggehen.«

Nun, das hörte man gern, oder? War verdammt in Ordnung. Er wünschte, Veronica wäre hier und hätte das hören können. Die möchten mich hier gern halten und sogar befördern. Na, was meinst du dazu, Vera?

243

»Sehen Sie, ich bin durchaus nicht unzufrieden mit meinem Job hier oder mit meiner Behandlung«, sagte Coffey zu Mr. Mountain. »Ich werde das Mr. Brott sehr gern selbst erklären, wenn Sie wollen.«

»Wissen Sie was?« sagte Mr. Mountain. »Ich glaube, das ist eine Sache für das Oberkommando. Wissen Sie was ...« Er hielt inne und sah Coffey mit feierlichem Ernst an. »Ich wende mich direkt an den Boss!«

Er nahm den Telefonhörer ab, ein Mann, der das Kommando übernimmt. »Warten Sie draußen«, sagte er.

Also ging Coffey hinaus. Kurz darauf kam Mr. Mountain zur Tür geeilt und winkte Coffey. »Will *selbst* mit Ihnen reden«, flüsterte er. »Mr. Brott.«

Er übergab Coffey den Hörer. Am anderen Ende der Leitung sagte eine brüchige, gereizte Stimme: »Sind Sie das, Coffey? A. K. Brott hier.«

»Ja, Sir.«

»Was soll das heißen, Sie kündigen? Jetzt hören Sie mal zu. Sie kommen sofort zu mir. Ich möchte mit Ihnen reden.«

»Aber ich muß mit meiner Nachtarbeit anfangen, Sir. Ich würde das kaum schaffen ...«

»Wann fangen Sie da an?«

»Um sechs, Sir.«

»Geben Sie mir Stan!«

Coffey übergab an Mr. Mountain. »Jawohl, Sir«, sagte Mr. Mountain knapp. »Gut, Sir. Roger, Sir. Danke, Sir.« Er legte den Hörer auf. Er griff nach seinem Hut, sah Coffey mit einem gewissen Widerwillen an. »Steigen Sie in meinen Wagen«, sagte er. »Ich soll Sie abliefern.«

Also stiegen sie in Mr. Mountains Wagen und fuhren zum Hauptbüro von TINY ONES. Unterwegs gab es keine

244

Konversation; für Mr. Mountain war diese Außerkraftsetzung der normalen Befehlskette unvereinbar mit seinem Pflichtgefühl. Coffey saß verlegen neben ihm. Es war nicht Mr. Mountains Aufgabe, den Chauffeur für ihn zu spielen. Noch dazu, wo es doch nur Zeitverschwendung war.

Zwischen den Votivbildern in Mr. A. K. Brotts Büro waren mehrere Entwürfe für Reklameplakate an die Wand geheftet. Sie verkündeten einen unbestimmt vertrauten Slogan:

RENT-A-CRIB SERVICE
Warum kaufen? Wir liefern!
TINY ONES INC.

»Ganz richtig«, sagte Mr. Brott, auf die Wand zeigend. »Ich habe diese Idee aufgegriffen, habe eine Marktuntersuchung angestellt, und jetzt kann's losgehen. Und darüber möchte ich mit Ihnen sprechen. Was soll das heißen, daß Sie uns verlassen?«

»Ich werde Journalist, Sir.«

»Reporter?«

»Ja, Sir.«

»Hab' noch nie einen Reporter in dieser Provinz gesehen, den man nicht mit zwanzig Eiern im einfachen Umschlag kaufen konnte. Also, lassen Sie das sausen. Sie sind ein smarter Bursche, Coffey, und ich will Ihnen ein anständiges Angebot machen. Ein einmaliges Angebot, wie Sie's nur einmal im Leben kriegen. Sie können's annehmen - und Sie können's bleibenlassen.«

Coffey fummelte an seinem grünen Hütchen herum. War ja nett, daß der alte Brott soviel von ihm hielt, aber, um die Wahrheit zu sagen, wenn er nie mehr im Leben eine Windel sehen würde – also, das konnte gar nicht früh genug passieren. Immerhin, es war ein gutes Omen, nicht wahr? Die Gezeiten wechselten, sein Geschick wendete sich, nun kam das Glück, das langerwartete, in weniger als achtundvierzig Stunden würde MacGregor durch den Saal kommen, und J. F. Coffey, der Journalist, Coffey von der *Tribune* . . .

»Ich gebe zu, ich hätte Ihnen eher Bescheid sagen sollen«, meinte Mr. Brott. »In solchen Sachen heißt es, schnell zufassen, oder man wird von der Krippe gedrängt. Merken Sie sich das. Und nun hören Sie, was ich mit Ihnen vorhabe. Ich mache Sie zu meinem persönlichen Assistenten mit neunzig Eiern die Woche.«

Persönlicher Assistent des leitenden Direktors von Kylemore Distilleries. Persönlicher Prügelknabe des alten Cleery bei der Werbung, besserer Sekretär bei Coomb-Na-Baun. Coffey starrte in das kleine graue Gesicht A. K. Brotts.

»Nein«, würgte er heraus.

»Nein? Was ist denn nur in Sie gefahren? Persönlicher Assistent, begreifen Sie überhaupt, was für eine Chance ich Ihnen da biete?«

»Ob ich das begreife?« echote Coffey. »Bringen Sie mir dies und machen Sie das für mich. Rennen Sie runter und holen Sie Zigaretten. Bestellen Sie mir einen Tisch im Restaurant. Ich bin kein besserer Sekretär, damit Sie es wissen. Ich werde Ende dieser Woche Reporter.«

»Sie sind ja verrückt.«

»O nein«, sagte Coffey. »Warum, glauben Sie wohl, bin ich in dieses Land gekommen? Bitte, habe ich nicht zu Hause einen Posten als persönlicher Assistent aufgege-

ben? In einer viel größeren Firma, als Ihre – Ihre Wäscherei je sein wird? Nein, vielen Dank.«

»Schön, Ihr Fehler«, sagte Mr. Brott, sein kleines graues
Haupt schüttelnd. »Rent-a-Crib, ja, da haben Sie Ihren
Verstand gebraucht, Coffey. Wenn ein Bursche mir eine
verwendbare Idee bringt, zahle ich gerne dafür. Als mein
Assistent könnten Sie eine hübsche Dauerstelle haben.
Reporter? Blödsinn. Also, wie ist es?«

»Nein«, sagte Coffey. »Ich möchte Reporter werden.«

»Na gut, es ist Ihr Bier«, sagte A. K. Brott. »Tut mir
leid, daß Sie es so sehen. Stan?«

Mr. Mountain erschien auf der Schwelle. »Jawohl, Sir?«

»Stan, fahren Sie Coffey zu seiner Zeitung. Und sorgen
Sie für einen Ersatz. Er verläßt uns. Streichen Sie ihn von
der Lohnliste.«

Persönlicher Assistent! Da sah man's mal wieder: ohne
Mumm und Selbstvertrauen landete man genau dort, wo
man angefangen hatte – auch hierzulande. Gott sei es
gedankt, damit war endgültig Schluß, Gott sei Dank, er
hatte genug Kraft, darauf ein für allemal zu verzichten.
Besserer Sekretär, das fehlte noch! Ewig Botengänge machen, herumlaufen, o nein, nie mehr, amen. Schieb ab mit
deinem verdammten persönlichen Assistenten, schieb ab!

»Was ist denn mit dir los? Du siehst stocksauer aus«,
sagte Fox.

»Nichts«, sagte Coffey. »Ich hab nur gerade über etwas
nachgedacht. Ich hab' heute einen Job abgelehnt.«

Doch Fox schien nicht zuzuhören. Er schob zwei frische Fahnen zu Coffey hinüber. »Volldampf voraus«,
sagte er. »Der alte Billy Davis hat sich heute abend krank
gemeldet. Wir sind einer weniger.«

»Was ist mit Old Billy?« fragte Kenny.

»Eine Erkältung, sagt er.«

Verdammter Old Billy, dachte Coffey. Was hat er krank zu werden, wenn ich ihn hier brauche? Aber eine Erkältung ist harmlos. Kein Grund zur Aufregung, was? Na also. Und er nahm sich eine neue Fahne.

Am nächsten Morgen brach Coffey das Schweigen am Frühstückstisch mit einer Ankündigung. »Heute ist mein letzter Tag bei dem Lieferdienst.«

»Was ist passiert?« wollte Veronica wissen. »Haben sie dich rausgeschmissen?«

War das nicht wieder typisch? »Sie haben mich nicht hinausgeworfen«, sagte er. »Ich habe gekündigt. Sie haben mir sogar eine Beförderung angeboten, wollten mich ins Büro versetzen. So eine Meinung haben sie da von mir, wenn du's wissen willst.«

»Und du hast gekündigt?«

»Jawohl, das hab' ich. Von nächster Woche an bin ich bei der Redaktion der *Tribune*. Freitag ist mein letzter Abend im Setzsaal.«

»Wirklich, Daddy?« sagte Paulie. Es war das erste Wort, das sie seit Tagen an ihn richtete.

»Ja, Pet. Ehrenwort.«

»Ist ja prima«, sagte Paulie und blickte ganz vergnügt drein. »Dann können wir beide ja Ski laufen. Weißt du noch, wie du's mir versprochen hast?«

»Verteile mal das Bärenfell noch nicht«, sagte Veronica zu Paulie. »Und eil dich, du kommst zu spät in die Schule.«

Verteile das Bärenfell nicht, ehe du es hast. War das nicht die Höhe, daß sie bei jeder sich bietenden Gelegenheit das Kind gegen ihn aufhetzte? Aber er würde es sich nicht verdrießen lassen. Er machte sich auf den Weg, um zum letztenmal Windeln für TINY ONES auszuliefern, und dabei war er fröhlich und schwatzte mit den Hausfrauen auf seiner Route. Natürlich erzählte er all seinen Kunden die Neuigkeit. Und die Damen waren beeindruckt. Ein Reporter, ja, das war ein glänzender Job, meinte eine Frau. Und eine andere erklärte, er mache seiner Familie alle Ehre. Sie beglückwünschten ihn, gratulierten ihm, und eine oder zwei von ihnen boten ihm sogar zum Abschied ein Trinkgeld an. Das war gut gemeint, durchaus nicht kränkend. Er nahm das Geld an, mehr, um ihre Gefühle nicht zu verletzen, und kaufte Bonbons für alle kleinen Kinder auf seiner Route.

Um punkt vier Uhr gab er bei Mr. Mountain seine Uniform, die Abrechnung und seinen Lieferwagen ab. Um halb fünf, nachdem er sich von Corp und den anderen Burschen verabschiedet hatte, ging er zum Tor des Lagers hinaus, ein freier Mann. Um sechs war er im Gebäude der *Tribune*, bereit für eine gute Nachtschicht, mit hochgespannten Erwartungen und seine fixe Idee schürend. Und um halb sieben – hurra! Da erschien Fox mit einem funkelnagelneuen Korrektor.

Ein Neuer. Coffey betrachtete ihn. Er war etwas ältlich, der Neue. Unter seinen aufgekrempelten Ärmeln wurde ein langärmeliges Unterhemd sichtbar, und er las seine erste Fahne so sorgfältig, als wäre sie seine Versicherungspolice. Bist ein guter Mann, Neuer. Wirst eine Nacht brauchen, um die Tricks zu lernen, und Ginger Coffey wird dir so viele Tips geben, wie du willst. Und er half ihm auch wirklich, rückte seinen Stahlsessel dicht neben den des Neuen, wachte mit brüderlichem Auge über dessen Tätigkeit.

MacGregor erschien um zehn, sah Coffey nicht an, prüfte die Arbeit des Neuen mit seinem üblichen Mißvergnügen, erklärte, Billy sei immer noch krank, und verließ den Setzsaal. Später erzählte Fox ihnen, daß Billy die Grippe hatte.

»Grippe«, sagte Coffey. »Na, das ist doch nichts Schlimmes.«

»Old Billy ist zweiundsiebzig, weißt du«, sagte Fox.

Coffey vertrieb diese Sorge aus seinem Gedanken. Als er am nächsten Morgen erwachte, blieb ihm als einzige Prüfung noch übrig, den Tag herumzukriegen. Denn es war Freitag. Irische Wache heraus! Er lag lange im Bett, auf das undeutliche Gemurmel seiner Frauensleute in der Küche horchend, und beinahe wünschte er, er hätte noch einen Tag Windeln abzuliefern, um die Zeit hinzubringen, bis es am Nachmittag soweit sein würde.

Um halb neun, ehe sie zur Arbeit wegging, steckte Veronica den Kopf zur Schlafzimmertür herein: »Ist heute nicht der Tag, an dem du Reporter werden sollst?«

»Hab' ich's dir nicht gesagt?«

»Das hast du, Ginger. Und du hast mir auch etwas versprochen, neulich nachts, im Bett. Ist es dir immer noch Ernst damit?«

»Du hast mir nicht einmal geantwortet«, entgegnete er vorwurfsvoll.

»Wozu sollte ich antworten, wenn du es doch wieder zurücknimmst?«

»Hab' ich gesagt, ich nehm's zurück?« fragte er.

»Was denn nun – nimmst du's zurück?«

»Nein«, sagte er. »Wie ich dir neulich nachts sagte, kannst du die Scheidung bekommen und Paulie und alles andere, wenn ich heute diesen Job nicht kriege. Ich werde dir schon zeigen, wer ein Egoist ist.«

»Meinst du das wirklich ernst, Ginger, auf Ehre und Gewissen?«

»Ja«, sagte er. »Aber ich *kriege* den Job. Vergiß das nicht, Veronica. Ich habe eine Zusage.«

»Gut. Ich habe nur gefragt. Ich wollte nur wissen, ob es dir Ernst damit ist.«

Sie ging. Er blieb eine Zeitlang liegen und dachte über ihr Gespräch nach. War das nicht wieder typisch Frau? Tat so, als hätte sie kein Sterbenswörtchen gehört, und zwei Tage später kam sie mit der ganzen Sache heraus. So, sie dachte also, er wollte sein Versprechen zurücknehmen? Na gut, er würde es ihr schon zeigen. Nicht daß es dazu kommen würde, aber woher denn.

Er lag im Bett und hörte, wie Paulie auf ihre übliche, überstürzte Art zu spät zur Schule aufbrach. Dann stand er auf, rasierte sich und zog sich mit der Sorgfalt eines Mannes an, der zu einer Zeremonie bei Hofe aufbricht. Seine einzige Sorge war in seinen Augen, wie er die Stunden bis vier Uhr hinbringen konnte. Um vier Uhr durften die Leute von der Nachtschicht ihre Lohntüten in Empfang nehmen. Und da alle Veränderungen im Betrieb am Zahltag Mr. Hennen in der Buchhaltung mitgeteilt wurden, mußte Mr. Hennen Bescheid wissen. Aber, zum Teufel! Der Vormittag war lang, sehr lang.

Um Viertel vor vier ging Coffey, nachdem er schon eine Viertelstunde auf dem Flur gewartet hatte, in das Lohnbüro der *Tribune* und lungerte am Schalter des Kassierers herum, um Mr. Hennen auf sich aufmerksam zu machen. Mr. Hennen, ein alter Vogel in seinem Käfig, beschäftigte sich mit seinen Kontobüchern; er hatte Coffey wohl bemerkt, war aber fest entschlossen, ihn jede quälende Sekunde bis vier Uhr warten zu lassen. Der Sekundenzeiger der Bürouhr ging im Kreis herum, der Minutenzeiger rückte um einen schwarzen Strich weiter vor, der Stundenzeiger bewegte sich unmerklich. In dem Augenblick, als alle drei Zeiger gleichzeitig die Stunde anzeigten, trat Coffey an den Schalter. Mr. Hennen legte seinen Federhalter hin, zupfte sich die schwarzen Ärmelschoner zurecht und blickte in Coffeys Richtung. »Name?« rief er.

»J. F. Coffey.«

Mr. Hennen durchblätterte einen Stoß Lohntüten und schob dann eine durch die Öffnung. »Geben Sie nicht alles auf einmal aus«, sagte er.

»Übrigens – ich – äh – ich wüßte gern, ob Sie eine Mitteilung wegen einer Veränderung bekommen haben?« fragte Coffey. »Es handelt sich um meine Versetzung.«

Mr. Hennen legte seinen alten Papageienkopf schief. »Versetzung?« Er öffnete ein anderes Buch und entnahm ihm vier kleine gelbe Zettel. Er sah sie durch. »Das sind hier alle neuen Veränderungen im Betrieb. Ihr Name ist nicht dabei.«

»Vielleicht haben Sie sie noch nicht bekommen?«

»Alle Mitteilungen kamen schon mittags. Ist also nichts für diesmal, Junge.«

»Aber Mr. MacGregor hat es mir zugesagt...«

»Ach, wirklich?« sagte Mr. Hennen und blinzelte ihm zu.

Erschrocken wandte Coffey sich von diesem Papageienauge ab. Was sollte das Blinzeln bedeuten?

»He, warten Sie mal«, sagte Mr. Hennen. »Einer von euch Jungs ist krank. Hat vorhin angerufen, daß man ihm seine Lohntüte bringt. Wollen mal sehen. Ja, Davis heißt er. Bringen Sie's ihm rüber?«

Old Billy. *Das* war der Grund, warum man ihn nicht befördert hatte. Das wußte Mr. Hennen und wollte es nur nicht direkt sagen. Coffey trat an den Schalter zurück, krank vor Wut auf den alten Billy, diesen Tattergreis. Warum mußte er sich ausgerechnet diese Woche ins Bett legen? Es war nicht fair. Verdammter alter Billy! »Na schön«, sagte er. »Ich bring's ihm.«

Mr. Hennen schob ihm einen adressierten Umschlag zu, und Coffey ging wieder auf die Straße hinaus. Bill wohnte in einem Zimmer über einem kleinen Bekleidungsgeschäft, drei Straßen von der *Tribune* entfernt. Der Hauswirt, ein bejahrter Frankokanadier, der kein Englisch sprach, blickte auf das W. Davis auf dem Umschlag, nickte dann und führte Coffey über die Hintertreppe zu einer Tür, die am Ende eines dunklen Flurs lag. Coffey klopfte. »Herein«, rief eine alte Stimme.

Das Zimmer erinnerte Coffey an das von Veronica, aber es gab einen Unterschied. Old Billy wohnte schon lange hier. Da war eine kleine elektrische Kochplatte, ein alter Eisschrank, ein grüner Spieltisch, auf dem eine große, rötlich getigerte Katze sich die Pfoten leckte. An den Wänden sah man Bücher auf Regalen aus Apfelsinenkisten. Außerdem hingen mehrere Schnappschüsse an der Wand, und eine geniale Kombination von Verlängerungskabeln und Dreifachsteckern ermöglichte es dem alten Billy, das Licht von jedem Stuhl, jedem Winkel des Zimmers aus ein- oder auszuschalten. Auf dem Bett lag der Herr des Zimmers, sein zerbrechlicher Körper war unter

253

einem Haufen von Decken kaum zu sehen, das dünne, flaumige Ziegenbärtchen war zu der mit Wasserflecken gesprenkelten Zimmerdecke emporgerichtet. »Das ist doch Paddy, was? Bringst du mir meinen Lohn, Paddy?«

Coffey griff sich einen Klappstuhl von dem Stapel neben dem Tisch. Die Katze gab fauchend ihren Widerwillen zu erkennen. Der Stuhl war seit Jahren nicht aufgeklappt worden; dicker Staub saß in den Fugen, und die Scharniere klemmten. Er stellte ihn ans Kopfende des Bettes und setzte sich darauf. Dann überreichte er den Umschlag.

Dünne alte Finger fummelten daran herum und öffneten ihn. »Kein Abzug«, sagte Old Billy. »Haben mir keine Fehlzeiten angerechnet, wie ich sehe. Gut. Und wie geht's dir, Junge? Was gibt's Neues?«

Coffey antwortete nicht. Er sah auf den Arm des alten Mannes, der aus einem abgewetzten Pyjamaärmel herausragte. Auf dem skelettartig abgemagerten Gelenk sah er eine verblichene Tätowierung. Eine Harfe, ein Kleeblatt und eine feine Inschrift: ERIN GO BRAGH. Und oberhalb dieser Tätowierung befand sich eine zweite, ein von einem Pfeil durchbohrtes Herz mit dem Motto: *Bill liebt Min.*

»Bist du Ire, Billy?« fragte Coffey. »Wegen der Harfe da, mein ich.«

»Klar bin ich Ire«, sagte Old Billy. »William O'Brien Davis. Feiner irischer Name.«

»Aber du bist hier geboren?«

»Nein, Verehrtester. Ich bin Einwanderer, genauso wie du. In Donegal geboren und aufgewachsen. Bin mit zwanzig hierher gekommen und hab mir die Augen nach den mit Gold gepflasterten Straßen ausgeguckt.« Billys Mund öffnete sich zu einem Kichern und zeigte dabei sein altes, hartes Zahnfleisch. »Ja«, sagte er. »Ich war überall, vom

Atlantik zum Pazifik und wieder zurück. Nördlich vom Äquator und runter nach Süden bis zum Golf von Mexiko. Ja, ich war überall in den Staaten, hab' sie alle achtundvierzig gesehen. Und hab' doch nie eine Goldstraße gefunden.«

Doch Coffey stimmte nicht in das Gelächter des alten Mannes ein. Er starrte auf den skelettdünnen Unterarm. *Bill liebt Min.* Wo und vor wie langer Zeit hatte Bill Min geliebt? Wo war Min jetzt? Wie viele Jahre hatte Old Bill hier in diesem Zimmer gehaust, einzig und allein von dem unmenschlichen, niemals blinzelnden Auge der rotgetigerten Katze behütet?

»Ja, alles, was ich jetzt noch vorzeigen kann, sind vierzig Dollar im Monat, Altersversorgung«, sagte Bill. »Davon kann man heutzutage nicht leben. Nicht mal ich, und ich esse kaum was den ganzen Tag, nur 'ne Campbell-Suppe. Und Bier. Bier hält mich auf den Beinen. Darum war diese Korrekturleserei so'n Segen. Viel Bier.«

»Aber du hast doch diesen Job immer noch«, sagte Coffey. »Wir dachten schon, du kommst heute abend zurück.«

»Heute nicht«, sagte Old Billy. Er berührte seine Brust. »Hab' hier was drin, sagt der Doktor. Muß im Bett bleiben.«

»Aber du kommst doch wieder«, sagte Coffey. »In ein, zwei Tagen...«

»War der Doktor von der *Tribune*, der mich untersucht hat«, sagte Old Bill. »Die wissen Bescheid. Hab gehört, sie hätten schon 'n Neuen eingestellt.«

»Der Neue ist nicht als Ersatz für dich gedacht«, sagte Coffey, »sondern für mich. Sie wollen, daß ich nächste Woche als Reporter anfange. Jetzt hör mal, Billy. Heute abend geh' ich zu MacGregor. Ich sag' ihm, daß du in ein, zwei Tagen wieder da bist. Sollst mal sehen, das geht ganz schnell.«

Die Augen des Alten hatten sich geschlossen. Er schien zu schlafen.

»Bill, hörst du?« sagte Coffey. »Bill, bist du eingeschlafen?«

»Viel Zeit zum Schlafen«, sagte die alte Stimme. »Bleibt nicht viel übrig als schlafen, wenn du erst mal alt bist. Mir geht's trotzdem ganz gut. Ich hab' all meine Sachen hier. Ein Teller Suppe, das reicht. Und ein Bier. Ab und zu ein Bier . . .«

Der zahnlose Mund blieb nach diesem Satz offen. Die Hand, die den Scheck hielt, glitt über die Decke und schlug gegen Coffeys Knie. Der Umschlag fiel auf den Boden. Behutsam hob Coffey ihn auf und legte ihn auf den Spieltisch. Behutsam beugte er sich über das alte Gesicht. Ja, Billy war eingeschlafen.

»Ich komm' wieder, Bill«, flüsterte Coffey. Er hob den dünnen Arm hoch, legte ihn unter die Decke. Jawohl. J. F. Coffey, der Journalist, würde wiederkommen, o ja, Billy, ich versprech' es dir, ich komm' jede Woche wieder, ich vergesse dich nicht. Und ich bring' dir Bier. Jedesmal einen Kasten Bier.

Aber würde er das auch wirklich tun? Schon wieder ein Versprechen. Würde er auch bei Billy, wie bei all den anderen, den Judas machen? Denn es war gut möglich, daß Billy nicht zur Arbeit zurückkehrte. Vielleicht nie mehr. Coffey schlich auf Zehenspitzen zur Tür, öffnete sie mit unendlicher Vorsicht und trat hinaus in den dunklen Flur.

Ein Ire. *Einwanderer wie du.* Ein junger Wanderer einst, der durch dieses Land aus Eis und Schnee zog und nach dem Blauen Vogel Ausschau hielt. ERIN GO BRAGH – Irland für immer. Aber stimmte das überhaupt? Welche Spur hatte Irland hinterlassen, bei William O'Brien Davis, außer der Harfe und dem Kleeblatt und dem Spruch, der verblichen war wie die Erinnerung, daß *Bill Min liebt.* Würde auch Ginger Coffey seine Tage in einem alten, verwohnten Zimmer beschließen, mit nasaler, piepsiger Stimme, aus der jeder heimatliche Akzent verschwunden war? »Ja, ich bin Ire. James Francis Coffey. Ein feiner irischer Name.«

Nein, nein, ihm würde das nicht passieren. Nicht dem Journalisten F. K. Coffey. Trotz Old Billy, er würde heute nacht noch Reporter werden. Heute nacht. Alles war vorbereitet. Er würde nicht darauf warten, daß MacGregor ihn ansprach. Er mußte selbst zu MacGregor, ihn erinnern – ja, MacGregor war ein sehr beschäftigter Mann, wie leicht konnte es ihm entfallen sein. Und ein Versprechen ist ein Versprechen. Also, dann los. Auf zu MacGregor!

Da Zahltag war, hatten Fox und die anderen Kollegen wie üblich zwei Stunden in der Kneipe verbracht, ehe sie zur Arbeit erschienen. Das bedeutete, daß nur Coffey und der Neue nicht unter Alkohol standen. Daher las Coffey die meisten Fahnen der Erstausgabe allein. Er und der Neue arbeiteten am selben Tisch, nüchterne, ehrliche Leute! Ach, der Neue! Guter Kerl. Ein echter Ersatz!

Um zehn Uhr, als die Klingel zur Essenspause schrillte, hatte MacGregor sich noch nicht blicken lassen. Coffey hielt es nicht mehr aus. Er ging zu MacGregors Büro. Doch MacGregor hatte eine Besprechung mit dem Nachrichtenredakteur, was bedeutete, daß Coffey bis zehn nach zehn auf dem Flur warten mußte. Endlich, als der Redakteur herauskam, stürzte Coffey ins Büro.

»Was wollen Sie?« sagte MacGregor.

»Die zwei Wochen sind um, Sir. Heute ist es soweit.«

»Was für zwei Wochen?«

Na bitte! Es *war* MacGregor entfallen, also war es nur gut, daß Coffey beschlossen hatte, den Stier bei den Hörnern zu packen. Froh, daß er gekommen war, redete er weiter. »Erinnern Sie sich, Sir, Sie wollten mich Reporter werden lassen. Sie haben es mir vor zwei Wochen versprochen.«

»Hm«, sagte MacGregor. »Ja, wissen Sie, wir haben immer noch zu wenig Leute in der Korrektur. Ein Mann ist krrank.«

»Gewiß, Sir. Aber ich habe Old Billy Davis heute besucht, und er fühlt sich schon viel besser. Er wird spätestens übermorgen wieder zur Arbeit kommen. Da hab ich mir gedacht, daß Sie mich im Hinblick darauf vielleicht schon kommende Woche als Reporter anfangen lassen?«

»Nein.«

»Aber ich habe felsenfest damit gerechnet«, sagte Coffey, der fühlte, wie sein Gesicht erglühte. »Ich habe mich darauf verlassen, Sir. Das wäre wirklich nicht fair.«

»Fair? Was? Wovon reden Sie eigentlich? Hauen Sie ab, los, heben Sie Ihren Arrsch hier weg, ehe ich Ihnen reinttrete!«

»Nein!« sagte Coffey in plötzlich überschäumender Wut. »Sie haben mir ein Versprechen gegeben. Nur in der Hoffnung darauf habe ich wie ein verdammter Sklave drei Wochen lang geschuftet. Ich habe deshalb einen anderen Job hingeschmissen. Ich hab's meiner Frau und meiner Tochter versprochen. Sie wissen nicht, was das für mich bedeutet, Sir. Es ist wahnsinnig wichtig.«

»Clarence?« schrie MacGregor. Der Dicke kam ange

rannt, mit gezücktem Notizbuch. »So, Coffey«, sagte MacGregor. »Jetzt sagen Sie das noch mal.«

»Sie haben es mir versprochen«, sagte Coffey, seine Zunge fühlte sich geschwollen und ungelenk an. »Sie haben mir versprochen, mich zu befördern, sobald Sie im Setzsaal einen Ersatz für mich gefunden hätten. Schön, der neue Korrektor ist seit drei Tagen bei uns. Und er ist ein guter Mann.«

»Was für ein neuer Korrektor?«

»Rhodes, Sir«, sagte Clarence. »Ersatz für den alten Davis.«

»Aber Billy kommt doch zurück«, fing Coffey an. »Er braucht den Job. Sie werden ihn doch nicht hinauswerfen...«

»Der Arzt sagt, er hat was an den Bronchien«, erklärte Clarence seinem Chef.

»Genau.« MacGregor nickte. »Brronchien. Der kommt nicht wieder.«

»Aber Sie haben es mir versprochen.« Coffey wandte sich an Clarence. »Sie waren doch dabei. Sie haben es gehört.«

»Ich kann mich an kein Versprechen erinnern«, sagte Clarence.

»Na also«, sagte MacGregor. »Gehen Sie an Ihren Tisch, Coffey.«

»Nein, das ist nicht fair! Verdammt noch mal, halten Sie so Ihr Wort?«

»Soll ich nicht besser die Halle anrufen, Sir«, meinte Clarence, »und sagen, sie möchten Ritchie raufschicken?«

Ritchie? Ritchie, das war der Portier. Es wurde Coffey schwarz vor den Augen. Eine Sekunde lang stand er wie betäubt da, von fern drangen schwach ihre Stimmen an sein Ohr. Der Pförtner? Um ihn hinauszuwerfen?

»...hab' genug davon«, sagte MacGregors Stimme. »Jetzt gehen Sie an Ihre Arrbeit, oder Sie werrden nicht bezahlt.«

»So ist es, Mann«, sagte Clarence. Eine Hand griff nach Coffeys Arm. »Nun kommen Sie schon.«

»Nein«, sagte Coffey. »Nein, verdammt und zuge-näht!«

»Hören Sie mir gut zu!« Die Dunkelheit vor Coffeys Augen lichtete sich, und er sah MacGregor, der sich über seinen Schreibtisch vorbeugte. Eine dicke blaue Ader zuckte an MacGregors blassem Schädel. »Wenn Sie glauben, ich habe nach Ihrem Auftritt eben die Absicht, Sie zum Reporter zu machen, haben Sie sich geschnitten, aber grründlich. Gehen Sie jetzt sofort an Ihren Tisch und danken Sie dem Himmel, daß ich Sie nicht mit einem Trritt aus dem Haus beförrdere. Ist das klar?«

Klar? Er schüttelte Clarences Hand ab. Er drehte sich um und ging auf den Flur hinaus. Die Klingel für den Setzsaal schrillte und rief die Korrektoren zu ihren Fahnen. Wie betäubt ging er auf das Klingeln zu.

Der neue Korrektor, Mr. Rhodes, wunderte sich über das völlig veränderte Verhalten des Iren, als dieser nach der Essenpause wiederkam. Bis jetzt hatte er den Iren für den härtesten Arbeiter gehalten, den achtbarsten Mann der ganzen Nachtschicht, den einzigen, den man ohne Scheu seinen Freunden hätte vorstellen können. Verbindlich, nüchtern, mit einer anständigen Ausdrucksweise, nicht betrunken und fluchend wie all die anderen Penner.

Mr. Rhodes erhielt als ehemaliger Eisenbahner eine

Pension und hatte die Stelle hier nur angenommen, um mit seiner Frau zusammen die Raten für ein Häuschen aufzubringen, das sie im Norden kaufen wollten. Er war unangenehm überrascht gewesen, mit was für Leuten er hier zusammenarbeiten sollte, und er hätte tatsächlich schon am zweiten Abend gekündigt, wenn der Ire nicht so höflich und hilfsbereit zu ihm gewesen wäre. Doch als der große Bursche jetzt wieder erschien und sich neben Rhodes an den Tisch setzte, zeigte sich, daß er wahrscheinlich genauso labil war wie die anderen Kollegen. Zum Beispiel rührte er für den Rest der Schicht fast keinen Finger mehr. Er saß da mit einem Gesicht wie ein hölzerner Götze und murmelte schmutzige Reden in seinen Bart. Es wäre keine Überraschung, denn in all den Jahren, die Rhodes in der Buchhaltung der Eisenbahn verbracht hatte, war er nie so verkommenen Menschen begegnet, Leuten, die auf einer so tiefen Stufe standen wie Fox oder Harry oder der junge Kerl mit dem Ekzem. So kam es, daß Rhodes, als der große Bursche am Ende ihrer Schicht erklärte, er wolle mit den anderen einen trinken gehen, nur mit dem Kopf nickte und lachte, nun ja, ich habe mich geirrt, er ist genauso ein Penner wie die übrige Bande. Keine noch so gute Bezahlung war es wert, daß man seine alten Jahre in der Gesellschaft solcher Leute verbrachte. Nein. Am kommenden Freitag, so beschloß Rhodes, kündige ich.

»Komm mit, Paddy«, sagte Harry. »Wir heben einen bei Rose.«

Sie standen auf den Stufen des *Tribune*-Gebäudes. Am Ende der strahlenden Straße, in der nächtlichen Stille, blühte eine Leuchtreklame: FIVE-MINUTE LUNCH. »Rose?« fragte Coffey.

»Rose mit den rosigen Titten!« brüllte Fox. »Los, Jungs!«

Das Schnellrestaurant blieb die ganze Nacht offen. Dort, übertönt vom Geratter transkontinentaler Züge, die ankamen oder abfuhren, versammelte sich die Schar der Großstadt-Nachteulen. Busfahrer der Spätschicht, die Behälter mit dem Wechselgeld sorgfältig neben den Kaffee und die Eier gelegt; farbige Gepäckträger und Schlafwagenschaffner vom Bahnhof jenseits der Straße, die Sammlungen liegengebliebener Zeitungen und Magazine in ihren Reisetaschen mit sich trugen, schwindsüchtig wirkende frankokanadische Kellner, die sich hier eine Verschnaufpause von der gähnenden Langeweile fünftklassiger Nachtklubs gönnten; mittelalterliche Huren, in Kopftücher und weiche Wollschals gehüllt, Schneestiefel an den Füßen, von der Kälte immer wieder hierhergetrieben; Postbeamte, die Nachtdienst hatten; Fahrkartenkontrolleure, Leute von der Straßenreinigung. Und hinter der langen, chromschimmernden Theke, unter eingerahmten, mit der Hand geschriebenen Schildern, auf denen WESTERN SANDWICH stand oder KNACKWURST & BOHNEN oder SPAGHETTI MIT HACKFLEISCHBÄLLCHEN, bewegte sich die Königin all dieser Nachtschwärmer, immerzu auf den schmerzenden Beinen, niemals in Eile, niemals ermüdend: Rose Alma Briggs. »Rosy, mein Schatz«, sagte Fox, mit seiner Krücke auf die Theke pochend.

Rose ließ gerade zwei nur auf einer Seite gebratene Spiegeleier auf einen Teller gleiten. Sie drehte sich um und quittierte die Begrüßung mit einem Nicken. Sie war gepudert und gewaschen, trug einen weißen Nylonkittel, weiße Gummischuhe und weiße, dünne Baumwollstrümpfe. Unter dem durchsichtigen Kittel sah man den weißen

Unterrock. Und tief in das weiche, rosige Fleisch ihrer üppigen, weichen Schultern gekerbt, hielten weiße Träger, winzigen Zeltschnüren gleich, die doppelte Stütze des Busengebirges, das etwas tiefer in Gefangenschaft zitterte.

»Abend, Mr. Fox. Was darf's denn sein?«

»Immer praktisch«, sagte Fox. »Das Übliche. Dreimal. Das ist unser Mitarbeiter, Mr. Coffey.«

»Angenehm«, sagte Rose. Sie öffnete einen Glasbehälter, holte drei eingelegte Eier heraus, legte drei Scheiben Roggenbrot auf drei Teller; als sie sich dann wieder zu ihnen umdrehte, blickte sie prüfend auf Coffey. »Was ist denn mit dem los?« fragte sie Fox.

»Braucht 'n bißchen Aufmunterung, das ist alles«, sagte Fox. »Geh, liebliche Rose, schaff herbei, was glücklich macht und trunken!«

»Paßt bloß auf euch auf«, sagte Rose. »Die Bullen waren letzte Nacht hier. Die kommen wieder.«

»W-wir pp-p-passen schon auf«, versicherte Harry. »G-gib uns z-zwei Co-colas, zur T-tarnung.«

Rose griff unter die Theke und holte eine große Papiertüte hervor, fügte deren Inhalt zwei Cola-Flaschen hinzu, und händigte Harry die Tüte aus. Fox führte sie zu einem kleinen Hinterzimmer dicht bei der Toilette. Die Tüte wurde aufgemacht, und eine große Flasche erschien auf dem Tisch. Das Etikett verhieß *Vin Canadien Type-Sherry.*

Fox entkorkte die Flasche und trank mehrere Schlucke. So, Harry«, sagte er. »Jetzt kipp das Cola dazu. Und wenn irgendein Polyp die Nase hier reinsteckt, machen wir gerade die Pause, die erfrischt. In Ordnung?«

»Ordnung«, sagte Herry. Die Colas wurden dazugegossen, Gläser verteilt. »T-t-trink aus«, sagte Harry.

Coffey nahm das Glas mit dem Drink. Es schmeckte süßlich, aber nicht sehr stark. Er trank es aus und schenkte wieder ein. Ja, was machte es schon aus, wenn er sich vollaufen ließ? Saufen, und diese Kumpels, das war sein zukünftiges Leben. Aus, aus, aus! Und alle Brücken abgebrochen. Er hatte versagt. Jetzt mußte er was viel, viel Besseres tun...

»Zähl deine Schätze«, riet Fox ihm. »Denk mal an den alten Billy. Du hast noch deine Gesundheit und Kraft.«

Ohne zuzuhören, trank er ein drittes Glas. Allein würde er bleiben, wie der alte Seemann in Coleridges Gedicht, der nach dem Blauen Vogel Ausschau gehalten hatte. Ein flaumiges Ziegenbärtchen würde ihm wachsen, seine Stimme sich verändern, nasal und piepsig werden. Old Ginger Coffey, fünfzig Jahre lang hat er Fahnen gelesen, ein Mann in bescheidenen Verhältnissen. Er starrte durch die offene Tür zu den Gästen im anderen Raum. Alle in bescheidenen Verhältnissen! Wie viele von ihnen hatten einmal, wie er, von Abenteuern geträumt, von Verhältnissen, die alles andere als bescheiden waren? Und was war aus ihren Träumen geworden? Ach, großer Gott, was tat man, wenn man nicht länger träumen konnte? Wie fügte man sich in diese bescheidenen Verhältnisse? »Herrgott im Himmel!« sagte er. »So also sieht's aus.«

»Was sieht wie aus?« fragte Fox, einschenkend.

»Der Abgrund. Der Mülleimer. Das Ende der Fahnenstange.«

»Abgrund?« rief Fox laut. »Na, hör mal, du weißt gar nicht, was das ist, der Abgrund, mein lieber Paddy. Nimm *mich* mal! Vor drei Jahren, da konntest du mich draußen auf der Straße treffen, vor dem Windsor-Bahnhof, wie ich um zwei Uhr morgens um Zehncentstücke bettelte. Ohne

Mantel, verstehst du, und das Thermometer stand auf Null. Das ist der Abgrund, Paddy. Der Abgrund, das ist 'n Zehncentstück. Eins und noch eins und noch eins, bis du dir mit einem großen Pott Brights Hermitage Port deinen Seelenfrieden kaufen kannst. Der Abgrund, das ist, wenn deine Kleider so kaputt sind, daß keiner es mehr übersehen kann, und dann hast du keine Chance, einen Job zu kriegen, weil es eben alle sehen. Das ist der Abgrund, Paddy. Nicht das hier. Das hier ist eine geregelte Arbeit.«

»Der Abgrund ist, wenn du deine Frau verlierst«, sagte Coffey mit schwerer Zunge. »Das ist der Abgrund. Der Abgrund ist, wenn verdammte Lügner dir was versprechen und verdammte Absahner dir die Frau ausspannen. Der Abgrund ist dieses verdammte Land hier, Schnee und Eis, die reinste Hölle auf Erden...«

»D-du! K-k-kanada läßt d-du b-bitte ausm Spiel!« sagte Harry drohend. »Ihr verf-f-flixten Einwanderer! G-geht doch hin, w-wo ihr herkommt!«

»Nein, wir haben Platz für alle«, sagte Fox. »Wir sind das drittgrößte Land der Welt, denk dran. Wir brauchen unsere Quote von Unzufriedenen.«

»'tschuldigung«, sagte Coffey mit schwerer Zunge. »wollte euch Jungs nicht beleidigen. Hab an meine Frau gedacht. Nicht an Kanada. Lassen wir Kanada außen vor.«

»Er mag nicht über Kanada reden«, sagte Fox. »Lassen wir Kanada außen vor. Da habt ihr das kanadische Dilemma in einem einzigen Satz. Niemand hat Lust, über Kanada zu reden, nicht mal wir Kanadier. Hast ganz recht, Paddy. Kanada gähnt einen an.«

»Nein, so hab ich's gar nicht gemeint«, erklärte Coffey. »Ich bin nur – weißt du, ich hab' gerade meine Frau verloren. Und mein kleines Mädchen. Hab' sie verloren.«

Doch Fox hörte nicht zu. »Armes altes Kanada«, jammerte er. »Nicht mal 'ne eigene Fahne. Ein Land von Eskimos und Hinterwäldlern, von Bibern und Elchen...«

Coffey schenkte sich ein weiteres Glas ein und versuchte aufzustehen. Gott im Himmel, was war denn drin in diesem Wein, was war denn los? Seine Beine fühlten sich an wie schmelzendes Wachs. Wie sollte er da bis nach Hause kommen, um ihr zu sagen, daß er sein Wort halten würde? Wie konnte er seinen einsamen Abgang in Würde zustande bringen, halb betrunken, wie er war? Ach, lieber Gott...

»Setz dich hin!« brüllte Fox.

Verwirrt drehte er sich zu dem Gebrüll um. »Muß gehen«, sagte er.

»Setz dich hin!« Fox' Krücke versetzte ihm einen kräftigen Hieb in die wackeligen Kniekehlen, und Coffey setzte sich wieder. »Ich rede mit dir, du Bauer!« rief Fox.

Zitternd vor Schmerz beugte sich Coffey über den Tisch, bis er nur noch ein paar Zentimeter vom stoppeligen Gesicht seines Quälgeistes entfernt war. Verfluchtes Schandmaul, verkrüppeltes! Er ballte die Faust, hob sie, um auf diesen schreienden Mund zu schlagen.

»Schlag mich nicht! Wehe, du schlägst mich!« schrie Fox.

Schwerfällig ließ Coffey die Faust sinken. Sofort packte Fox den Weinkrug, schwang ihn drohend durch die Luft. »Untersteh dich, mich einfach so sitzenzulassen«, japste er. »Ich kann es nicht leiden, wenn jemand mich einfach so sitzenläßt!«

Lautlos glitten auf Gummisohlen weiße Schuhe heran, blieben hinter Fox stehen. Rose Alma Briggs nahm geschickt den schwingenden Krug an sich. »Das reicht jetzt aber«, sagte sie.

»Oh, Rose aller Welt!« rief Fox. »Geh, liebliche Rose!«

Rose trat näher an ihn heran, packte ihn unter den Achseln, stellte den Schwankenden aufrecht hin. »Raus«, sagte sie. »Keine Widerrede. Und das ist das letzte Mal, daß ihr mein Lokal für eure Besäufnisse benutzt, ihr alle. Komm, Harry, hilf ihm.«

Eine Sekunde lang glühten Fox' glasige Augen vor Wut auf. Er packte seine Krücke, hob sie wie eine Keule, hielt sie einen Augenblick lang über dem Tisch in der Schwebe, ließ sie dann wieder sinken. »Nein«, sagte er. »Keine Gewalt. Keine Polizei. Keine Ärzte. Die Freiheit oder den Tod, stimmt's, Rose? Ja, Rose. Ja, ihr alle. Gute Nacht, alle miteinander.«

Harry ergriff ihn am Arm. Zusammen bahnten sie sich ihren Weg zwischen den Tischen des anderen Schankraums hindurch. Die Tür zur Straße öffnete sich mit einem Windstoß und schlug krachend hinter den Betrunkenen zu, die, dem winterlichen Schnee ausgesetzt, wie verirrte Vögel auf dem Trottoir kreisten. Rose Alma wandte sich an Coffey. »Armer Kerl«, sagte sie. »Er war im Heim. Entziehungskur.« Sie beugte sich vor und stapelte das Geschirr auf dem Tisch. »Sie sollten sich nicht mit diesen Burschen einlassen. Das sind Saufköppe.«

Coffey tastete nach einem Stuhl und setzte sich. Seine Beine zitterten, der Schweiß auf seiner Stirn war kalt, sein Kopf fühlte sich schwer und geschwollen an. »Lass' mich nicht mit ihnen ein«, sagte er betrunken. »Dieser Job – is nur für'n Übergang, verstehen Sie? Ich bin nämlich Neu-Kanadier, verstehen Sie?«

Rose sah ihn an. »Sind Sie verheiratet?« fragte sie.

»Ja.«

»Na, warum gehen Sie dann nicht nach Hause zu Ihrer Frau? Ist schon spät.«

Er stützte die Ellbogen auf, ließ das Gesicht in die Hände sinken. »Meine Frau verläßt mich«, sagte er.

»Kein Wunder«, sagte Rose. »Wenn Sie sich so aufführen.«

»Ich hab' mich nicht aufgeführt. Sie hat sich aufgeführt.«

»Vielleicht hatte sie 'nen Grund, haben Sie sich das mal überlegt? Und jetzt gehen Sie man nach Hause.«

Er hob den Kopf. Zwei Rosa Almas, nebeneinander, stellten Geschirr zusammen. »Einen Grund?« meinte er.

»Wie ihr euch aufführt«, sagte die doppelte Rose. »Ihr Männer. Wißt ihr, was wir Frauen uns alles gefallen lassen müssen? Nun gehen Sie endlich nach Hause!«

»Nach Hause? Ich habe kein Zuhause«, erklärte er den beiden Roses.

»Wo schlafen Sie dann?«

»In meinem eigenen Bett. In ihrs darf ich nicht rein, verstehen Sie?«

»Na, kommen Sie!« Die beiden Frauen bewegten sich auf ihn zu. »Hier lang.«

Sie halfen ihm hoch. Er versuchte, den anderen Schankraum klarer in den Blick zu bekommen. Alle Gäste hatten Zwillinge. Er rieb sich die Augen, versuchte, die Zwillinge in eins zu verschmelzen, aber sie blieben alle, wie Rose, doppelt. »Kommen Sie mit mir«, sagte Rose. »Hüten Sie sich vor den Mädchen da drüben. Sie wollen doch nicht in Schwierigkeiten geraten, oder?«

»Was für Mädchen?« fragte er. »Wo sind Mädchen?«

Rose nahm ihn beim Arm, führte ihn durch den Raum,

am Tisch der Nutten vorbei. »Ich hab' 'n Mädchen«, erklärte er. »Mein eigenes kleines Mädchen. Die verlier' ich jetzt auch noch.«

»Nein, keine Angst«, sagte Rose. »Kommen Sie, so. Die Bushaltestelle ist genau gegenüber. Haben Sie einen Fahrschein?«

Er nickte, er verstand nichts, hörte nur Worte.

»Morgen fühlen Sie sich schon besser«, sagte die Stimme. »Dann sieht alles anders aus.«

»Nein.« Er blieb stehen, wandte sich ihr mit blassem, verstörtem Gesicht zu. Hinter der großen, zitternden Manneswürde, hinter der militärischen Fassade aus Schnurrbart und mittlerem Alter sah Rose Alma sein wahres Gesicht. Wie ein Junge, dachte sie. Ein verlorenes Kind.

»Fühl mich nie mehr besser«, murmelte er. »Muß sie aufgeben... versprochen... Ehrenwort... Eh-ren-wort. Auch meine Paulie. Wird allmählich erwachsen. Geschichten mit Jungen. Das – das hab' ich auch verpatzt.«

»Macht nichts«, sagte Rose Alma. »Die beiden brauchen Sie. Gehen Sie heim.«

Sie öffnete die Tür des Lokals, und plötzlich war da die Straße vor seinem Gesicht. Ein Windstoß traf ein nahegelegenes Dach und wirbelte puderigen Staub hinab, der ihn blendete und Schnurrbart und Brauen mit feinen weißen Körnern bedeckte.

In einem Augenblick um Jahre gealtert, weiß geworden, überquerte Old Coffey die Straße, stolperte über eine Schneewehe, ging auf zwei Laternen zu, die dicht nebeneinander standen und jede ein Schild mit der Aufschrift US BUS trugen. Jetzt ging er also heim zu Veronica, verzichtete auf sie, gab sie frei, um dann wieder einsam, sein

269

Boot steuerlos treibend, davonzugleiten, in die arktische Nacht hinein, für immer in dieses Land von Eis und Schnee verbannt, diese Hölle auf Erden, für immer allein in seinem Zimmer im C. V. J. M.

Er versuchte, klar zu sehen, die Straße entlang nach einem Bus Ausschau zu halten. Kein Bus. Statt dessen kam ein großer Lastwagen mit Anhänger den Hügel herauf, mit blinkenden roten Warnlichtern, ein ächzender Riese, dazu verdammt, nachts umherzufahren. Er kam heran, und zwei winzige Fahrer blickten von ihren Fahrerhäuschen auf Coffey hinunter.

Der Fahrer sah hinaus, sah den Mann unter der Laterne stehen, ein grünes, schneebedecktes Hütchen, Schnurrbart und Brauen weiß, emporblinzelnd, ein verlorenes, betrunkenes Nachtgesicht. Der große Lastwagen ratterte vorüber.

Nachtwind wehte über den gefrorenen Fluß, wirbelte an den leeren, von Eisschollen blockierten Docks entlang, stürmte in die Straßenschluchten hinein. Coffey beugte seinen Kopf dem Wind entgegen, kalt, verwirrt; ein dringendes, nicht zu unterdrückendes Bedürfnis begann sich in ihm zu regen. Die Straße lag still da. Nur im Schnellrestaurant war noch Licht. Immer noch um einen klaren Blick bemüht, suchte er die Gebäude auf seiner Straßenseite nach einer Seitengasse ab. Aber da war keine Seitengasse. Nur ein breiter, dunkler Torweg war zu sehen, der Eingang zu irgendeinem Bürohaus, und dort stellte sich Coffey, unfähig, länger zu warten, in den Schatten.

Der Wagen einer Polizeistreife bog um die Ecke, von den Lagerschuppen des Güterbahnhofs her, lautlos glitten die Reifen durch den tiefen Schnee. Auf den Vordersitzen blickten zwei uniformierte Beamte zu Roses Lokal hin, ließen dann ihren Suchscheinwerfer über die Front des Hotels gegenüber wandern. Der Polizist, der neben dem Fahrer saß, kurbelte die Scheibe herunter und hielt den Lichtstrahl fest auf das gerichtet, was er sah. In der Haupteinfahrt stand ein Mann, mit gespreizten Beinen, den Kopf in demütiger Konzentration geneigt.

»*Tu vois ça?*« sagte der Polizist zu seinem Kollegen.

»*Calvaire!*« erwiderte der Fahrer und ließ den Motor aufheulen.

Coffey, der mit fahrigen Bewegungen seine Kleidung in Ordnung brachte, hörte das Motorengeräusch. Immer noch von dem grellen Strahl geblendet, sah er den Polizisten nicht, fühlte nur eine Hand an seinem Ellbogen.

»*Viens ici, toi*«, sagte der Polizist.

»Ich – was?«

Der Polizist antwortete nicht, sondern führte ihn zu dem wartenden Wagen. Der andere saß friedlich hinter dem Lenkrad.

»Was glauben Sie eigentlich, was Sie da machen?« fragte der erste Polizist.

Coffey sagte es ihm. »Ich hab bloß auf den Bus gewartet, und zwar ziemlich lange, sehen Sie, und da hatte ich ein Bedürfnis. Ich meine, da war niemand, weit und breit...«

»Sie geben das Vergehen zu?« sagte der zweite Beamte mit starkem Akzent, der den Frankokanadier verriet.

»Nun hören Sie doch...«

»Wo arbeiten Sie?«

»Bei der *Tribune*.«

Polizist eins sah Polizist zwei an. Hier war Vorsicht geboten. Polizei und die Beziehungen zur Presse. »Was tun Sie da, bei der Zeitung?« fragte Polizist eins.

»Korrektor. Galeerensklave.«

»*C'qu'il dit?*« fragte der zweite Polizist den ersten.

»*Zéro*«, sagte der erste.

»Hat Wein getrunken«, sagte der zweite Polizist, schnüffelnd.

»Ja, ich war mit ein paar Freunden – sehen Sie mal, Herr Wachtmeister – äh – Herrgott noch mal, Mann, nun seien Sie doch nicht so. Ich bin nicht betrunken...«

»Steigen Sie ein!«

»Ich bitte Sie, das ist doch nicht nötig, das können wir doch gleich hier regeln, oder?«

Der erste Polizist packte Coffeys linkes Handgelenk, drehte ihm den Arm auf den Rücken, so daß Coffey sich vornüberbeugen mußte, und führte ihn so zum Wagen. »Einsteigen!«

Also stieg er ein, und der erste Polizist setzte sich hinten neben ihn. Der Motor brummte auf, das Funkgerät knackte, und der Fahrer gab eine Meldung durch, während sie durch die verwaisten Straßen fuhren. Die Meldung erfolgte auf Französisch, deshalb verstand Coffey sie nicht.

Auf der Polizeiwache ließ man ihn warten. Er saß auf einer Bank und starrte in den Raum voller zweiköpfiger Polizeibeamter. Veronica durfte nichts davon erfahren. Paulie auch nicht. Er mußte hier wieder herauskommen. Wahrscheinlich kam er mit einer kleinen Geldstrafe oder einer Verwarnung davon. Sehen Sie mal, Sergeant... Mit ihnen verhandeln. Ach, hören Sie doch, Sergeant, verheirateter Mann, Familienvater, kleines Töchterchen und Frau, hab' einen über den Durst getrunken, kann vorkommen, nichts Schlimmes dabei, hm?

Und doch... Es gab so viele Revolverblätter in dieser

verfluchten Stadt. Nehmen wir mal an, in einem steht etwas darüber. Einem Skandalblättchen. Die waren immer voll von Vergewaltigungen und anderen sexuellen Verirrungen ...

Er atmete tief aus, zwirbelte seinen langen Schnurrbart an den Enden auf. EINWANDERER WEGEN ERREGUNG ÖFFENTLICHEN ÄRGERNISSES BELANGT. Wäre reizend, wenn das Paulie unter die Augen käme. Wirklich, reizend. Verflucht! Das darf nicht passieren, das läßt du nicht zu, was? Auf keinen Fall. Er würde einen falschen Namen angeben, ja, das würde er tun. Ein falscher Name, das war die Lösung. Mit ein bißchen Glück bekam er eine Geldstrafe und war gegen Morgen zu Hause. Alsdann!

Die Doppelgesichter waren alle zu einzelnen zusammengeschrumpft, als Coffey an den Tisch des Sergeants gerufen wurde. »Name und Adresse?« fragte der Sergeant.

»Gerald MacGregor«, sagte Coffey und nannte die Adresse von Madame Beaulieus Zweifamilienhaus.

Der Sergeant fing ein längeres Gespräch mit den Polizisten der Streife an, auf französisch. Sie kamen zu einer Verständigung. »Okay«, sagte der Sergeant zu ihnen. Dann drehte er sich zu Coffey um. »Wir belangen Sie nicht wegen Vagabundierens«, erklärte er ihm. »Wir werden Anklage wegen Exhibitionismus erheben.«

»Einen Augenblick, Sergeant«, sagte Coffey. »Könnten wir das nicht vielleicht hier erledigen? Es war ein unglücklicher Zufall. Ein Irrtum meinerseits.«

»Stecken Sie Ihren gesamten Tascheninhalt in diese Tüte!« unterbrach ihn der Sergeant.

»Aber hören Sie doch, Sergeant!«

»Und nehmen Sie den Schlips ab.«

»Aber Sergeant, so hören Sie doch! Ich bin Einwanderer, ich wußte wirklich nicht, daß das ein Verbrechen ist...«

»Und geben Sie mir Ihren Gürtel!«

»Sergeant, verstehen Sie denn nicht? Sehen Sie – ich bin verheiratet, Familienvater. Mein Gott, man kann doch so etwas nicht ins Strafregister aufnehmen.«

»*Prends-lui*«, sagte der Sergeant zum Gefängniswärter. »*Numéro six.*«

Der Gefängniswärter nahm Coffey mit nach hinten und führte ihn eine Treppe hinunter. Ein Kriminalbeamter kam ihnen entgegen. Sie blieben stehen, um ihn vorbeizulassen. Der Beamte, ein fetter junger Mann mit Bürstenschnitt und einem Schnurrbart, der beinahe so lang war wie der Coffeys, blieb ebenfalls stehen und sagte: »*Le gars, c'qu'il a fait, lui?*«

Der Wärter lachte: »*A fait pisser juste dans la grande porte du Royal Family Hotel.*«

»Oho!« sagte der Beamte, Coffey angrinsend. »Was ist los? Mögen Sie die Engländer nicht? Oder die königliche Familie? Oder vielleicht nur das Hotel?«

»Was – was meinen Sie?« sagte Coffey. »Was meint er?« fragte er den Wärter.

»Los, weiter!« sagte der. Er stieß Coffey zur letzten Treppe, führte ihn dann einen Korridor entlang und schloß eine Zellentür auf. Drinnen schliefen zwei Männer. Würdelos, die Hosen mit den Händen festhaltend, richtete Coffey einen letzten Appell an die Justiz. »Hören Sie« sagte er. »Könnte ich bitte noch einmal mit dem Sergeant sprechen?«

»Piß nich auf die andern Jungs hier«, sagte der Wärter, indem er ihn hineinschob. »Das könn' die nämlich nich leiden.«

Die Zellentür schloß sich. Der Schlüssel knirschte. Der Wärter ging wieder nach oben. Coffey war übel, er ließ seine Hosen rutschen, tastete nach einer Pritsche und fand eine. Er setzte sich, hörte das rauhe Husten seiner Zellengenossen. Die Zelle war sauber, stank aber nach Bier oder Wein oder etwas dergleichen. Oder war er es etwa, der...? Er wußte es nicht. Oben, einen Stock höher, hörte er die Polizisten herumgehen, reden, über einen Witz oder eine Alberei lachen. Dort über ihm waren alle Männer frei. Während hier unten... – O Gott! Kindheitserinnerungen stiegen in ihm auf: wie er eingeschlossen war in einem Schrank, und die Spielgefährten rannten davon, während er an die Tür hämmerte und schrie, ohne Antwort zu bekommen; nein, er brachte es nicht fertig, »ruhig Blut« zu sagen, oder »Kopf hoch« und wie die entsprechenden Wendungen alle hießen. Seit er denken konnte, hatte er nur mit geheimem Schauer von Haftstrafen lesen können. *Gefängnis.* Ja, sie konnten ihn ins Gefängnis stecken. O Gott, betete er.

O wer? Was kümmerte es Gott, wenn es einen Gott gab? Oder war es Gott, der ihm den Teppich unter den Füßen weggezogen hatte, ein für allemal, der beschlossen hatte, ihm ein für allemal zu zeigen, daß er irre gewesen war, Hoffnungen zu hegen, daß sein Glück eine Seifenblase war, daß er Weib und Kind verloren hatte, für immer? Ruhig. Ruhig Blut! ermahnte er sich. Keine Panik. Ganz kühl bleiben.

Aber es nützte nichts. Oben brachen die Polizisten wieder in Gelächter aus. Er legte sein Gesicht in die Hände, seine unteren Schneidezähne bissen in die Haare über der Oberlippe. Ach nein, nein, es hatte keinen Sinn, einem Gott Vorwürfe zu machen, an den man nicht glaubte, es war sinnlos, irgend jemandem Vorwürfe zu machen. Vera hatte ganz recht. *Er trug die Schuld.* Wenn er mit seinem Los in der Heimat zufrieden gewesen wäre, hätte er nie den Weg in dieses verfluchte Land gesucht. Und wäre er nie hierhergekommen, hätte er Veronica nicht an Grosvenor verloren; Paulie würde nicht mit Rowdys herumstreunen, die älter waren als sie. Wäre er nicht hierhergekommen, müßte er nicht Fahnen korrigieren, ohne Hoffnung auf Beförderung, müßte er nicht im Gefängnis sitzen, heute nacht. Warum war er nicht sofort nach Hause gegangen? Wessen Schuld war es, daß er sich betrank? Seine Schuld.

Ja, seine Schuld. Was für ein verdammter Narr war er gewesen, auch noch einen falschen Namen und eine falsche Adresse anzugeben. Sie hatten seine Habseligkeiten in einen Beutel getan, doch wenn sie in seine Brieftasche sahen, würden sie ihn fertigmachen. Er müßte jetzt rufen, hinaufgehen, sich entschuldigen, um einen Rechtsanwalt bitten, ihnen seinen richtigen Namen nennen.

Rasch ging er zur Zellentür und guckte durch das winzige Fenster auf den Korridor. Das Glas dieses Fensters war sehr dick und mit Draht verstärkt. Er konnte niemanden sehen. Er trat ein wenig zurück, versuchte seitlich in den Korridor zu schielen, und dabei erblickte er sein eigenes Gesicht, das sich verzerrt im Glas spiegelte. Er starrt auf diesen erbärmlichen Schwindler, diesen widerwärtigen, blöden Kerl. Ja, sieh dich nur an! Du, der versprochen hat, er wolle sich unsichtbar machen. Du, der ganz andere große Dinge vorhatte. Der ihr zeigen wollte, wozu er fähig ist. Sieh dich an! Was für ein Kerl mußte man sein, um jetzt loszukrakeelen, um Schande über Veronica und Paulie zu bringen, bloß weil man Schiß hatte, eingelocht zu werden

Er ging wieder in das Dunkel der Zelle zurück. Er ertrug es nicht, diesen blöden, widerwärtigen Kerl länger anzustarren. Er war nicht dieser Mann. Er war Ginger Coffey, der einen falschen Namen angegeben hatte, um die Unschuldigen zu schützen, und der jetzt die Strafe auf sich nehmen mußte.

Er setzte sich, lose hingen die Hosen um seine Hüften. Es war dunkel. Und er fürchtete sich.

Aber er hatte jetzt immerhin etwas erkannt, was ihm vorher nicht bewußt gewesen war. Niemand war schuld am Leben eines Mannes, außer ihm selbst. Nicht Gott, nicht Vera, nicht einmal Kanada. Es war seine eigene Schuld. *Mea culpa.*

13

Als es dämmerte, begann jemand in einer nahe gelegenen Zelle an die Tür zu hämmern und laut etwas auf französisch zu rufen. Davon wachten alle auf. Der Wärter kam herunter, schloß die Tür auf und führte den Gefangenen hinaus. Einer von Coffeys Zellengenossen wischt sich die Nase am Ärmel ab und erklärte: »Die lernen aber auch nie dazu.«

»Wieso?«

»Jetzt bringen sie ihn oben ins Hinterzimmer, da wird er sich bald abregen.«

»Ach so!« Coffey ging zur Zellentür und lauschte. Er hörte oben keinen Laut. Er hörte, wie der dritte Zelleninsasse sagte: »Wenn du sie ärgerst, machen sie dich fertig, so läuft das hier. Am besten, man hält die Klappe.«

Einige Minuten später brachte der Wärter den Mann zurück, der geschrien hatte. Der Mann hielt beide Hände auf den Leib gepreßt und sah sehr blaß aus. Nachdem man ihn wieder eingesperrt hatte, hörten sie, wie er sich erbrach. Coffeys Gefährten nickten sich zu. Einer sagte »In Bordeaux prügeln sie einem die Scheiße aus dem Leib ganz egal, ob man sie ärgert oder nicht. Sowie du drin bist besorgen sie's dir.«

»Wo ist Bordeaux?« fragte Coffey.

»Provinzknast. Warum sitzt du, Jack?«

»Äh – ich hab gestern nacht im Freien gepinkelt und di Polizei hat mich geschnappt.«

278

»Vagabundiert, was?«

»Vagabundiert?« Das Wort kannte er nun schon. »Nein, so haben sie das nicht genannt. Erregung öffentlichen Ärgernisses, ja, so war's.«

Seine Zellengenossen wechselten einen Blick. Einer von ihnen gähnte. »Na«, sagte er, »bin froh, daß ich's nich bin, sondern du.«

Um acht Uhr schrillte eine Klingel. Ein Wärter kam zu den Zellen herunter, rief nach einer maschinengeschriebenen Liste Namen auf und befahl den Häftlingen, sich an ihrer Zellentür aufzustellen. Es erschienen weitere Polizisten. Man ließ die Gefangenen hinaufmarschieren, und Coffey wurde mit drei anderen Männern in einen Warteraum geführt. Einer bat um ein Streichholz.

»Reden verboten!« brüllte der Polizist.

Um acht Uhr einunddreißig führte man Coffey und die drei anderen zum Hinterausgang der Polizeiwache. Ein Bus stand rückwärts eingeparkt in der Gasse, mit laufendem Motor. Ein Polizist half ihnen hinauf, ein zweiter händigte dem Fahrer eine Liste aus, und die Türen der grünen Minna schlossen sich. Zwei Gefangene befanden sich bereits im Inneren des Wagens, der im Lauf der nächsten halben Stunde noch bei drei weiteren Polizeistationen anhielt. Als der Lkw vor einem Gerichtsgebäude irgendwo in der Hafengegend anlangte, war er vollgestopft mit Männern und roch nach Alkohol und Schweiß. Man entlud sie auf einen Hof, und während sie herumstanden und darauf warteten, abzumarschieren, sah Coffey einen Zeitungskiosk draußen auf der Straße, die Wände mit Schlagzeilen bepflastert. Eine lautete:

RICHTER VERURTEILT SITTENSTROLCH
GNADENGESUCH ABGELEHNT

Gott im Himmel! Lieber ging er ins Gefängnis, als daß
Paulie je dergleichen im Zusammenhang mit ihm las. Das
hier war seine Schuld. Alles war seine Schuld. Er mußte
selbst dafür bezahlen.

»Rechts!« sagte ein Wärter. »Marsch!«

Einer der Häftlinge, ein alter Mann, fragte: »Ist da drin
eine Toilette? Ich muß mal.«

Der Wärter drehte sich um und brüllte wie ein Stier:
»Reden verboten auf den Korridoren!«

Man ließ sie wieder eine Treppe hinuntermarschieren
und sperrte sie ein.

Über dem Richter hing ein großes Kruzifix. Die Christusgestalt schien sich, den Kopf zur Seite gelegt, herun-
terzuneigen, als versuche sie das halblaute Murmeln des
Gerichtsschreibers zu verstehen.

»...Strafgesetzbuch – Paragraph – Absatz – besagter
Gerald MacGregor – die Nacht vom – sich unsittlich
entblößte – als Zeugen...«

Ein Rechtsanwalt, der sich verspätet hatte, betrat eilig
den Saal und lief den Seitengang entlang, wobei er einigen
Kollegen die Hände schüttelte. Die Reporter auf der Pressebank lasen eine Zeitung, die *Le Devoir* hieß: sie schienen
der Anklage keine Beachtung geschenkt zu haben. Der
Richter, ein auffallender Mann, den man auch für einen
Buchmacher hätte halten können, ärgerte sich über seinen
teuren Füllfederhalter, der nicht recht zu funktionieren
schien. Er winkte einem Gerichtsdiener, der daraufhin
durch eine Seitentür ins Richterzimmer ging. Ein Krimi-

nalbeamter kam herein und stellte sich vor dem Richterstuhl auf, wartete. Der Gerichtsschreiber hörte mit seinem Gemurmel auf und setzte sich. Der Richter schraubte die Kappe von seinem Füller ab und bemerkte den wartenden Kriminalbeamten. Der trat vor und flüsterte etwas. Der Richter blickte Coffey an.

»Vereidigen Sie den Angeklagten«, sagte er.

Coffey wurde vereidigt. Der Richter sagte: »Also – ist Ihr Name Gerald MacGregor?«

Coffey blickte verzweifelt zu dem Kruzifix auf, das über dem Richterpult hing. Die Christusgestalt lieh ihm ihr Ohr: Sie wartete.

»Ich warne Sie«, sagte der Richter. »Unter der Adresse, die Sie angegeben haben, wohnt niemand mit dem Namen MacGregor. Behaupten Sie immer noch, das wäre Ihr Name?«

Voll Entsetzen starrte Coffey den Kriminalbeamten an. Vera und Paulie? – du mußt sie schützen. – »Ja, Euer Ehren«, sagte er.

»Na schön.« Der Richter nickte dem Kriminalbeamten zu. »Führen Sie Ihre Zeugin vor.«

Der Beamte gab einem Gerichtsdiener ein Zeichen, und der verließ daraufhin den Saal. In ihrem guten blauen Mantel und mit niedergeschlagenen Augen wurde Vera zum Zeugenstand geführt und vereidigt. Ihre Augen trafen die Coffeys, dann huschte ihr Blick zur Pressebank. Jetzt machten sich die Reporter Notizen. Sie nannte ihren Namen und ihre Adresse.

»Ist das hier Ihr Ehemann?«

»Ja.«

»Wie heißt er?«

»James Francis Coffey.«

»Sie können sich setzen. Schreiber, verlesen Sie die Anklage gegen James Francis Coffey.«

Sie ging zu einem Stuhl in der ersten Reihe und setzte sich. Sie sah zu ihm hin, und ihre Finger hoben sich leicht zu einem winzigen, verstohlenen Gruß. Sie hatte Angst.

»Also, Coffey«, sagte der Richter. »Warum haben Sie einen falschen Namen angegeben?«

»Ich – äh – ich wollte nicht, daß meine Frau und meine Tochter in diese Sache verwickelt würden, verstehen Sie?«

»Ich verstehe durchaus nicht«, sagte der Richter. »Sie haben gehört, was man Ihnen zur Last legt. Haben Sie eine Vorstellung von der Schwere dieser Anklage?«

»Nein – eigentlich nicht, Euer Ehren. Sehen Sie – ich meine – ich wollte vermeiden, daß ... Ich meine, es war ja nicht ihre Schuld. Ich wollte nicht, daß sie Unannehmlichkeiten bekommen.«

»Auf dieses Vergehen«, sagte der Richter, »steht eine Höchststrafe von sieben Jahren Gefängnis.«

Coffey sah Veronica an. Sie schien kurz davor, ohnmächtig zu werden. *Sieben Jahre.*

»Nun, Coffey? Was haben Sie dazu zu sagen?«

»Ich – ich bin Einwanderer, Euer Ehren, und ich habe noch nicht so recht Fuß gefaßt. Meine Frau ...« Er hielt inne und sah Veronica an, die den Kopf senkte und seinen Blick nicht erwiderte. »Meine Frau und ich sind übereingekommen, uns zu trennen, wenn ich nicht eine bessere Stelle fände. Ich habe ihr versprochen, daß ich sie zu – ich sie gehen lasse, wenn ich nicht einen bestimmten Posten bekomme. Und ich hab' ihr versprochen, daß sie dann auch meine Tochter mitnehmen kann. Und gestern nacht, da hab ich den Posten nicht bekommen, und da – und deshalb ...«

282

Er konnte nicht weitersprechen. Er stand da und blickte zu ihr hin, sah auf den weißen Nacken unter dem Ansatz ihres kurzgeschnittenen Haars. Der Richter sagte: »Was hat das alles damit zu tun, daß Sie einen Meineid geleistet haben?«

»Also, ich hätte sie in jedem Fall verloren, Euer Ehren. Ich wollte nicht, daß sie meinetwegen noch länger zu leiden haben. Darum dachte ich, ein falscher Name...«

Der Richter sah den Kriminalbeamten an. »Wird der Häftling von einem Rechtsbeistand vertreten?«

»*N'a pas demandé*«, sagte der Beamte.

»Dieser Fall wird auf englisch verhandelt«, sagte der Richter etwas gereizt.

»Verzeihung, Sir. Er hat nicht nach einem Anwalt verlangt.«

Der Richter seufzte. Er fügte die beiden Hälften seines teuren Füllfederhalters zusammen, schraubte sie fest, dann legte er den Füller vor sich hin.

»Bekennen Sie sich schuldig oder nicht schuldig?« sagte er zu Coffey.

»Nicht schuldig, Euer Ehren.«

»Na schön. Rufen Sie den ersten Zeugen herein.«

Polizeiwachtmeister Armand Bissonette von der Funkstreife, Polizeirevier 10, trat in den Zeugenstand. Nach seiner Zeugenaussage wurde er von Richter Amédée Monceau ins Kreuzverhör genommen.

Vorsitzender: »War zu der betreffenden Zeit sonst noch jemand auf der Straße?«

Zeuge: »Soweit wir feststellen konnten, nein, Sir.«

Vorsitzender: »Folglich hat niemand außer der Polizei die Tat beobachtet?«

Zeuge: »Vielleicht waren Leute in der Hotelhalle, die es gesehen haben.«

Vorsitzender: »Haben Sie irgendwelche Leute dort gesehen?«

Zeuge: »Nein, Sir.«

Vorsitzender: »Und die Einfahrt war dunkel?«

Zeuge: »Ja, aber in der Halle brannten Lichter.«

Vorsitzender: »Waren diese Lichter von der Einfahrt aus zu erkennen?«

Zeuge: »Ja, wenn er hingeschaut hätte, hätte er bemerkt, daß es eine Hotelhalle war. Aber er war ziemlich betrunken, Sir. Er konnte kaum geradeaus schauen.«

Vorsitzender: »Er stand unter Alkohol?«

Zeuge: »Er ist ein Säufer, Sir. Ich habe den Wein gerochen.«

Vorsitzender (zum Angeklagten): »Was hatten Sie getrunken?«

Angeklagter: »Euer Ehren, ich hatte ein paar Glas Wein getrunken. Es war eine Art Mischung aus Sherry und Coca-Cola. Ich wollte mich gar nicht betrinken.«

Vorsitzender: »Sie sind Ire, nach Ihrem Akzent zu schließen. Ist das ein irisches Rezept?«

(Gelächter.)

Vorsitzender: »Wenn Sie das nicht betrunken gemacht hat, hätte Ihnen zumindest übel werden müssen. War Ihnen übel?«

Angeklagter: »Ja, Euer Ehren. Mir war etwas schwindelig. Und ich hatte sehr lange auf den Bus gewartet.«

Vorsitzender: »Wie lange?«

Angeklagter: »Über zwanzig Minuten, Sir. Vielleicht eine halbe Stunde.«

Vorsitzender: »Eine halbe Stunde? Tja, ich sehe, Sie

sind kein Einheimischer. Eine halbe Stunde, das ist hier in der Stadt nicht viel.«

(Gelächter.)

Coffey sah sie an: den Richter, der über seine geistreiche Bemerkung grinste, die Anwälte, die aufblickten, um mit dem Vorsitzenden zu lachen, die Zuschauer, die sich in ihren Sitzen zurücklehnten wie Leute in der Kirche, die sich über einen Scherz freuen. Sieben Jahre Gefängnis, und sie lachten. Aber warum auch nicht? Was war er für all diese Leute anderes als ein Anlaß zum Lachen, dieser komische Kerl mit dem irischen Akzent? Alles, sein ganzes Leben, von den Tagen an, da er, zu spät für die Schule, eilig durch das eiserne Gittertor von Stephens Green gerannt war, über die Jahre an der Universität, die Jahre im Heer, die Jahre bei Kylemore und Coomb-Na-Baun, Werbung, Hochzeit, Vaterschaft, der Tod seiner Eltern, seine Hoffnungen und seine Demütigungen: es war alles nur ein Witz. Alles, was er darstellte, an diesem Morgen, vor sich Gefängnis und Ruin, war ein willkommener Anlaß für Heiterkeitsausbrüche im Gerichtssaal. Was spielte es schon für eine Rolle, sein Leben in dieser Welt, wenn die Welt so aussah? Langsam aber sicher kam er darauf. Seine Hoffnungen, seine Pläne und Träume: was waren sie anderes als leerer Schein? Nur ein einziges Gesicht in diesem Saal litt mit ihm, wußte, daß er mehr war als nur ein Witz, war eins mit ihm an diesem furchtbaren Morgen. Ein Gesicht, das sich vor fünfzehn Jahren in der Sankt-Patricks-Kirche zu Dalkey vom Priester abgewandt hatte, um ihn anzublicken und »ja« zu sagen.

Der Richter klopfte auf sein Pult. Das Lachen verebbte. Der Vorsitzende, Richter Amédée Monceau, wandte sich an den Vertreter der Anklage. Der Vorsitzende erklärte, daß unter den obwaltenden Umständen, angesichts des späten Zeitpunktes der Tat, der nicht nachgewiesenen Volltrunkenheit, fehlender Zeugen der Tat, ferner angesichts des Umstandes, daß keinerlei Vorstrafen des Angeklagten bekannt seien, er, der Vorsitzende, sich frage, warum die Polizei eine derart schwerwiegende Anklage erhoben habe. Eine Anklage wegen Vagabundierens, so erläuterte der Vorsitzende, wäre in diesem Fall angemessener gewesen.

Detective-Sergeant Taillefer: »Euer Ehren, die Tat wurde in der Einfahrt eines der größten Hotels der Stadt begangen.«

Vorsitzender: »Gewiß, aber Sie haben nicht bewiesen, daß irgend jemand Zeuge dieser Tat war.«

Detective-Sergeant Taillefer: »Nun ja, Sir, die Polizei hat so rasch eingegriffen, daß niemand gestört wurde.«

Vorsitzender: »Sollte die Polizei jemals einen Pressesprecher benötigen, werde ich Sie mit Vergnügen empfehlen. Doch falls der Polizei hier heute vormittag noch weitere Komplimente zu machen sind, würden Sie dann gütigst gestatten, daß dies von meiner Seite geschieht?«

(Gelächter.)

Dort unten, im Zuschauerraum, blickten die Leute auf und genossen die Verlegenheit des Kriminalbeamten. Auf ihn, die Hauptperson dieses Dramas, sah niemand. Niemand, nicht einmal sie. Denn sie saß mit gebeugtem Kopf da, gedemütigt. War sie gedemütigt, weil dieses Lachen Kritik an ihr übte, sich über ihren schlechten Geschmack lustig machte, weil sie einen Mann geheiratet hatte, der sich dem Gelächter der Welt preisgab, öffentlich Ärgernis erregt hatte? Und dessen Leiden der Welt nur als Anlaß zur Heiterkeit dienten? Wahrscheinlich war es das, dachte er. Denn wollte sie nicht auch, daß er ihr nie mehr unter die Augen kam, war sie nicht nur deshalb hier anwesend, weil die Polizei seine richtige Adresse herausgefunden und sie zu der Verhandlung vorgeladen hatte? O Vera, Vera, sieh mich doch an!

Doch sie sah ihn nicht an. Er war ihr genauso egal wie den anderen. Er war allen egal.

Vorsitzender: »Angeklagter, stehen Sie auf. Haben Sie irgend etwas zu Ihrer Entlastung vorzubringen?«

Angeklagter: »Ich wußte nicht, daß es ein Hotel war, Euer Ehren. Ich dachte, es wäre ein Bürogebäude. War ein Mißverständnis.«

Vorsitzender: »Ich verstehe. Und ist es bei Ihnen zu Hause üblich, sich in Einfahrten zu Bürohäusern Erleichterung zu verschaffen? Soll ich etwa annehmen, die Iren seien ein unzivilisiertes Volk?«

Angeklagter: »Nein, Euer Ehren.«

Vorsitzender: »Aha. Nun, ich darf Sie davon in Kenntnis setzen, Coffey, daß Ihre Handlungen letzte Nacht in dieser Provinz ein ernsthaftes Vergehen darstellen. Doch wie es scheint, gibt es da eine Reihe mildernder Umstände. Es war spät in der Nacht, und Sie waren den Montrealer Verkehrsbetrieben auf Gnade und Ungnade ausgeliefert...«

(Gelächter.)

Vorsitzender: »Und da Sie jenes schreckliche Gebräu im Leibe hatten, das Sie dem Gericht schilderten, bestand natürlich aller Anlaß, daß Ihr Körper es so bald wie möglich wieder von sich geben wollte, auf die eine oder andere Weise.«

(Gelächter.)

Vorsitzender: »Gleichwohl, die Tatsache bleibt bestehen, daß Ihre Handlungsweise an einem öffentlichen – einem sehr öffentlichen – Ort beträchtliche Empörung und Entrüstung bei unschuldigen Anwesenden hätte hervorrufen können. Wäre Ihre Handlungsweise ausdrücklich zu dem Zweck geschehen, Empörung und Entrüstung hervorzurufen, müßte die Anklage, die von der Polizei gegen Sie erhoben wird, als gerechtfertigt angesehen werden. Und, wie ich Ihnen schon sagte, die Höchststrafe für ein solches Verbrechen beträgt sieben Jahre Gefängnis.«

Veronica hob den Kopf. Tränen standen in ihren Augen, und ihr Gesicht war furchtbar bleich. Sie starrte ihn an, als wären nur er und sie im Raum. Er sah sie an: seine Beine zitterten nicht länger. Er las es in ihren Augen: sie schämte sich nicht für ihn, sie hatte Angst um ihn. Er blickte zum Richter auf. Er fürchtete sich nicht mehr.

Vorsitzender: »Nun, Coffey, da kein Rechtsbeistand Sie vertritt, nimmt das Gericht an, daß Sie sich seiner Gnade anvertrauen. Und entgegen der Klage, die die Polizei gegen Sie erhebt, bin ich geneigt anzunehmen, daß in Anbetracht der Begleitumstände keine verbrecherische Absicht bei Ihnen vorlag. Im Zweifelsfalle für den Angeklagten. Ein solcher Zweifelsfall ist gegeben. Ich verurteile Sie daher zu sechs Monaten Gefängnis...«

Sein Blick glitt von dem Richter ab, wanderte hinunter zu ihr. Etwas war geschehen. Ein Justizwachtmeister und ein Zuschauer beugten sich über sie. Ohnmächtig? De

Justizwachtmeister half ihr von ihrem Platz auf. Coffey blickte so aufmerksam hinüber, daß er gar nicht recht hörte, wie der Richter weitersprach.

«...angesichts der Tatsache, daß Sie keine Vorstrafen haben, als Einwanderer erst kurze Zeit bei uns leben und Frau und Kind zu ernähren haben, setze ich das Urteil zur Bewährung aus. Ich lasse Milde walten, Coffey, weil mir Ihre Familie leid tut. Allein in einem fremden Land leben zu müssen, während ihr Ernährer im Gefängnis sitzt, scheint mir ein Geschick zu sein, das Ihre Frau und Ihr Kind nicht verdienen. Aber ich möchte Sie warnen: wenn Sie, aus welchem Grund auch immer, vor diesem Gericht je wieder als Angeklagter erscheinen, werden Sie allen Grund haben, das zutiefst zu bedauern.»

Sie hatten Veronica nach draußen geführt. Er war jetzt ganz allein. Er starrte den Richter an.

Vorsitzender: »Zum Abschluß erlaube ich mir, die mit diesem Fall befaßten Polizeibeamten daran zu erinnern, daß alle Umstände erst genauestens geprüft werden sollen, ehe eine Anklage formuliert wird. Die Achtlosigkeit, mit der Anklagen hier zuweilen vorgebracht werden, hat das Gericht wieder und wieder dazu veranlaßt, gegen die Staatsanwaltschaft zu entscheiden. Das wäre alles, meine Herren.«

Ein Wärter klopfte ihm auf die Schulter. Man brachte ihn in die Arrestzelle zurück.

»Meine Frau...?«

Einer von den Wärtern trat Coffey auf die Zehen. Es tat weh.

»'tschuldigen Sie«, sagte der Wärter. »Was sagten Sie eben?«

»Meine Frau, ist sie...?«

Lächelnd trat ihm der Kriminalbeamte auf den Fuß. »Bin jetzt zwanzig Jahre dabei«, sagte er. »Hab' nie einen Richter gesehen, der einen Kerl so davonkommen läßt, wie heute. Muß das Glück der Iren sein, was, Irländer?«

Der Beamte stieß ihn in die Rippen. Es war kein freundlicher Rippenstoß. Er mußte quittieren, daß er seine Sachen zurückerhalten hatte. Dann ließen sie ihn gehen.

Der Flur draußen war gedrängt voll von Menschen. Zeugen, die darauf warteten, aufgerufen zu werden; Anwälte, die sich in den Ecken mit ihren Mandanten und Kollegen berieten; Polizisten, die mit der Besitzermiene von Museumswärtern auf und ab marschierten. Er rannte an ihnen allen vorbei, durchstreifte das ganze Gebäude, landete schließlich in einer großen Vorhalle, wo zwei Justizwachtmeister auf einer Steinbank neben dem Hauptportal saßen. Er ging zu ihnen.

»Entschuldigen Sie«, sagte er, wieder von Furcht gepackt, denn es waren Polizisten. Er dachte schon, sie würden gleich »Reden verboten!« brüllen. Doch statt dessen waren es Polizisten, wie er sie früher immer gekannt hatte.

»Ja, Sir?«

»Haben Sie eine Frau gesehen? Ich meine eine Frau, die im Gerichtssaal ohnmächtig wurde, ist sie hier hinausgegangen?«

»In einem blauen Mantel, ja?« fragte der Beamte. »Ja, wir haben sie vor einer Minute in ein Taxi gesetzt.«

»Ich bin ihr Mann«, erklärte er. »Wissen Sie die Adresse, die sie dem Fahrer angegeben hat?«

Sie überlegten. Einer meinte: »Eine Nummer in der Notre Dame Street, glaube ich.«

Er bedankte sich und ging auf das Portal zu. Er fühlte sich schwach, als hätte er einen Monat im Bett gelegen. Notre Dame Street, da war Grosvenors Büro. Ach Gott, es war klar wie nur etwas. Sie war ohnmächtig geworden, sie hatte nicht einmal bis zum Schluß gewartet. Sie hatte nicht auf ihn gewartet, war auf und davon, zu ihrem Liebhaber. Ginger sitzt im Kittchen. Gerry, wir sind frei.

Ja, es war falsch gewesen zu hoffen. Er hatte beim ersten Mal doch recht gehabt. Er war ihr gleichgültig. Er war allen gleichgültig.

Zum Tor hinaus, unter Inschriften auf Wahrheit und Gerechtigkeit hindurch, schritt er, ein alter, alter Mann. Er war ein Wanderer, der überall nach der Blauen Blume gesucht hatte, der nun aber wußte, so sah die Welt aus, so und nicht anders. Er stand oben auf dem Absatz der breiten Freitreppe, die hinab zu den Straßen der Stadt führte, der Stadt, von der er so viel erhofft und die seine Hoffnungen verlacht, ihn verworfen hatte. Er blickte zum Himmel empor. Graue Wolken bauschten sich auf ihn herab wie die schmutzige Unterseite eines Zirkuszeltes. Und doch, nie mehr seit der Zeit, da er als kleiner Junge auf einem Feld gelegen hatte, war ihm der Himmel so erhaben, so unbegrenzt erschienen. Und in diesem Augenblick füllte sich sein Herz mit einer ganz unverhofften Glückseligkeit. Er war frei. Die vergangene Nacht, die Zellen im Keller, die brüllenden Wärter, das entsetzliche Lachen der Zuschauer im Gerichtssaal; es war geschehen, und doch wieder nicht. Es war ein Alptraum, von der einfachen, herrlichen Wirklichkeit der Freiheit ins Nichts geweht. Die Stadt: ihre Dächer und Firste mit Schnee bekrönt, ihre eilig dahinhastenden Bewohner in Pelze gehüllt – das alles war wie ein geschäftiger, magischer Ort, an dem man mit

Freuden unterwegs war. Für einen befreienden Augenblick wurde er wieder zum Kind, verlor sich, wie nur ein Kind es vermag, ließ sich in den Morgen hineintreiben, ein Tropfen Wasser, der in den Ozean rinnt und auf geheimnisvolle Weise mit ihm eins wird.

Er vergaß Ginger Coffey und Gingers Leben. Er war nicht mehr ein Mann, der bergauf einer Hoffnung nachkeucht, gegen das Schienbein getreten und vom Glück verlassen. Er war kein Mensch. Er war: zwei Augen, die in den Himmel schauen. Er war der Himmel.

Ein Vorübergehender stieß ihn an, ging die breiten Stufen hinunter. Der Augenblick löste sich von ihm, ließ ihn schwach, ausgelaugt, nachdenklich zurück. Das war das Glück. Kam es je wieder? Wünsche würden es nicht zurückbringen, ebensowenig wie Ambitionen, Opfer, Liebe. Wie war es möglich, daß sich die wahre Freude, diese Augenblickserfüllung, in einer Stunde der Verlorenheit und des Versagens einstellte? Herbeiwünschen konnte man sie nicht; sie kam unverhofft. Öfter während der Kindheit; doch sie konnte wieder und wieder erscheinen, sogar am Ende des Daseins.

Langsam schritt er die Stufen des Gerichtsgebäudes hinab. Ja, eine solche Augenblickserfüllung konnte ihm wieder zuteil werden. Doch war dies alles, was ihm zu hoffen blieb – ein paar wenige, mystische Augenblicke verstreut über die Zeit eines Lebens? Ja, vielleicht war das alles.

Wenn ich wünschen dürfte, was würde ich mir wünschen?

Doch er dachte an sie. Er dachte an sein Versprechen, wegzugehen. Er durfte nicht wünschen. Er mußte gehen. Ja, das mußte er.

14

Vorsichtig schloß er die Wohnungstür auf und trat ein. Es bestand immer die Möglichkeit, daß Veronica zurückgekommen war. Doch als er den Schrank in der Diele öffnete, hing ihr Mantel nicht darin. Und da Paulie noch in der Schule war, brauchte er sich nicht länger zu bemühen, leise zu sein. Er ging ins Schlafzimmer und fing an, einen Koffer zu packen. Aus einem Schubfach der Kommode nahm er Hemden und vermied dabei den Blick des Spiegelmannes. Er interessierte sich nicht mehr für ihn. Er interessierte sich nicht mehr für Ginger Coffey. Er kam sich vor wie jemand anderer.

Plötzlich hörte er die Dusche. Samstag! Natürlich. Paulie war zu Hause. Er hätte sich am liebsten versteckt. Er wollte keine Fragen, wollte nicht erklären müssen, warum er ging. Hastig stopfte er weiter wahllos Kleidungsstücke in den Koffer. Doch da glitt der Koffer vom Bett herab und fiel mit einem Plumps auf den Boden. Die Dusche wurde abgedreht. Er hörte Paulies Schritte auf dem Flur.

»Mammy, bist du's? – Mammy? – Wer ist da?« In ihrer Stimme schwang zuerst die einfache Frage, dann Zweifel, schließlich Angst mit, und natürlich war es nicht richtig, sie zu erschrecken und glauben zu lassen, er wäre ein Dieb oder Einbrecher oder dergleichen. Er öffnete die Tür, und da stand Paulie in ihrem Bademantel, Gesicht und Hals noch feucht von Wasserdampf. »Ach, du bist das, Daddy!« sagte sie. »Wo warst du denn?«

»Hier drin.«

»Nein, ich meine, wo du *warst*. Wir waren halb verrückt vor Angst. Und dann, heute früh, als dieser Polizist mit dem Wagen kam, um Mammy abzuholen, da dachte ich vielleicht, du liegst im Krankenhaus oder bist vielleicht sogar tot. Also, was ist denn nun wirklich passiert?«

»Ich war im Gefängnis.«

»Mach keine Witze!« Doch während sie es noch sagte, rannte sie zu ihm und umarmte ihn. »Ich hab' mir Sorgen gemacht, Daddy!«

»Wirklich, Pet?« Er war überrascht. Er nahm ihr Gesicht in seine Hände und hob es etwas an. Ja, sie schlug ihm nach: etwas von ihm war in dem rötlichen Haar, den bekümmerten Augen. Sie war sein Kind, und sie hatte sich um ihn gesorgt. Wenn er sie jetzt bat, mit ihm zu gehen, vielleicht würde sie's tun.

Aber wohin? Und warum? Seine Hand strich ihr über den Hinterkopf. Sie liebte ihn: das war mehr, als er erwarten durfte. Laß nur.

»Mein Haar ist frisch gelegt«, sagte sie. »Bitte bring's mir nicht durcheinander, Daddy.«

Er ließ sie los. Er mußte mit der Packerei fertigwerden, ohne daß sie etwas merkte. »Wie wär's, wenn du mir einen Kaffee machst?« sagte er.

»Gern, Daddy. Aber wie war das denn mit dem Gefängnis und so?«

»Das ist 'ne lange Geschichte, Äpfelchen. Die erzähl' ich dir ein andermal.«

»Nein, jetzt.«

»Ein andermal«, sagte er.

Sie ging in die Küche. Er schloß die Schlafzimmertür und nahm den Koffer vom Boden hoch, packte wieder ein was herausgefallen war. Sie hatte sich um ihn gesorgt: Sie liebte ihn. Das bewegte ihn mehr, als er es für möglich gehalten hätte. Aber er hatte nun einmal ein Versprechen abgegeben. Er mußte gehen. Er schloß den Koffer und versteckte ihn im Schrank in der Diele, damit sie ihn nicht entdeckte. Nach dem Kaffee würde er sich unauffällig davonmachen.

Doch die Wohnungstür öffnete sich, als er den Schrank schloß.

Veronica. Langsam wandte er sich zu ihr um. Es war wie in jenen alten, längst vergangenen Zeiten, wenn man sich nach nicht bestandener Prüfung dem Ärger und den Vorwürfen stellen mußte.

»Du bist es?« sagte sie.

»Ja.«

»Aber ich denke, du mußt ins Gefängnis?«

»Bewährungsfrist.«

»Ach so!«

Er sah sie an. Sie sah ihn an. Als sich ihre Blicke trafen, taten beide so, als wäre es ein Zufall, wie zwei Fremde in einem Zugabteil. »Ja, also...«, sagte er. Er öffnete den Schrank und nahm seinen Automantel heraus.

»Gehst du aus?«

Er zog den Mantel an und griff noch einmal in den Schrank, nach seinem grünen Hütchen. »Ich gehe weg. Sie machen mich nicht zum Reporter, weder jetzt, noch sonst irgendwann. Du kannst also die Scheidung haben. Ich werde mit dir in Verbindung bleiben.«

Eine Sekunde stand er so, das Gesicht zum Schrank; er fühlte sich beobachtet; und er wollte den Augen nicht wieder begegnen, die ihn beobachteten.

»Was ist mit Paulie? Weiß sie Bescheid?«

»Nein«, sagte er.

»Meinst du nicht, du solltest es ihr sagen?«

»Sag du es ihr.« Er drehte sich um, den kleinen grünen Hut in einer Hand, den Koffer in der anderen. »Würdest du mir bitte die Tür aufmachen, Vera?«

Ihre Blicke trafen sich. Ein Mensch auf der ganzen Welt, der ihn gekannt hatte; ein Mensch, der wußte, daß er mehr war als ein Witz. Ein Mensch, der vor fünfzehn Jahren neben ihm vor dem Altar der Sankt-Patricks-Kirche gekniet und gelobt hatte...

»Ehe du gehst«, sagte sie, »möchte ich dir etwas erklären. Ich bin heute morgen nicht davongelaufen.«

Er stellte den Koffer ab. Offenbar mußte er sich die Tür selbst öffnen. Sie half ihm nicht.

»Hör zu, Ginger. Als ich gehört habe, wie der Richter ›sechs Monate‹ sagte, bin ich umgekippt. Und als sie mich hinausbrachten, dachte ich mir, das beste wäre, sofort zu Gerry zu gehen und zu versuchen, einen Anwalt für dich aufzutreiben, damit du Berufung einlegen kannst.«

Er öffnete die Tür und ergriff den Koffer.

»Du glaubst mir nicht, ja?«

»Das spielt keine Rolle«, sagte er.

Es spielte keine Rolle.

»Gerry hat es abgelehnt, dir zu helfen«, sagte sie. »Darum bin ich hierher zurückgekommen.«

»Sieh mal, Vera, ich muß jetzt wirklich gehen.«

»Nur noch einen Moment, ja?« Ihre Stimme klang dringlich und gespannt. »Ich möchte dir erzählen, was Gerry mir gesagt hat. Er sagte, das wäre das Beste, was überhaupt passieren konnte. Er sagte, das würde die Scheidung erleichtern. Das war das einzige, was ihn interessiert hat.«

»Na ja, das ist doch egal, oder?« sagte er. »Gehört der Vergangenheit an.«

Sie neigte den Kopf, und plötzlich rieb sie sich mit den Knöcheln die Augen, so daß etwas Wimperntusche auf dem Nasenrücken zurückblieb. »Verdammt!« sagte sie. »Es tut mir leid. Siehst du denn nicht, daß es mir leid tut?«

Leid? Was tat ihr leid? Und wem war damit geholfen? Sie hätte ihm das früher sagen sollen. Jetzt wußte er, wie sie es meinte. Mit dem Koffer in der Hand stand er in der offenen Wohnungstür. Er mußte gehen.

»Warte«, sagte sie. »Da ist noch etwas anderes. Ich kann es nur nicht sagen, wenn du da wie ein Klinkenputzer in der Tür stehst. Komm eine Minute in unser Zimmer. Ich möchte nicht, daß Paulie es hört.«

Widerwillig stellte er den Koffer ab und folgte ihr ins Schlafzimmer zurück. Was für einen Sinn sollte das alles haben? Warum machte sie es ihm so schwer?

Sie schloß die Tür. »Jetzt hör zu«, sagte sie. »Ich habe nie mit Gerry geschlafen. Mein Ehrenwort. Ich wollte es nicht, solange wir beide, du und ich, nicht geschieden waren.«

Er nickte. Nur weiter, bring's hinter dich.

»Du hättest Gerry eben sehen sollen«, sagte sie. »Er hat sich verhalten wie ein völlig Fremder. Wie kann man jemanden lieben, der einen anderen ins Gefängnis wandern läßt und sich auch noch darüber freut? Er liebt mich nicht, nicht richtig, er will mich nur haben. Während du – du hast dich heute morgen im Gericht hingestellt und einen falschen Namen angegeben, Paulie und mir zuliebe...«

Sie hielt inne. Sie schien darauf zu warten, daß er irgend etwas sagte.

»Na gut«, sagte sie. »Wenn es also sein soll, willst du mir nicht wenigstens zum Abschied einen Kuß geben?«

Diese Fremde küssen? Widerwillig legte er die Arme um sie. Sie zitterte. Er blickte auf ihren bloßen, vom Haar nicht bedeckten Nacken herab. Er war fremd und doch vertraut. Ach Gott! Hatte er sich auch *darin* geirrt? Denn nun, da er sie in den Armen hielt, war sie gar keine Fremde, sondern Veronica, die Frau, neben der er unzählige Nächte geschlafen hatte. Veronica: älter und schwerer als das Mädchen, das er einmal geheiratet hatte, mit etwas zu großen Brüsten und winzigen weißen Falten an den Augenwinkeln, mit Händen, die jetzt seine Wange berührten und die von vielen Jahren über der Spülschüssel und dem Waschzuber rauh geworden waren. Veronica. Keine Fremde; keine begehrenswerte Fremde.

»Ginger«, sagte sie. »Du liebst mich doch immer noch, nicht wahr? Du hast es gesagt.«

Sie lieben? Diesen Körper, ihm vertraut wie sein eigener? Sie begehren? Diese alternde Frau?

»Und sogar, wenn du mich nicht liebst«, sagte sie. »Da ist Paulie. Das Kind hat die halbe Nacht geweint, solche Sorgen hat es sich um dich gemacht. Du kannst jetzt nicht einfach so von ihr weggehen.«

Bist du nicht auch von Paulie weggegangen? dachte er. Aber wozu ihr Vorwürfe machen! Er trug die Schuld. »Sieh mal«, sagte er, »du und Paulie, ihr hättet es wahrscheinlich beide besser...«

Er sprach nicht weiter. Jemand anders redete da. Nicht Ginger Coffey. Jemand, der aufgehört hatte, das Gute im Schlechten zu suchen; der nicht mehr hinter seinen Hoffnungen her den Berg hinaufkeuchte; jemand, der die Wahrheit kannte. Er liebte sie nicht; er konnte nicht mehr

298

lieben. Er wollte nicht zusehen, wie sie weinte. Sie wurde alt: auch sie war eine Illusion, die er verloren hatte. Er begann, sich den Mantel zuzuknöpfen.

»Nein, wir hätten es nicht besser«, sagte sie da. »Denn es war nicht nur deine Schuld, sondern auch meine. Als ich eben Gerry gesehen habe – ich meine, den wirklichen Gerry –, da wußte ich, daß es meine Schuld war. Was ich möchte, ist, ich möchte noch einmal von vorn anfangen. Hör zu, wir könnten doch von vorn anfangen, wenn du willst? Du könntest persönlicher Assistent von Mr. Brott werden, wenn du zu ihm gehst und ihn darum bittest.«

Er sah auf sie nieder. Ja, das stimmte. Er könnte die Stelle bekommen. Er konnte, jetzt und in alle Ewigkeit, amen, der bessere Sekretär werden, für den sie ihn immer gehalten hatte. Was machte es schon aus? Was war so schrecklich daran? Ging es nicht den meisten Männern so, daß sie es versuchten und versagten und verloren? Mußte nicht fast jeder, verdammt noch mal, eines Tages mit der Erkenntnis fertig werden, daß er nie das große Los ziehen würde?

Er hatte es versucht. Er hatte nicht gewonnen. Er würde eines Tages in bescheidenen Verhältnissen sterben.

»Ich bin sicher, er gibt dir die Stelle«, sagte sie. »Ehrlich, Ginger, ich bin ganz sicher.«

Er lächelte. War das nicht irgendwie vertraut?

»Lach nicht!« sagte sie. »Du wirst es sehen.«

»Ich lache gar nicht«, sagte er ihr.

»Sieh mal«, sagte sie, »in ein, zwei Jahren haben wir vergessen, daß all das überhaupt je passiert ist.«

Er fühlte sich jetzt nicht mehr wie jemand anderer. Aber sie.

»Und wenn du bleibst«, sagte sie, »bitte ich dich nie

299

mehr, wieder nach Hause zu fahren. Du hattest recht. Hier ist unser Zuhause, wir sind hier viel besser dran. Sollst mal sehen, in ein, zwei Monaten, mit deinem Gehalt und meinem, können wir ganz gut dastehen. Du hattest recht. Ich war einfach verrückt. Na, und ich wette mit dir...«

»Um ein funkelnagelneues Kleid, Vera?«

Sie schwieg. Sie sah ihn an, die Augen glänzend vor Tränen.

»O Ginger«, sagte sie. »Ich rede schon wie du.«

»Das merke ich.« Er ging zu ihr, legte den Arm um sie und öffnete die Tür des Schlafzimmers.

»Dein Kaffee ist soweit«, rief Paulie draußen, von der Küche her. »Willst du auch ein Ei, Daddy?«

Vera, neben ihm, wartete auf seine Antwort.

»Ich möchte zwei«, sagte er.

»Gut. Ich schlag' sie in die Pfanne.«

»Nein, das mach' ich«, sagte Vera. Schnell ging sie aus dem Zimmer und den Flur entlang.

Er gab der Tür einen Stoß, so daß sie ins Schloß fiel. Er knöpfte sich den Mantel auf. Der Mann im Spiegel fing an zu weinen. Gleichmütig sah er die Tränen über das Gesicht des traurigen Schwindlers laufen und sich an den Enden des Schnurrbarts sammeln. Warum heulte der Mann da? Weil er seine Frau nicht mehr begehrte? Weil er unfähig war, sie zu verlassen? Ach, du Esel, du Dummkopf! Weißt du denn nicht, daß Liebe nicht nur Ins-Bett-Gehen heißt? Liebe ist nicht ein Akt, sie ist ein ganzes Leben. Sie bedeutet, bei ihr zu bleiben, weil sie dich braucht. Sie ist das Bewußtsein, daß du und sie, daß ihr zusammenhalten werdet, wenn Sex und Tagträume Kämpfe und Pläne – wenn das alles abgetan ist und erledigt. Liebe – ich will dir sagen, was Liebe ist: du mi fünfundsiebzig und sie mit einundsiebzig, und jeder von euch lauscht auf die Schritte des anderen im Nebenzimmer, jeder von euch hat Angst, eine plötzliche Stille, ein plötzlicher Schrei könnte bedeuten, daß ein lebenslanges Gespräch vorüber ist.

Er hatte es versucht; er hatte nicht gewonnen. Aber, ach Gott, was machte das schon aus? Er würde in bescheidenen Verhältnissen sterben: Es machte nichts aus. Es würde keinen Sieg geben für Ginger Coffey, keinen großen und keinen kleinen Sieg, denn dort, auf den Stufen des Gerichtsgebäudes, hatte er erkannt, was Wahrheit ist. Das Leben war der Sieg, oder etwa nicht? Weitermachen, das war der Sieg. In guten und schlimmen Tagen, in Reichtum und Armut, in Gesundheit und Krankheit, bis daß der Tod uns scheidet.

Er hörte ihren Schritt auf dem Flur. Er ging zu ihr.

Brian Moore
Kalter Himmel

Roman. Aus dem Englischen von
Otto Bayer

Der amerikanische Arzt Dr. A. Davenport ist mit seiner Frau Marie auf Urlaubsreise. Bei einem Bad vor der Küste wird er von einem Motorboot erfaßt und mit einer Kopfverletzung ins Krankenhaus eingeliefert. Doch alle Rettungsversuche scheitern. Dr. Davenport erliegt seinen Verletzungen, sein Körper wird in die Leichenhalle gebracht. Am nächsten Morgen ist die Leiche verschwunden. Marie Davenport, die untreue Gattin, glaubt, daß ihr Mann noch lebt, und will ihn wiederfinden. Eine Verfolgungsjagd beginnt, und damit das innere Drama Marie Davenports.

»Ein unheimlicher Thriller, der den Leser von der ersten Zeile weg in einen metaphysischen Strudel reißt.«
Annabelle, Zürich

»Brian Moore, der sich diese wahnwitzige Geschichte ausgedacht hat, läßt einen nicht eher zur Ruhe kommen, bis man alle Fäden miteinander verknüpft hat. Er läßt uns bei Maries Suche mitmachen, folgt ihr wie eine versteckte Kamera, vermeidet aber sorgfältig, den Eindruck des allwissenden Erzählers zu erwecken. Der Leser bekommt das Gefühl, unmittelbar an den Ereignissen teilzunehmen. Ohne große Ablenkungen, schnörkellos gradlinig erzählt Moore seine Geschichte. Die gelungene Übersetzung überträgt die Spannung mühelos ins Deutsche.«
Johannes Kaiser/Hessischer Rundfunk, Frankfurt

»Moore schafft es in *Kalter Himmel*, die alltägliche Problematik von Beziehung und Beisammensein in einer fesselnden Suspense-Story aufzulösen.«
Christian Seiler/Weltwoche, Zürich

Brian Moore
im Diogenes Verlag

»So unterschiedlich die Handlungsorte und -zeiten seiner Bücher sind, immer beschreibt Moore den Einbruch des Unheimlichen ins Alltagsleben. Mal ist es der Terror der IRA, mal die Konfrontation mit Wertvorstellungen einer ganz anderen Kultur, mal ein Traum, der plötzlich Realität wird. Dafür stand der große Argentinier Jorge Luis Borges Pate, den Moore zu seinen wichtigsten Einflüssen zählt. Und wie bei Borges scheint auch Moores Schreiben die Frage ›Was wäre wenn?‹ zugrunde zu liegen, die klassische Frage des wissenschaftlichen Experiments.«
Denis Scheck / Deutschlandfunk, Köln

Brian Moore, geboren 1921 in Nordirland, wanderte 1948 nach Kanada aus, wo er bis 1952 für die ›Montreal Gazette‹ als Reporter arbeitete. Heute lebt Moore mit seiner Familie als freier Schriftsteller in Kalifornien.

Katholiken
Roman. Aus dem Englischen von Elisabeth Schnack

Die Große Viktorianische Sammlung
Roman. Deutsch von Helga und Alexander Schmitz

Schwarzrock – Black Robe
Roman. Deutsch von Otto Bayer

Die einsame Passion der Judith Hearne
Roman. Deutsch von Hermann Stiehl

Die Farbe des Blutes
Roman. Deutsch von Otto Bayer

Die Antwort der Hölle
Roman. Deutsch von Günter Eichel

Ich bin Mary Dunne
Roman. Deutsch von Hermann Stiehl

Dillon
Roman. Deutsch von Otto Bayer

Die Frau des Arztes
Roman. Deutsch von Jürgen Abel

Kalter Himmel
Roman. Deutsch von Otto Bayer

Ginger Coffey sucht sein Glück
Roman. Deutsch von Gur Bland